琼瑶
作品大合集

潮声

琼瑶 著

作家出版社

琼瑶，本名陈喆，作家、编剧、作词人、影视制作人。原籍湖南衡阳，1938年生于四川成都，1949年随父母由大陆赴台生活。16岁时以笔名心如发表小说《云影》，25岁时出版首部长篇小说《窗外》。多年来笔耕不辍，代表作包括《烟雨蒙蒙》《几度夕阳红》《彩云飞》《海鸥飞处》《心有千千结》《一帘幽梦》《在水一方》《我是一片云》《庭院深深》等。

多部作品先后改编成为电影及电视剧，琼瑶也因此步入影视产业。《六个梦》系列、《梅花三弄》系列、《还珠格格》系列等，影响至深，成为几代读者与观众共同的记忆。

琼瑶以流畅优美的文笔，编织了众多曲折动人的故事。其作品以对于梦的憧憬和爱的执着，与大众流行文化紧密结合，风靡半个多世纪，成为华文世界中极重要的文学经典。

我為愛而生，我為愛而寫
文字裡度過多少春夏秋冬
文字裡留下多少青春浪漫
人世間雖然沒有天長地久
故事裡火花燃燒愛也依舊

瓊 瑤

目 录

1	桥	127	落魄
16	黑眸	138	起站与终站
28	美美	148	寻觅
40	一颗星	178	石榴花瓶
52	复仇	187	终身大事
63	苔痕	199	深山里
95	婚事	251	木偶
105	尤加利树·雨滴·梦	261	谜
117	网	272	潮声

桥

伤心桥下春波绿,曾是惊鸿照影来。

——陆游

那一天,早已过去。

她知道得非常清楚,那一天,是早已过去了。但是,在她又披着大衣,蹇蹇于寒夜的街头,望着月光下跨水而卧的那条长桥时,依稀仿佛,那一天似乎又在眼前了。

穿过这条街,走上那条堤,寒风扑面而来,掀起了大衣的下摆,卷起了围巾的一角,拂起了披肩的长发……披肩的长发,披肩的长发,披肩的长发……那时是短短的头发,风一来,就零乱地垂在耳际额前,倚着那桥栏,他说:"我喜欢长头发,不要有那么多波浪。"

长头发,不要有那么多波浪!像现在这样吗?她站定,吸一口气,领会着风的压力。风掠过河面吹来,带着水的气息,清凉、幽冷。从面颊的边缘上滑过去,从发丝上溜过去,从衣角上向后拉扯……这是风,春天的风。"东风不为吹愁去,春日偏能惹恨长。"谁的诗句?忘了。想一想吧,专心思想可以"忘我",这方法曾屡试不爽。可是,现在不行,当眼前有这道桥的时候,"我"是摆脱不掉的。走向前几步,桥上的灯光在水中动荡,和那一天一样。桥上冷清清的,两三个行人,把头缩在大衣领子里,似乎有无形的力量在后面追赶似的向前匆匆而行,这,也和那一天一样。风在桥上肆无忌惮地穿梭,逼得人无法呼吸,这也和那一天一样。站在桥头,一连串的灯光向前延伸,而桥的这头却望不见彼端——还是和那一天一样。而——那一天,却早已过去。

是个乏味的宴会里,主人自恃是个艺术的欣赏者,却分不清印象派和抽象画,可以胡乱地把一张看不懂的画归之于野兽派,然后打几声哈哈,表示他的内行。在座的几乎是清一色的附庸风雅之流,由梵高、高更,谈到毕加索,那么多谈不完的资料,她坐着,可以不用插嘴,因为根本没有插嘴的余地。在大家热烈的讨论中,在此起彼伏的笑声里,她默默地微笑着,静静地体会着自己的无聊和落寞。

然后,他来了,对主人微微地弯了弯腰:"对不起,有点要事,来晚了。"

主人站起身,对她介绍说:"见过没有?这是罗。"然后转向她说:"这就是赵。"

那么简单的介绍,但她知道罗,望着他,她不自禁地对自己笑。罗,这就是他?大家称他为艺术的鉴赏家,但她认为他只是个画商，一个精明能干而有眼光的画商。可是，这人与她想象中不同，在他的眉宇间，她找不到那种商人的市侩气息。而四目相投之下，她竟微微一震，这眼光慧黠而深沉。"慧黠"与"深沉"，是两种迥然不同的特性，头一次，她竟发现一个人的眼睛中能同时包含这两种矛盾的特质。她不再微笑，深深地凝视着这张脸庞，有些眩惑。他对她举起杯子，嘴边带着个含蓄的笑，眼光在她的脸上探索发掘，然后说："你的人和你的画一样。"

没有恭维？没有赞美？没有更多的批评？但，够了。一刹那间，她不再觉得无聊，席间的空气变了，"落寞"悄悄地从门边溜去。她也举起了杯子，慢慢地送到嘴边啜了一口，咽下的不是酒，是他的眼光——那了解的、激赏的、和她一样有着的眩惑的眼光。偌大的房间内，没有其他的人了，没有其他的声音了，一种奇异的、懒洋洋的醉意在她体内扩散开来……她又忍不住要微笑，对她自己，也对他。他们是同一种类，她明白了。但他们也不是同一种类，她也明白了。

宴会持续到深夜，宾主尽欢？或者。最低限度，她知道主人是得意万分，他已主持了一次成功的艺术界的聚会。客人们也都酒足饭饱，得其所哉。她呢？当她向主人告辞的时候，可以清楚地感到自己那种恍惚的喜悦之情，尤其，在主人自作主张地说："罗，你能不能送送赵？"

她望着罗，后者也凝视着她。喜悦在她的血管中缓缓地流动——难以解释的情感，几乎是不可能的。她从没有料到会有任何奇迹般的感情，发生在自己的身上，因为她在情感上是个太胆怯的动物。可是,这种一瞬间所产生的喜悦,竟使她神志迷惘。本能地,她心中升起一股反叛的逃避的念头,转开了头,避免再和他的眼光接触,她心底有个小声音在低低地说:"不过是个艺术商人而已。"

这句话能武装自己的感情吗?她不知道。但,当他们并肩踏上寒夜的街头,迎着冷冷的风和凉凉的夜,她又一次觉得内心激荡。他的目光在她的脸上流连,不大胆,也不畏缩,似亲切,又似疏远。走了一段,他才问:"能在此地停留几天?"

"三天。"

他不再说话,沿着人行道,他们向前缓慢地踱着步子,霓虹灯在地上投下许多变幻的光影。红的、绿的、黄的、蓝的……数不清的颜色。他说:"我最喜欢三种颜色,白的、黑的和红的。"

"最强烈的三种颜色,"她笑了,"是一张刺激的画。"

"大概不会是张好画。"他也笑了。

"看你怎么用笔,怎么布局。不过,总之会是张热闹的画,不会太冷。"

"你喜欢用冷的颜色,是吗?冷冷的颜色,淡淡的笔触,画出浓浓的情味。"

她凝视他,微蹙的眉峰下是对了解一切的眼睛,除了了解之外,还有点什么强烈的东西,正静静地向她射来。她一凛,本能地想防御,但却心慌意乱。可是在他长久地注视下,逐渐地,那份慌乱的感觉消失了,取而代之的,是份难以描述的宁静与和平，喜悦又在血管中流动，和喜悦同时而来的，还有一份淡淡的被了解的酸楚。

"看你的画，"他说，"可以看出一部分的你，你总像在逃避什么，你怕被伤害吗？"

"是——的。"她有些犹豫，却终于说出了，"我的触角太多，随时碰到阻碍，就会缩回去。"

"触角？"

"是的，感情的触角，有最敏锐的反应。"

"于是，就逃避吗？"

"经常如此。"

他站住，他们停在一个十字街口，汽车已经稀少，红绿灯孤零零地立在寒风穿梭的街头。

"我从不逃避任何东西。"他说。

她知道，她也了解，她见他的第一眼就知道了。所以，他们是同一种类，因为都有过多的梦想和太丰富的情感，以至于不属于这个世界。但又不是同一种类，因为他们采取了两种态度来对付这世界，她是遁避它，而他是面对它。在他眉尖眼底，她可以看出他的坚毅倔强。"他不会失败，"她朦胧地想着，"他太强，太坚定，也——太危险。"

危险！她想着，感情上的红灯已经竖起来了，遁避的念头又迅速来临。

"噢，不早了，我要叫车回去。"她抗拒什么阻力似的说，觉得这话似乎不出于自己的口中。冷冷的街头，却有太多诱人停留的力量。

他望了她一会儿，没有多说什么，挥手叫住了一辆计程车。车上，两人都出奇地沉默，她在体味着这神奇的相遇，他呢？她不知他在想什么，但那凝思着的眼睛和恍惚的神态令她心动。忽然间，她觉得满腹温情而怆然欲泪。车停了，她机械地跨下车，他从车内伸出头来说："明天早上来看你！"

"我——"想拒绝，但，已来不及说出口，车子绝尘而去，留给她的是朦胧如梦的情绪……三分喜悦，两分迷惘，更加上一分激情。

于是，第二天来临了，他们到了海滨。

海边，没有沙滩，却是大片的岩石，嵯峨耸立，高接入云。她仰首看天，灰蒙蒙的天像一张大网，混混沌沌的，连海、岩石、她和他笼罩在里面。她深吸了口气，用围巾束起了被海风任意吹拂的乱发，对他微微一笑。

"真喜欢看到你笑。"

"是吗？"她问，"我不常笑吗？"

"有时笑，笑得像梦，不像真的。"他搜寻她的眼睛，看进她的眼底，"大多数时候，你像是有流不完的眼泪。"

"噢——"她拉长声音"噢"了一声，迅速地把眼光调开，因为莫名其妙的眼泪已经快来了。"别再多说，"她心中在喊，"你已经说得太多了！"是的，说得太多了，被人了解比了解别人可怕！这人已洞穿了你！

海浪拍击着岩石，涌上来又落下去，翻滚着卷起数不清的白色泡沫。茫茫云天，无尽止地延伸，和无垠的海相吻合。

她站在岩石上，迎着风，竭尽目力之所及，望着海天遥接的地方，幽幽地说："真奇怪，我会选择这个时间到海边来！"收回眼光，她迷惑地望着他，"为什么？我和你才认识一天，为什么会跟你到海边来？"

"一天？"他反问，深黑的眼睛盯着她，"只有一天吗？不，我认识你已经很久很久了，否则，昨天我不会参加那个宴会，只因为宴会中有你！你比我想象中更美好。"

"很单纯吗？"

"不，很复杂，很奇异。"

别再说！她凝视着他，为什么他不是个单纯的商人？为什么他有那么高的颖悟力？为什么他能看穿她？"很复杂，很奇异，"这不是她，是他。梦与现实的混合品，不是吗？他有梦想，却能在现实中作战，朋友们说他是艺术界的"商人、收集家和鉴赏家"，他击败他的反对者，屹立得像一座摇不动的山。那样坚强，而又那样细致，细致到能了解她心底的纤维，这是怎样一个男人？"很复杂，很奇异，"是她？还是他？

"哦，看！一个小女孩！"

他指给她看海边伫立着的一个女孩子，他们向她走过去，走近了，才发现女孩面前陈列着形形色色的珊瑚和贝壳，正等着游人购买。而偌大的海滨，他们是仅有的两个游人。

她从一大篮小贝壳中取出一粒，问："多少钱？"

"一角钱一个。"小女孩的鼻尖冻得红红的，不住地吸着凉气。

"买你一个。"她在手提包里找寻一角钱。

"我这里有。"他从口袋里拿出一个五角钱的辅币,递给小女孩。

"五角钱五个。"女孩子实事求是,又捧上了四个。

"噢,"她笑了,忽然觉得很开心,"另外四角钱送给你,我只要这一个!"握着那小贝壳,她拉着他走开,高兴得像个孩子,尤其当那女孩捧着四个贝壳,目瞪口呆地望着她的时候,她几乎想大笑了。走到水边,她摊开手掌,那贝壳躺在她的掌心中,光洁细润。米色的壳面上有着金黄色的回纹,细细的,环绕在贝壳的背脊上,找不着起点,也找不着终点。在阳光下,它微微反射着光亮,像一颗闪熠的小星星。

"你送我的,"她笑着说,仿佛是粒钻石,或比钻石更好的无价之宝。"小小的贝壳!"她说。

"盛着什么?"他问。

"一个小小的梦。"

他合拢她的手指,让她握紧那枚贝壳:"握牢吧,别让梦飞走了。"

"它飞不走,"她说,笑意更深,"它藏在贝壳的里面,永远属于我。"

"你傻得像个小娃娃!"

她笑了,笑得那么高兴,那么开心,似乎再没有更高兴的事了。他也跟着笑,笑开了天,也笑开了地。然后,她收住了笑,愣愣地望着他,他也望着她。好半天,她垂下了头,看着脚下的岩石说:"好久没有这样开心过了。"

"希望你永远这么开心。"

她抬起头，又迷惘地笑笑，沿着岩石的岸边向前走，他走在她的身边。风吹起了她的围巾，拂在他的脸上。在一块突起的峭壁前，她站住了，峭壁的石缝里开着一朵小花，她伸手去采撷，他也同时伸出手去，他们的手在到达花朵之前相遇，他握住了她，微一用力，她的身子倒进了他的怀里，他找寻着她的嘴唇。

"不。"她轻声地、虚弱地说。

"或者你会说我庸俗。"他的胳膊绕住她，强而有力，"但是，我愿用一生的幸福，换你的一吻。"

"不，不，不。"她一连串地说，一声比一声低微。他的力量支配着她，那对热烈的眼睛具有烧灼般的力量，她感到自己在他的注视下逐渐地瘫软融化。然后，他的头俯了下来，云和天在她闭拢的眼帘前消失，岩石在她脚下浮动……一段旋乾转坤、天翻地覆的时刻。再张开眼睛，他的眼珠正深深地望着她，那里面已没有慧黠，只有令人震撼的深情。

"你使我情不自已，"他喃喃地说，"你是个诗、画和梦的混合品，勾起人灵魂深处最美的情操。"

"但是，这是不该发生的。"她挣扎着说。

"不过，已经发生了，是不是？昨晚，当我们一见面的时候，就已经发生了，不是吗？"

"或者是，但，依旧是不应该发生。"

"你不是世俗的女孩子，为什么要用世俗的眼光去评定该与不该？"

"世俗不会因为我们活着而不存在。"她凄凉地说,"请告诉我,你爱你的太太吗?"

"是的,"他点点头,放开了她,"你说得对,世俗不会因我们活着而不存在,但是,面对着你,却无法想得到世俗。"

"反正,一切会结束,"她用手拨弄着峭壁上的小花,低回地说,"明天是最后一天,于是,我将回到我的金丝笼里,这一段,只是生命里的外一章,留下的是回忆。人,有回忆总比没有好,是吗?然后就你有你的,我有我的方向。"

"你的金丝笼,"他咬咬嘴唇,眉毛轻蹙了一下,"一定是个精巧而安宁的所在,是吗?"

她贴着峭壁而立,面对着大海,一阵风吹来,她衣袂翻飞,巾角飘扬。微微仰起头,她恻然而笑,轻轻地念:"我欲乘风归去,又恐琼楼玉宇,高处不胜寒……"她停住了摇摇头,笑笑:"好了,我们该走了。"

是的,该走了,太阳正在海面沉落。许多时候,时间是停驻的,许多时候,它又快如闪电般消失。假若人有能力控制时间,需要它停驻时它就不走,需要它消失时它就飞跃过去,那么,这会是怎样一个世界?

第三天,也是最后一天。

他们在黄昏里漫步,风刺刺地刮着人脸,冰凉的手握紧着冰凉的手,但心头始终是暖暖的。她平时走不了十分钟,就会感到疲惫,今天走了那么多路,仍然了无倦容。如果他愿意走到天涯海角的尽头,她想她也一定会陪他走去的。

他们终于在一家小饭馆歇住了脚。他叫来了烤肉火锅，桌子中间那个炭炉子，虽然有一股淡淡的煤烟，但那跳跃的火舌，美丽极了，也温暖极了。她觉得比在豪华而古板的大餐厅有意义得多。

抬起头来，她接触到他关怀而黯然的眼光，不由自主地，她对他微微一笑。奇怪，在这一刻她倒并不觉得伤感，三天！

已经够充实，她从不愿对任何东西过分苛求，有这样的三天，有这奇迹般的一份感情的收获，亦复何求？

"再吃一点？"他问。

她摇摇头，微笑着继续凝视他。他们都没有喝过酒，但醉意却在席间流转。

"那么，走吧！"

走出了那家饭馆，穿过了热闹的街头，顺着脚步，来到的是淡水河边。

"桥！"他说。

桥，跨水而卧，一盏盏的灯把桥穿成一串，那么长，从这头看不到那头。夜雾蒙蒙下，桥影在水面摇晃，像出于幻境般，带着不可思议的诱惑力。

"到桥上走走吗？"他问。

没有回答，她跟着他走上了桥，倚着栏杆，桥下有双影并立。转过头来，她望着他，四目相接，都默默无言。她又微笑了，他们虽并立在桥上，事实上却被隔在桥的两端，被桥所沟通的，是幻梦，被桥所隔断的，是真实。

"想什么？"他问。

"什么都没想。"

"可能吗？我从不相信人的思想会停顿。"

"有时也会停顿。"

"什么时候？"

"当你不能再想的时候。"

他笑了，凝视她。

"好答案，相信你求学的时候，是个顽皮的学生！"

她也笑了。他注视了她许久，敛住了笑，握住她的手，向前面缓缓走去。

"和你在一起，仿佛吃酸梅。"他说。

"怎么？"

"又甜又酸！"

走过了一根根的桥柱，越过了一盏盏的灯影，桥的那一头渐渐清晰，继续走下去，终于走过了最后的一根桥柱，她抬起头来，望着他，幽幽一叹，不胜惋惜似的说："我以为这桥很长，没料到却这么短！"

"再走回去？"

"好。"

掉回头，再向桥的那一端走去。

"希望永远在这桥上走来走去，"她微笑着说，"桥的两端是现实，桥上不是。走过了桥，就必须有落定的地方，在桥上，却可以永不落定。"

"但是，你一定要通过桥，你不能在桥上停留。"

她叹息，又习惯性地对自己微笑。

"我发现了,当你无可奈何的时候,你就微笑。"

"你已经发现得太多,"她望着黑黝黝的水面,"你三天中所发现的,比和我生活了一生的人更多。"

他的手揽住了她的腰,倚着栏杆,他们站住了,凝视着河水。他用手指卷起了她的一绺头发。

"我喜欢长头发,不要有那么多波浪。"

"我为你留起来,"她笑着,"等我的头发留长的时候,你在何方?恐怕你永远看不到长头发的我,但是,我仍然要为你留起来。"

他静静地望着她,夜色里,他眼中的火焰在跳动,这使她的心脏收缩,绞紧。月色淡淡地涂在河面,涂在桥栏杆上,涂在他和她的身上。河水轻缓地流着,淙淙的水声流走了夜,流走了时间。风越来越大,钻进她的衣服,那件宽宽的大衣被风鼓动得像鸟类的双翼。鸟类的双翼,假若真能变成鸟类,高兴飞到哪里就到哪里,高兴停下就停下,那又有多好!

夜深了,月亮偏西,她挽住他。

"走吧!"

一会儿,"桥"就被抛在身后了。

"重回到人的世界。"她说,望着街灯耸立的街头,寒风在徘徊着,霓虹灯都已熄灭。"明天,你将不再知道我,我也不知道你。"她看了他一眼,靠紧着他,轻声念:"此去何时见也?襟袖上空染啼痕!伤情处,高城望断,灯火已黄昏!"她又笑了。"灯火已黄昏!岂止是灯火黄昏,现在已经是灯火阑珊了!"

13

确实已经是灯火阑珊了,街上已没有行人,夜风正在加强着威力。他们相对凝视,他的脸那么模糊,在她的泪雾中荡漾。他的手紧握了她,低低地说:"是三天,也是永恒!"

是三天,也是永恒?不,三天仅仅是三天,不会变成永恒!当她又独自来到这桥头时,她就更能肯定这一点。三天内拥有的是"情",永恒的只是"怀念"。三天的甜蜜,永恒的苦楚,这之中有太大的差异,她宁愿要那三天,却不愿要这永恒!

走过了堤,跨上了桥,她缓缓地走去,身边少了一个人影,整个桥都如此空荡!倚着桥栏,她不敢看桥下孤独的影子。寒风萧瑟,夜露侵衣,她拂着头发,是的,头发已留长了,他在何方?

他在何方?他在何方?她知道。总之,他在这个城市里,一栋小巧精致的房子中。当她凝视着河水,她几乎可以在河面的波纹里,看出他目前的情况:小小的房间,挂满墙头的书画,拉得很严密的紫红色的窗帘,四壁的书橱……还有,一盆烧得旺旺的炉火,他,就坐在火边,捧着一本爱看的书。炉火照红了他的脸,也照红了环绕在他身边的,他的妻子和孩子的脸。

她收回了眼光,不想再看。寒风扑面吹来,她打了一个寒噤,真冷!炉火,书房,他,都距离她太远太远了,她拥有的,只是桥上的夜风,和永恒的思念!

离开了桥栏杆,她试着向桥的那一端走去。朦胧中,她记起一阕词:

天涯流落思无穷。
　　既相逢，却匆匆。
　　携手佳人，和泪折残红，
　　为问东风余几许，
　　春纵在，与谁同？

　　春纵在，与谁同？她直视着前方，一步步地向前走去。她的手在大衣口袋中碰到一样坚硬的小东西，拿出来，是那粒小小的贝壳，小小的贝壳，盛着一个小小的梦！她拥紧了贝壳，怕那个可怜的"小梦"会飞走了。

　　桥，那么长，她不相信自己能走到那一端。

黑眸

一阵淡淡的幽香和一阵衣服的窸窣声,接着,是那熟悉的、轻轻的脚步声,然后,他身边的椅子被拉开,一本《西洋文学史》的笔记本落在桌子上,身边的人落座了。他几乎可以感到那柔和的呼吸正透过无形的空气,传到他的身上。可以领受到她浑身散发的那种醉人的温馨,他觉得自己全身的肌肉都绷紧了,心脏在胸腔中加快地跳动,血液在体内冲撞地运行。悄悄地,他斜过眼睛去窥探她的桌面,一双白皙的手,纤长而细致的手指,正翻开那本厚厚的《西洋文学史》。收回了视线,他埋头在自己的《地质学》中。但,他知道,他那份平静的阅读情绪再也不存在了。

低着头——他始终不敢抬起头来。他的目光在她与他的桌面之间逡巡,看着她平静地、轻轻地翻弄着书页,他生出一种嫉妒的情绪,妒忌她的平静和安详。从桌子旁边看过去,可以看到她浅蓝的衣服,和那紧倚着桌子的身子。他不安地蠕动了一下，用红笔在书本上胡乱地勾画——有一天，或者有一天，他会鼓起勇气来和她说话，但是，不是今天，今天还不行！他衡量着他们之间的距离——一尺半或两尺，可是这已经比两个星球间的距离更远，他想，有一天，他会冲过这段距离，终有一天！

时间不知过去了多久——几世纪，或者只是一刹那。有个黑影投在桌面上，投在他和她之间的桌面上，他抬起头，是的，又是那个漂亮的男孩子！高高的个子，微褐的皮肤，含笑的眼睛和嘴角，过分漂亮的鼻子和英挺的眉毛。是的，又是这漂亮的男孩子，太漂亮了一些，漂亮得使人不舒服。

"嗨！"男人轻声说，不是对他，是对她。

"嗨！"她在回答，轻轻的、柔柔的，柔得像声音里都含着水，可以淹没任何一个人。

"看完了没有？"男的问。

"差不多了。"

"已经快十二点了。"

"是吗？"

"吃中饭去？怎样？"

没有听到她回答，但他可以凭第六感知道她在微笑，默许的微笑。那漂亮的角色开始帮助她收拾桌上的书和笔记本，椅子响了，她站起身来。他可以看到那裹在蓝色衣服中的纤巧的身子离开书桌。拉开椅子的声音在他心脏上留下一道刺痛的伤痕。桌上的黑影移开了，身边的衣服窸窣声和脚步声开始响了，他抬起头去看她，不相信她真的要走了。于是，像触电般,他接触到一对大大的、黑色的眸子。她正无意识地俯视着他,那对黑色眸子清亮温柔,像两颗浸在深深的、黑色潭水中的星星,透出梦似的光芒,迷迷蒙蒙地从他脸上轻轻悄悄地掠过。他屏住了呼吸,脉搏静止,时间在一刹那间停住。于是,他看到她走开,那漂亮的角色迎了过去,他们并肩走出了图书馆。她小小的、黑发的头微微偏向那男人,似乎在说着什么,那男人正尝试把手围在她纤巧的腰上。

收回了视线,他深深地呼吸了一下。《地质学》黯然无光地躺在桌子上,书页上布满了乱七八糟的红色线条。图书馆寂寞得使人发慌。随手翻弄着书页,他可以听到自己心脏沉重的跳动声。书页里充满黑色的眸子,几千几万的、大大的、温柔的、像一颗颗水雾里的寒星,向他四面八方地包围了过来。

"有一天,"他迷糊地想着,"我会代替那个漂亮的男孩子,终有一天!"靠进椅子里,他静静地等待着,等待明天早点来临,他又可以在图书馆里等候她。或者有幸,能再接触一次她那黑色的眸子,又或者有幸,明天竟会成为那个神奇的"有一天"!虽然,这个"又或者有幸",是渺茫得不能再渺茫的东西,但它总站在他前面,总代表着一份光、热和希望。

第二天,他又准时坐在那儿,听着那窸窣的衣服声、轻巧的脚步声,望着那白皙而纤长的手指,闻着那淡淡的幽香,然后心跳地去搜寻那对黑色的眸子,直到那漂亮的男孩子过来,把她迎出图书馆,带走属于她的一切——衣声、人影、幽香,和那梦般的黑眸。剩下的,只是空洞的图书馆,空洞的他，和一份空洞的希望。第三天，第四天，日复一日，月复一月，日子千篇一律地过去，依然是等待着、希望着，依然是心跳、紧张，依然只剩下空洞和迷惑。他几乎相信岁月是不变的，日子是同一个复版印刷机里印出来的。但有一天，情况却有些变动了。

　　那天，当他和平时一样走进图书馆，出乎他意料之外的，她竟先他而来，正静静地坐在她的老位子上。抑制住自己的心跳，他向她的方向走过去。突然间，她抬起头来，那对大而黑的眸子怔怔地望着他，他又感到窒息、紧张和呼吸急迫。好容易，他才在自己的位子上坐下来，手忙脚乱地把书本堆在桌子上，就在坐下来的一刹那，他觉得她正温柔地看着他，她的脸上似乎浮着个美好的微笑。但，当他鼓足勇气去捕捉那对黑眸时，那两颗黑夜的星星却迅速地溜跑了。他深吸了口气，打开书本，正襟危坐。可是，他的第六感却在告诉他，那对黑眼睛又向他飘过来了。迅速地，没有经过考虑地，他抬起头来，他们的目光在一刹那间相遇了，顿时，她绽开了一个羞怯的微笑，又俯下头去了。而他，却愣愣地呆了一段十分长久的时间，恍惚地怀疑自己所看到的那个微笑，不相信是真的看到了还是出于幻觉。

　　从这日起，他发现那对黑眼睛常常在和他捉迷藏了！每当他从他的书本上抬起头来，总会发现那对眼睛正在溜开去。而当他去搜寻那对黑眼睛时，这眼睛却又总是静悄悄地俯视着书本，那两颗清亮的眸子被两排密密的睫毛保护得严严的。

他叹息着放弃搜寻，睫毛就悄悄地扬了起来，两颗水雾中的星星又向他偷偷地闪熠。

这天——一个不平凡的日子。

又到了去图书馆的时间，他向图书馆的方向跑着。浓重的乌云正在他头顶上的天空中压下来。疾劲的风带着强烈的雨意扫了过来。他跑着，想在大雨来临前冲进图书馆。可是，来不及了，豆大的雨点在顷刻间倾盆而下，只一瞬之间，地上就是一层积水。他护住手里的书本，在暴雨中向前疾蹿，距离图书馆不远处有个电话亭，他一口气跑过去，湿淋淋地冲进了电话亭里。立即，他大吃了一惊，他差一点就撞在另一个避雨者的身上！扶住亭壁，他站在那儿，愣愣地望着对面的人，和那人脸上那对大、黑而温柔的眼睛。

她几乎和他一样湿，头发上还滴着水，衣服紧贴在身上，是一副窘迫的局面。她的大眼睛畏怯地，含羞地扫了他一眼，立即怯怯地避开了，像只胆小的小兔子。他靠在亭壁上，努力想找些轻松的话说说，但他脑中是一片混乱，他所能分辨的，只是自己猛烈的心跳声。亭外，暴雨仍然倾盆下着，地上的积水像条小河般向低处涌去，雷声震耳地响，天空是黑压压的。这是宇宙间一个神奇的时刻，他紧握着拳，手心中却在出汗。

她蠕动了一下，用一条小小的手帕拭着头发上的水，事实上，那条小手帕早就湿得透透的了。她忙碌地做着这份工作，好像并不是为了要拭干头发，只是为了要忙碌。但，终于，她停了下来。不安地看看他，他在她的黑眼睛下瑟缩，模糊地想起一本法国小说，名叫《小东西》，里面描写了一个女孩子的黑眼睛。想着，他竟不由自主地、轻轻念了出来："漆黑如夜，光明如星！"

外面的雨声在喧嚣着，他的声音全被雨声所掩蔽了。但她却猛地吃了一惊，惶惑地看着他，好像他发出的是个比雷更大的声音，他也吃了一惊，因为她吃惊而吃惊，不知道自己的话是不是冒犯了她。他们彼此惊惶地、愕然地注视。然后，纯粹只为了找话说，他咳了一声，轻轻地，吞吞吐吐地说："雨——真大！"

"是的。"她说，声音像个梦。

"不知道还要下多久。"他说，立即后悔了。听他的话，似乎在急于要雨停止，事实上，他真希望它永远不要停止，哪怕下一百个世纪。

"嗯。"她哼了一声，轻而柔。黑眼睛在他脸上悄悄地掠过去，仿佛在搜索着什么。

再也找不出话说，他默然地望着她，心跳得那么猛烈，他猜想连她都可以听到他的心跳声。他急于找话说，但是，脑子里竟会混乱到如此地步，他不知道一般人在这种情况下会说什么，小说里有时会描写……不，常常会描写，一男一女单独相处应该说些什么。但是，他不行，他看过的小说没有一本在他脑中，除了"漆黑如夜，光明如星"两句之外。他只能感到紧张，那对黑眼睛使他神魂不定，他甚至想，希望能逃到这对黑眼睛的视线之外去。但他又如此迫切地希望永远停留在这对黑眼睛的注视之下。换了一只脚站着,他斜靠在亭壁上,望着那黑色的电话机发愣。小小的电话亭中,似乎被他们彼此的呼吸弄得十分燥热了。

"应该带把伞。"她轻声说。

他吃了一惊。是的,她在懊恼着这段时间的相遇,懊恼着窘在电话亭中的时光。

"雨大概就要停了。"他说,望望玻璃外面,玻璃上全是水,正向下迅速地滑着。看样子,在短时间之内,雨并没有停的意思。

她不再说话,于是,又沉默了。他们默默地站着,默默地等雨停止,默默地望着那喧嚣的雨点。时间悄悄地滑过去,他的呼吸沉重地响着,手一松一紧地握着拳。她把湿了的小手帕晾在电话机上,歪着头,看雨,看天,看亭外的世界。

不知道过了多久,雨点小了,停了。正是夏日常有的那种急雨,一过去,黑压压的天就重新开朗了,太阳又钻出了云层,喜气洋洋地照着大地。他打开了电话亭的门,和她一起看着外面。地上约半尺深的积水,混浊地流着,树梢上仍在滴着大滴的水珠。

她皱皱眉,望望自己脚上的白皮鞋。

"怎么走?"她低声说,好像并不是问他,而是在自言自语。

怎么走?看了她的白鞋,他茫然了。觉得这是个自己智力以外的问题,他想建议她脱掉鞋子,光了脚走,但,看看她那娇怯怯的样子,他无法把她和赤足联想在一起。闭紧了嘴,他无可奈何地皱皱眉,和她一样望着满地的积水发呆。

她不耐地望着水，叹口气。

他惊觉地看看她，慢吞吞地说："或者，水马上就会退掉。"

但水退得很慢。他们继续站着发呆。他望着图书馆，那儿的地势高，只要能走到图书馆，就可以循着柏油路走出去。

可是，这里距离图书馆大约还有二三十码。他们站了好一会儿，等着水退。忽然，一个人向这边跑了过来，挥着手喊："嗨！"

"嗨！"她应了一声，黑眼睛立即亮了起来，真像黑夜里的星星。

那个男人涉着水走了过来，又是那个漂亮的男孩子！他觉得像喉头突然被人扼紧一般，呼吸困难起来。那人停在电话亭前面，完全不看他，只对着她笑，那张漂亮的脸漂亮得使人难过。

"就猜到你被雨阻住了，到图书馆没找到你，远远地看到你的蓝裙子，就知道你被困在这里了。怎么，过不去了吗？"

那男人爽朗地说着，笑着。

"你看！"她指指自己的白鞋，又望望水，"总不能脱了鞋子走嘛！"

"让我来！"那男孩子说着，仍然在笑。走近了她，他忽然把她一把抱了起来，她发出一声惊叫，为了防止跌倒，只得用手揽住了他的脖子，满脸悼惑地说："怎么嘛，这样不行！"

"有什么不行？"那男人笑着说，"你别乱动，摔到水里我可不管！"

她乖乖地揽住那男人，让他抱着她涉水而过。他木然地站在电话亭门口,望着他们走开。忽然,他觉得她那对黑眼睛又在他脸上晃动,他搜寻过去,那对黑眸又迅速地溜开了。

他深深抽了口气,自言自语地说:"我也可以那么做的,我也可以抱她过去,为什么我竟想不到?"他望着天,太阳明朗地照着,他不可能希望再有一次大雨了。机会曾经敲过他的门,而现在,他已经让机会溜跑了。

下了课,挟着一大摞书,他和同班的小徐跨出了教室,向校园里走。忽然,小徐碰了碰他:"看那边!"

他看过去,屏住了呼吸!一个穿着蓝裙子的小巧的身子正在前面踽踽独行。是她!她的黑眼睛!他梦寐所求的黑眼睛!

"那是外文系之花!"小徐说,"有一对又大又黑的眼睛,非常美!只是身材太瘦了,不够二十世纪的健美标准……"

"哼!"他哼了一声,一股怒气从心中升了起来。凭什么资格,小徐可以这样谈论她?

"这是美中不足,"小徐继续说,"否则我也要去和她那个外交系的男朋友竞争一下了!"

"外交系的男朋友?"他问。

"怎么?你这个书呆子也动心了吗?"小徐打趣地问,"别做梦了,这朵花已经有主了!她是我妹妹的好朋友,下星期六要和外交系那个幸运的家伙订婚,我还被请去参加他们的订婚舞会呢!那外交系的家伙高鼻子、大眼睛,长得有点像个混血儿!"

是的,他知道那个漂亮的男人,他对他太熟悉了。咽了一口唾沫,他觉得胃里一阵抽痛,喉咙似乎紧绷了起来。小徐踢开一块石子,说:"其实呀,那外交系的长得也不坏,追了她整整三年,到最近她才答应了求婚,据说是一次大雨造就的姻缘。大概是她被雨困住了,这小子就表演了一幕救美,哈哈,这一救就把她救到手了。"

他咬紧了下嘴唇,突然向另一边走开了:"再见!我要到图书馆去!"

他匆匆地说,像逃难般抛开了小徐,几乎是冲进了图书馆。这不是他平日进图书馆的时间,但他必须找一个清静的地方坐一坐,使他那燃烧得要爆裂开来的头脑冷一冷。图书馆中静悄悄的,大大一间阅览室只坐了疏疏落落的几个人,他在他的老位子上坐了下来。把书乱七八糟地堆在桌子上,用手捧住了头,闭上眼睛。一种绝望的、撕裂的痛苦爬上了他的心脏,他苦苦地摇头,低声地说:"天哪!天哪!"

一阵淡淡的幽香和衣服的窸窣声传了过来,他竖起了耳朵,那熟悉的、轻轻的脚步声停住了,他身边的椅子被拉开,有人落座了。他从桌面看过去,那白皙的手指正不经心地翻弄着书本,穿着蓝色衣服的身子紧贴着桌子。他沉重地呼吸着,慢吞吞地把抱着头的手放下来,慢吞吞地转过身子,慢吞吞地抬起眼睛正对着她。于是,一阵旋乾转坤般的大力量把他整个压倒了。他接触到一对如梦如雾的黑眼睛,那么温柔,柔得要滴出水来,那样怯怯地,脉脉地看着他,看得他心碎。他呆呆地凝视着这对黑眼睛,全神贯注地,紧紧地凝视着,连他都不知道到底凝视了多久,直到他听到一个男人的声音在打着招呼:"嗨!"

他吓了一大跳,这个"嗨"把他惊醒了,他四面环顾着找寻那漂亮的男孩子。可是,四面一个人都没有,这才惊异地发现,这声"嗨"居然是出自自己的口中,他愣住了。

"嗨!"她轻轻地、柔柔地应了一声。黑眼睛一瞬也不瞬地望着他。

"你是招呼我吗?"他不信任地问。

"你是招呼我吗?"她同样地问,黑眼睛在他脸上温柔地逡巡。

"当然。"他说,窒息地看着她。

"我也是当然。"她说,长长的睫毛在颤动着。

他无语地看着她,很久很久,他问:"你怎么这个时间到图书馆来?"

"你怎么这个时间到图书馆来?"她反问。

"我不知道。"

"我也不知道。"

他深深地注视她,她也深深地注视他。窗外,忽然响起一声夏日的闷雷,夹着雨意的风从窗外扑了进来。他不经心地望了窗外一眼:"要下雨了。"他说。

"是吗?"她也不经心地望了窗外一眼。

"我们可以走了,"他说,"到那个电话亭里去避一避这阵暴风雨。"

"你确定——"她说,"我们要到电话亭里去避雨吗?"

"是的,难道你不准备去?"

她微微地笑了，梦似的微笑。站起身来，他们到了电话亭里，关上了门。风雨开始了，大滴的雨点击打着玻璃窗，狂风在疾扫着大地。电话亭中被两人的呼吸弄得热热的，他把她拉过来，她叹息了一声闭上眼睛。他知道她星期六那个订婚礼不会再存在了。俯下头去，他把他炙热的嘴唇印在她长长的睫毛上。

　　她张开眼睛。"你终于有行动了，"她轻声说，"我以为永远等不到这一天。"

　　他捧住她的脸，望着她的眼睛，她那黑色的眸子像两潭深不见底的潭水，把他整个地吞了进去。

美美

我想，我从没有恨过什么像我恨美美这样。在这儿，我必须先说明，美美是一只小猫，瞎了一只眼睛的小灰猫，就是那种无论在什么情况下都引不起你的好感的小猫。

事情是这样的，那时我正读高三，凡是读过高三的人，就会明白，那是多么紧张而又艰苦的一段时间。每晚，我要做功课做到深更半夜，数不清的习题，念不完的英文生字，还有这个复习教材、那个补充资料。仅仅英文一门，就有什么远东课本、复兴课本、成语精解、实验文法等一大堆，还另加上一本泰勒生活。我想，就是英文一门，穷我一生，都未见得能念完，何况还有那么多的几何三角化学物理中外史地三民主义等等等呢！所以，那是我生活上最紧张、情绪上最低落的一段时间，我整日巴望赶快考完大学，赶快结束中学生活。就在那样的一个深夜里，我坐在灯下和一个行列方程式作战，我已经和这个题目斗争了两小时，但它顽强如故，我简直无法攻垮它。于是，我发出了一大串的诅咒："要命见鬼死相的代数习题，你最好下地狱去，和那个发明你的死鬼做伴！"

我的话才说完，窗外就传来一句简单的评语："妙！"

"什么？"我吓了一大跳，向窗外望去，外面黑漆漆的，还下着不大不小的雨，看起来怪阴森的。

"妙！"那个声音又说。

"谁在外面？"为了壮胆，我大吼一声。

"妙！"那声音继续说。

我不禁有些冒火，也有点胆怯。但因为看多了狐仙鬼怪的书，总希望也碰上一两件来证实证实。所以，我跳起身来，拉开了玻璃窗，想看看窗外到底是个什么玩意儿。谁知，窗子才打开，一样灰不溜丢的东西就直扑了进来，事先毫无防备，这下真把我吓了一大跳，禁不住"哇"地叫了一声。可是，立刻我就认出不过是只小灰猫，这一来，我的火气全来了，我大叫着说："见了你的大头鬼！给我滚出去，滚出去！"

"妙，妙，妙！"它说，在我的书桌上蹿来蹿去，把它身上的污泥雨水全弄在我的习题本上。

"滚出去！滚出去！"我继续叫着，在书桌四周拦截它，想把它赶回窗外去。

"妙，妙，妙！"它说着，极敏捷地在书桌上闪避着我，好像我是在和它玩捉迷藏似的。它的声音简短有力，简直不像普通的猫叫，而且带着极浓厚的讽刺意味。

"滚，滚，滚！"我叫。

"妙，妙，妙！"它叫。

我停下来不赶它，它也停了下来。于是，我看清了它那副尊容，一身灰黑的毛，瘦得皮包骨头，短脸，瞎了一只眼睛，剩下一只正对我凝视着，里面闪着惨绿的光。黑嘴唇，龇着两根犬牙，看起来一股邪恶凶狠的样子。这是一只少见的丑猫，连那短促的叫声都同样少见。我们彼此打量着，也彼此防备着。然后，我瞄准了它，对它扑过去，想一把抓住它。

它直跳了起来，从我手下一蹿而过，带翻了桌上的一杯我为了提神而准备的浓茶，所有的习题本都泡进了水里，我来不及抢救习题本，随手抓起一个砚台，对着它扔过去，它矫捷地一闪，那砚台正正地落在爸爸最心爱的那个细瓷花瓶上，把花瓶砸了个粉碎。

"完了！"我想，一不做，二不休，我抓起桌上任何一件可以做武器的东西，对它发狠地乱砸一通。于是，铅笔盒、墨水瓶、橡皮、镇尺、书本、茶杯盖，满屋乱飞，而它，仍然从容不迫地说着："妙，妙，妙！"然后轻轻一跃，就上了橱顶，超出了我的势力范围，居高临下，用那只邪恶的眼睛对我满不在乎地眨着。

我们这一场恶战，把全家的人都吵醒了，妈妈首先慌慌张张地跑进来问："什么事？小瑜？发生了什么？"

"就是那只臭猫嘛！"我跺着脚指着橱顶说。

爸爸和小弟也跑了进来，爸爸看看弄得一塌糊涂的屋子，皱着眉说："这是怎么弄的？小瑜，你越大越没大人样子，一只小猫怎么会把房间弄成这样子，一定是你自己习题做不出来，就拿这个小客人出气!"

小客人!我文绉绉的爸爸居然叫这个混账的小丑猫做小客人哩!但，接着，爸爸就大发现似的叫了起来："啊呀!我的花瓶!我的景德细瓷的花瓶!"

完了!我想。翻翻眼睛说："是那只臭猫碰的嘛!"

"是吗?"爸爸走过去，在那一大堆瓷片中把那个肇祸的砚台拾了起来，盯着我问，"这砚台也是小猫摔到花瓶上去的吗?"

我噘着嘴，一声不响。于是，爸爸开始了训话，从一个女孩子应该有的恬静斯文开始，到人类该有博爱仁慈的精神，不能仇视任何小动物为止，足足训了十分钟。等爸爸的训词一结束，那小猫就在橱顶干干脆脆地说："妙!"

爸爸抬头看看那个神气活现的小东西，点点头说："这小猫蛮有意思，我们把它养下来吧!"

"啊哈!"读小学三年级的小弟发出了一声欢呼，立即对那只小猫张着手说："来吧，小猫!我养你!"那小猫竟像懂得一样，马上就跳进了小弟的怀里，还歪着头对我瞥了一眼。

我恨得牙痒痒的，暗中诅咒发誓地说："好吧!慢慢来，让我好好收拾你，倒看看是你厉害还是我厉害!"

就这样，这只小猫在我们家居住了下来。没多久，妈妈给它取了个名字，叫作美美。我不知道妈妈为什么要叫它美美，说老实话，它实在不美，叫它丑丑还更合实际一些。但，全家都叫它美美，我也只得跟着叫了。

美美十分了解我对它的恨意，所以，它从不给我机会接

31

触它，而且，它还常常来撩拨我。经常在我的习题本上留下梅花印子，把鱼骨头放在我打开的书页里，逗得我火来了，对它乱骂一通，它就斯斯文文地舔舔爪子，说一声"妙！"然后，爸爸必定要教训我一顿，因为他最恨我说什么死鬼啦，要命啦，下地狱啦，滚蛋啦……这些粗话，他认为男孩子说这些话都十分不雅，何况我是女孩子！因此，自从美美进门，我几乎三天两头就要挨一次训。这还罢了，没多久，我就发现美美有一个习惯，一定要在我的枕头上睡觉，我看到了就要打它，但从来打不到它，逼得我只好换枕头套。有一天，我竟看到它站在我的桌上，从我的茶杯里喝茶，这一气非同小可，我立刻向全家警告，如果不赶走美美，我就要离家出走了。

妈妈听了笑笑说："为了一只猫要走吗？小瑜，别孩子气了！"

小瑜！我猛然有个大发现，这名字听起来多像"小鱼"，怪不得我拿美美没办法呢，从没听说过鱼斗得过猫的。我看，总有一天，它会把我吃掉呢！从此，我只得在美美面前低头，认栽认定了！

我终于跨进了大学之门，别提我有多高兴，多自满了！那几天，美美一见我，就斜着眼睛说"妙！"我总会瞪它一眼说："当然妙啦！"

一进大学，麻烦跟着来了，没多久，我和班上一位男同学相交得颇为不恶。他有一对蒙眬的大眼睛，一个挺直的希腊鼻子。身材高高的，皮肤白白的，是全班最漂亮的一个男孩子。他喜欢作诗，同学们给他起了个外号，叫作"诗人"，他也拿了许多他作的诗给我看，我对诗是外行，他那些诗也不过是些风花雪月的东西。但我能够背诵的几首名诗，如"床前明月光，疑是地上霜。举头望明月，低头思故乡。"和"春眠不觉晓，处处闻啼鸟。夜来风雨声，花落知多少！"以及什么"千山鸟飞绝，万径人踪灭。孤舟蓑笠翁，独钓寒江雪。"也不外乎"风""花""雪""月"，所以，我也认为他的天才不减于李白杜甫了。

我和"诗人"的交情日深，爸爸妈妈也略闻一二，于是，爸爸表示要见见这位"诗人"。那真是个大日子，我约定了"诗人"到我们家来，这还是"诗人"第一次到我们家来拜见爸爸妈妈哩！从一清早，妈妈就把家里收拾得特别干净，自己也换了件新衣服，整日笑吟吟的，大有"看女婿"的劲儿。

晚上准八点，诗人来了，他也穿了件十分漂亮的米色西装，头发梳得光光的，显得更英俊了。进门后，大家一阵介绍，"伯伯""伯母"地客套了一番，然后分宾主坐定。我倒了杯茶出来，他刚伸手来接，突然，美美不知从哪个角落里直蹿了过来，茶泼了他一手一身，茶杯也掉到地下了。美美，真是和我作对作定了！气得我拼命瞪眼睛，诗人也顾不得收拾地下的茶杯破片，只慌慌忙忙地用手帕擦衣服上的水渍。这一下足足乱了五分钟才弄利索。

然后，爸爸问诗人："您和小女是同班同学吧？"

"是，是。"诗人说。

"听说您很会作诗呢！"

"哪里，哪里，随便写写而已。"诗人说。

"妙。"美美插进来说，自从茶杯打翻之后，它就一直蹲在诗人的面前，用它那只独眼把诗人从上到下、从下到上地仔细研究着。

"很希望能听到您念一首您的诗呢！"爸爸说，带着种考察的意味。

"不敢当，还请老伯多多指教！"诗人说，但脸上却有种骄傲的神情，对于他的诗，他向来是颇自负的。于是，他正了正身子，美美却歪歪头，继续盯着他看。他望了美美一眼，显然被这只小猫弄得有点不安。然后，他开始朗诵一首他的近作："呜——呜——呜——"美美的独眼眨了眨，又歪了歪头。

"呼呼的风，吹啊，吹啊……"诗人一本正经地念着。

"妙！"美美大声说，出其不意地向诗人身上扑过去，一下子纵到他的肩膀上，平举着尾巴，在他的脸上扫着。诗人张皇失措地站起来，诗也被打断了，狼狈地说："这……这……这……"

"美美，下去！"我叫。

美美充耳不闻，开始在他肩膀上踱起方步来，在一边看的小弟忍不住大笑了起来。爸爸也要笑，好不容易忍住了，我冲过去，想抓住它，它立刻跳上了诗人的头顶，又从诗人的头顶跃上了柜顶，在那儿轻蔑地望着诗人，还高高兴兴地说："妙！"

可怜的诗人，他那梳得光光的头发已经被弄得乱七八糟，念了一半的风也吹不起来了。站在那儿，一脸的尴尬和不自然，扎煞着两只手也不知往哪儿放好，看起来活像个大傻瓜。

这次伟大的会面就在美美的破坏下不欢而散，等诗人告辞之后，爸爸就板着脸对我说："你的眼光真不错！"

听口气不大妙，偏偏美美还在一边说妙，我恶狠狠地盯了它一眼，爸爸继续说："你这个朋友，我对他有几个字的批评：油头粉面，浮而不实，外加三分脂粉气和七分俗气！小瑜，选择朋友要留心，不要胡乱和男朋友一起玩，要知道：士之耽兮，犹可说也，女之耽兮，不可说也！谨慎！谨慎！"

糟糕！爸爸把《诗经》都搬出来了！然后，爸爸看了美美一眼，美美这时已跳到爸爸身上，正在爸爸的长衫上迈着步子，选择一个好地方睡觉。爸爸摸摸美美的头说："如果不是美美把他的诗打断了的话，我想我的每根汗毛都快被他呼呼的风吹得站起来了！"

美美歪歪头，颇为得意地说："妙！"

我和诗人的交情，从这次会面后就算完蛋了！一年后，诗人因品性不良而遭校方退学，连我都奇怪美美是不是真的"独"具"慧眼"了！

诗人事件之后不久我又有了好几个男朋友。其中一个，同学们称他作书呆子，整天架着副近视眼镜，除了埋头读书之外，什么都不管，倒是功课蛮好的。不知从什么时候起，我和他常常在一起研究功课。说老实话，我一点都不喜欢他，他是那种最让人乏味的男孩子，整天只会往书堆里钻，既不风趣又不潇洒，一天到晚死死板板，正正经经的。当他第一次到我家的时候，我告诉他："我家里有一只很可爱的小猫。"

"是吗？"他问。他进门后，我一直希望美美能有点恶作剧施出来，但那天，美美只是怀疑地打量着他，始终没有做出什么来。他很正经地望了美美一阵，说："真的，是一只很可爱的猫。"

"是吗？"这次是我问了，我实在看不出美美的"可爱"在什么地方，但，他说得倒挺诚恳的。

书呆子常常到我家里来了，最奇怪的是，他和美美迅速地建立起友谊来。每次他一来，美美一定跑到他身边去，用脑袋在他身上左擦右擦。他也十分怜惜地抚摸它，亲热地叫它，拍它的头，抓它的脖子底下。使我诧异地发现，这个只知钻书本的书呆子，原来也有情感，也会有温柔的时候。除了和美美交朋友之外，他和爸爸也马上成了谈学问的最佳良伴。他们在一起，一老一少，两副近视眼，两个书呆子，谈《诗经》、《楚辞》、唐朝的诗、宋朝的词、元人百种、清代小说……

以至于近代文艺的趋向，小说的新潮流，什么欧·亨利、斯坦达尔等一大堆，两人谈得头头是道，我在一边连插嘴的余地都没有，倒是美美还能经常点点头加一句："妙！"

书呆子到我们家越来越勤了，但，他绝不是因我而来，主要的是他喜欢我们家的气氛，更喜欢和爸爸谈天，和美美交朋友。爸爸常在背地里称赞他，说什么"此子大有可为啦""将来一定能成功啦"，但，这些与我又有什么关系呢？我是越来越讨厌他了，我叫他书蛀虫，叫他四眼田鸡，叫他大木瓜,他对这些一概不注意。事实上,他对我根本就不注意,他的注意力全在爸爸和美美的身上。

那天,书呆子又来了,我打趣地说:"书蛀虫,昨天又蛀了几本书?"

"哦,老伯呢?我昨晚看了一本好书,正要和老伯谈一谈!"他迫不及待地说。

"我爸爸不在家!"我没好气地说。

"哦!"他大失所望,在椅子里坐下来,问,"他什么时候回来呢?"

"我怎么知道!"我说,看他那股失望的劲儿,好像除了和爸爸谈学问以外,到我们家来就没事可做的样子。

"妙!"

美美跳上了他的膝头,他大为高兴,连忙抱住它,细心抚摩着它的毛。我笑笑说:"还好,美美在家,要不然,你今天可不是白来了!"

他看了我一眼,一语不发,只仔仔细细地顺着美美的毛,一面为它捉跳蚤。我赌气地在他对面坐下,拿起一张报纸,慢慢地研究着分类广告。看了半天,实在看不出所以然来,而他仍然在顺着美美的毛。我站起身来,把报纸丢在沙发椅子里,说:"对不起,书蛀虫,你在这儿和美美玩吧,我要出去一会儿。"

"你到哪里去?"他问,似乎有点惊异。

"去看电影,我对于坐着发呆没兴趣!"我说,一面向门外走去。

"有好电影吗?"他傻不棱登地问。

"有呀，"我说，"有一部好片子，片名叫作什么《傻瓜与小猫》!"

"有这样的片名吗?"他怀疑地问，傻气十足。

"当然啦!"

"妙!"美美说。

"真的，妙!"书呆子笑嘻嘻地说，"如果有这样的电影，我倒也想去看看，一定十分幽默，十分好玩的，如果能把美美带去，更妙了!"

"算了吧，你还是在家里陪美美吧!"我说，走到玄关去穿鞋子。

"喂，等一等，一起去吧!"书呆子居然跟了过来。

"别了，"我说，"你留在家里蛀书吧，我到电影院去蛀电影，再见!"

我对他挥挥手，刚想跨到玄关下的水泥地上去，突然，美美向我脚下冲了过来，我正一只脚站在地板上，被它的突然发难，弄得立脚不稳，立即向水泥地上栽了过去。书呆子出于本能，就抓住我死命一拉，我被这一拉，虽没摔下去，却拉进了他的怀里，我惊魂甫定，不禁对美美发出一连串的诅咒："见鬼的死猫! 要命的臭猫! 滚下地狱去吧!"

话一出口，才发觉十分不雅，尤其，又发现自己正靠在书呆子的怀里，而书呆子呢，正从眼镜片后面，用一种既欣赏又新奇的眼光看着我。我脸上一阵发热，想挣出他的怀抱，他却把我拉得更紧了一点，在我耳边说："别跑! 等一等，你那个《傻瓜与小猫》几点钟开演？我想，傻瓜未见得一直是傻的，猫呢，应该是一只十分聪明的猫，对吗？"

我涨红了脸，不知该如何置答，他那眼镜片后的一对眼睛，正灼灼逼人地盯着我，看样子，可一点也不呆呀！

"妙！"美美说，一溜烟地跑开了。

一颗星

晚上，从珍的婚礼宴会上退了席，踏着月色漫步回家，多喝了两杯酒，步履就免不得有些蹒跚。带着三分醉意和七分寂寞，推开小屋的门，迎接着我的，是凉凉的空气和冷冷的夜色。

开亮了小台灯，把皮包摔在桌上，又褪下了那件淡绿色的旗袍。倚窗而立，那份醉意袭了上来。望着窗外的月色，嗅着园里的花香，心情恍惚，醉眼蒙眬。于是，席间芸和绮的话又荡漾在我的耳边："好了，我们这四颗星现在就只剩下最后一颗了！"

四颗星，这是我们读大学的时候，那些男同学对我、芸、绮和珍四个人的称号。这称号的由来，大概因为我们四人形影不离，又同样对男孩子冷淡疏远，他们认为我们是有星星的光芒，并和星星一样可望而不可即。因而，四颗星在当时也是颇被人注意的。但是，毕业之后，绮首先和她儿时的游伴——她的表哥结了婚。接着,芸下嫁给一个中年丧偶的商业巨子。今晚,珍又和大学里追求她历四年之久的同学小杨结了婚。如今,剩下的只有我一个了!依然是一颗星,一颗寒夜的孤星,孤独地、寂寞地挂在那漠漠无边的黑夜里。

"小秋,你也该放弃你那小姐的头衔了吧?"席间,芸曾含笑问我。

"小秋,我们一直以为你会是第一个结婚的,怎么你偏偏走在我们后面?"绮说。

"小秋,我给你介绍一个男朋友,怎么样?"芸故意神秘地压低了嗓音。

"小秋,别做那唯一的一颗星吧,我们到底不是星星啊!"绮说。

"小秋……"

小秋这个,小秋那个……都是些搔不着痒处的话,徒然使人心烦。于是,不待席终,我便先退了。

离开窗子,我到橱里取出一瓶啤酒,倒了一杯,加上两块冰块,又回到窗前来。斜倚窗子,握着酒杯,我凝视着天边的那弯眉月,依稀觉得一个男人的声音在我耳边轻轻地说:"是不是想学李白,要举杯邀明月?"

那是键。是的,键,这个男人!谁能知道,我也尝试希望结婚,但是,键悄悄地退走了,只把我留在天边。

那是三年前,我刚从大学毕业。

跨出大学之门,一半兴奋,一半迷茫。兴奋的是结束了读书的生活,而急于想学以致用,谋求发展。迷茫的是人海辽阔，四顾茫茫，简直不知该如何着手。在四处谋事全碰了钉子之后，我泄了气。开始明白，一张大学文凭和满怀壮志都等于零，人浮于事，这个世界并不太欢迎我。

就在这种心灰意冷的情况下，我开始在报纸的人事栏里去谋发展。一天，当我发现一个征求英文秘书的广告时，我又捧出了我那张外文系毕业的大学文凭，几乎是不抱希望地前去应征。

于是，我遇到了键。

他在一百多个应征者里选聘了我。

他是个三十七八岁的男人，个子魁梧，长得并不英俊，额角太宽，鼻子太大，但却有一对深沉而若有所思的眼睛，带着点哲人的气息。我想，他只有这么一点点地方吸引我，可是，若干时间之后，这点点的吸引竟变成了狂澜般的力量，卷住了我，淹没了我。

一开始，我在他所属的部门工作，他是个严肃而不苟言笑的上司，除了交代我工作之外，便几乎不和我说一句闲话。

将近半年的时间，我好像没有看到他笑过。然后，那有纪念性的一天来临了。那天，因为我写出去的一封信，弄错了一个数字，造成了一个十分严重的错误。信是他签的字，当初并没有发现我在那数字上疏忽地多圈了一个圈，把一笔万元的交易弄成了十万元。我的信被外国公司退回，同时来了一个急电询问，使整个公司都陷进混乱里。好不容易，又发电报，又是长途电话，才更正了这个大错误。到下午，他把我叫进他的办公室，把那封写错的信丢到我面前，板着脸孔说:"吴小姐,你是怎么弄的?"

这一整天,懊恼和惭愧已经使我十分难堪了。他的严厉和冷峻更使我无法下台,我涨红了脸,讷讷地不知该说些什么好。他又愤怒地说:"我们公司里从没有出过这种乱子!我请你来,就是因为我自己忙不过来,假如你写信如此不负责任,我怎能信托你?"

我的脸更红了,难堪得想哭。他继续暴怒地对我毫不留情:"你们这些年轻的女孩子,做事就是不肯专心,弄出这样的大错来,使我都丢尽了脸!像你这种女孩子,就只配找个金龟婿,做什么事呢?"

他骂得未免太出了格,我勉强压制着怒火,听他发泄完毕。然后一声不响回到办公室,坐在桌前,立即拟了一份辞呈。辞呈写好了,跟着开始整理我还没有办完的工作,把它们分类放好,各个标上标签,写明处理的办法及进度,又把几封该写的信写好,下班铃一响,我就拿着辞呈及写好的信冲进他的办公室。他正在整理东西,看到了我,显得有些诧异。他脸上已经没有怒色,看来平静温和。我昂然地走到他面前,想到从此可以不再看他的脸色,受他的气,而觉得满怀轻快。我把那份辞呈端端正正地放在他面前,把写好的几封信递给他说:"所有的公事我都处理好了,这是最后的几封信,你在签名前最好仔细看看。最后,祝你找到一个比我细心的好秘书!"

说完,我转身就向门口走,他叫住了我:"等一下,吴小姐!"

我回过头来，他满脸的愕然和惶惑，怔怔地望着我。然后，他柔和地说："没这么严重吧？吴小姐！我看，你再考虑一下，这只是一件小事，犯不着为这个辞职。"他从桌上拿起我的辞呈，走到我的面前，想把辞呈退回给我。

可是，我固执的脾气已经发了，想到半年以来，他那股不苟言笑、趾高气扬的神气劲儿，和刚才骂我时那种锋利的言辞，现在我总算可以摆脱掉置之不理了！因此，我冷然说道："不用考虑了，我已经决心辞职。我很抱歉没有把你的工作做好。"

他皱眉望望我，然后说："我希望你能留下，事实上，你是我请过的秘书里最好的一位。而且，吴小姐，你就算在我这儿辞了职，也是要找工作的。我们这儿，待遇不比别的地方差，工作你也熟悉了，是不是？"

我直望着他，想出一口气，就昂昂头说："可是，我看你的脸色已经看够了！"

说完这句话，我掉头就走，他错愕地站着，呆呆地望着我。我已经走到门口了，他才猛悟地又叫住我："吴小姐！"

我再度站住，他对我勉强地笑笑——这好像是我第一次看到他笑。

"既然吴小姐一定要走，那么，我也没办法了。这个月的薪水，我写张条子给你，请你到出纳室去领。"他写了一张条子给我，我接了过来。他又笑笑问："吴小姐，是不是你已经另有工作了？"

"我？"我也笑笑，说，"不配做工作，除非找个金龟婿！"

我走出了他的办公室，到出纳室领了薪水，然后，沿着人行道，我向我的住处走。我的家在南部，我在台北读书，又在台北做事，一直分租了别人的一间屋子。走着走着，我的气算已经发泄，但心情却又沉重起来，以后，我又面临着失业的威胁了。

在心情沉重的压迫下，我的脚步也滞重了，就在这时，一个脚步追上了我，一个人走到我身边，和我并排向前走。我侧过头，是他！我的心脏不由自主地加快地跳了两下，他对我歉然地一笑，很温柔地说："吴小姐，请原谅我今天的失礼。"我有些不好意思了，今天，我也算够无礼了。于是，我笑着说："是我不好，不该写错那个数字。"

"我更不好，不该不看清楚就签字，还找人乱发脾气。"他说。他这种谦虚而自责的口气是我第一次听到，不禁对他深深地看了一眼。就在这一眼中，我发现他有种寥落而失意的神情，这使我怦然心动。他跟着我沉默地走了一段，突然说："吴小姐，允许我请你吃一顿晚餐吗？"

不知道是什么因素，使我没有拒绝他。我们在一家小巧精致的馆子里坐下。他没有客套地请我点菜，却自作主张地点了。菜并不太丰盛，两个人吃也足够了。吃饭的时候，我们异常沉默，直到吃完。他用手托住下巴，用一支牙签在茶杯里搅着，很落寞地说："我总不能控制自己的脾气，一点小事就失去忍耐力。"

我望着他，没有说话，因为我不知道说些什么好。接着，他从口袋里拿出我那份辞呈，把它放在我的手边，轻轻地说：

"拿回去吧,好吗?"

"我……"我握住那份辞呈,想再递给他,但他迅速地用他的手压住了我的手,我凝视着他,但他的眼睛恳切地望着我,他压住我的那只手温和有力。我屈服了,屈服在我自己昏乱而迷惘的情绪中。

我依然在他的部门里做事。可是,我们之间却有些什么地方不同了。我的情绪不再平静,我的工作不再简明有效。每次去和他接头公事,我们会同时突然停顿住,而默默地彼此凝视。随着时间一天天过去,我们凝视的次数越来越频繁,凝视的时间也越来越长久了。然后,他开始在下班之后从人行道追到我,我们会共进一顿晚餐。然后,有一晚,他拜访了我的小房间。

那晚,他的突然到访使我惊喜交集,在我的小斗室之内,他四面环顾,凭窗伫立,他说:"你有一个很好的环境。"

"又小又挤又乱。"我笑着说。

"可是很温暖。"他说。仰着头,对高悬在天际的月亮吁了一口气:"好美的月亮!好像在你的屋里看月亮,就比平常任何一日看到的都美。"

我注视他,想着他话里有没有言外之意,但,他那深沉的眼睛迷茫而蒙眬,我什么都看不出来。

就是这一晚,我知道他有喝啤酒的习惯。

任何事情,只要有了第一次,第二,第三……就会接踵而来,逐渐地,他成了我小屋中的常客。许多个晚上,我们静静地度过,秋夜的阶下虫声,冬日的檐前冷雨,春日的鸟语花香,夏日的蝉鸣……一连串的日子从我们身边溜过去。他几乎每晚造访,我为他准备了啤酒和宵夜,他来了,我们就谈天、说地,谈日月星辰,谈古今中外。等这些题目都谈完了,我们就静静地坐着,你看着我,我看着你,而双方却始终只能绕在那个困扰着我们的题目的圈外说几句话,无法冲进那题目的核心里去。因而,一年过去了,我也养成喝啤酒的习惯,养成深夜不寐的习惯,而我们仍停留在"东边太阳西边雨,道是无晴却有晴"的情况里。

一夜,他到得特别晚,看来十分寂寞和烦躁。我望着他,他微蹙的浓眉使我心动,他那落寞的眼睛使我更心动,一年来困扰着我的感情在我心中燃烧,我等他表示已经等得太久了,我到底要等到哪一天为止?于是,当我把啤酒递给他的时候,便不经心地问:"很寂寞?"

"在这小屋里不会寂寞。"

"离开这小屋之后呢?"我追问了一句。

"之后?"他回避地把眼睛调向窗子,"之后有许多工作要做,顾不得寂寞!"

"那么,你为什么烦躁不安?"

"我烦躁不安?"

"你看来确实如此!"

"大概是你看错了!"他走到窗子前面,神经质地用手指敲着窗棂,凝视着外面的夜空,故意调开了话题,"夜色很美,是吗?"

我追过去,和他并倚在窗子上,我握着酒杯的手在微颤着,轻声说:"三十几岁的男人并不适合过独身生活。"我的脸在发烧,我为自己的大胆而吃惊。

他似乎震动了一下,很快地,他说:"是吗?但我早就下决心要过独身生活。"

"在这一刻也这样有决心吗?"我问,脸烧得更厉害,心在狂跳着。

他沉默了一段时间,空气似乎凝住了,使人窒息。然后,他说:"我不认为有另外一种生活更适合我。"他的声音生硬而冷淡。

我的心沉了下去,失望和难堪使我无言以对,我必须用我的全力去压制我冲动的情感。眼泪升进了我的眼眶,迷蒙了我的视线,我靠在窗子上,前额抵着窗槛,斟满的酒杯里的酒溢出了我的杯子。我把酒向窗外倾倒,酒,斟得太满了,我的感情也斟得太满了,我倒空了杯子,但却倒不空我的情感。

他走到我的书桌前面,把杯子放下,我悄悄地拭去泪痕,平静地回过头来。他望着我,欲言又止,然后,他勉强地笑了笑。

"不早了,"他说,"我要回去了!"

我的话竟使他不敢多留一步?他以为我会是枝缠裹不清的藤蔓?怕我缠住了他?我送他到门口,也勉强地笑笑,我的笑一定比他的更不自然。

"那么,再见了。"我爽朗地说。暗示我并不会对他牵缠不清。

他凝视我,眼睛迷蒙凄恻,微张着嘴,他说:"小秋……"

我等待着。但是,他闭了一下眼睛,转过了身子说:"再见吧!"

我倚在门上,目送他消失在走廊里,转回头,我关上房门,让泪水像开了闸的洪流般汹涌奔流,我的心被揉碎了。

从这天起,他不再到我的小屋里来了。我几句试探的话破坏了我们的交往。小屋里失去了他,立即变成了一片荒凉的沙漠,充满的只有寂寞、无聊,和往日欢笑的痕迹,再有,就是冰冻的空间和时间。

办公室里的日子也成了苦刑,每次与他相对,我不敢接触他的眼睛,怕在接触之中,会泄露了我自己太多的隐情。他也陷在显著的不安里。我敏感地觉得他的眼睛常在跟踪我,而我却在他的眼光下瑟缩。我努力振作自己,努力强颜欢笑,努力掩饰自己的失望和悲哀。可是,一切的努力都没有用,我迅速地消瘦了下去,苍白的面颊和失神的眼睛说明了我曾度过多少无眠的夜。"失恋"明白地写在我的脸上,不容我掩饰,也不容我回避。

我的工作能力减退到我自己都不信任的程度,我写的信错误百出,终日精神恍惚,神志昏沉。终于,有一天,他拿着我的一张信稿,十分温和地说:"我怕这封信有点错误,你最好查一查他的来信是写什么,再拟一个回信稿。"

我望着他,颤抖地接过了那张信纸,一阵突然袭击我的头晕使我站不住,我抓住一张椅子的椅背,头晕目眩。我挣扎地,困难地说:"对不起,我……我……"我控制不住我的声音，眼泪迸出了我的眼眶，我说："我不做了，我辞职了。"

他的手抓住了我的手腕，他的声音荡在我的耳边："小秋！小秋！"

我仰头望着他，他的眼眶发红，眉头微蹙，他的手摸着我的面颊，然后，他拥住了我，他的嘴唇轻轻地落在我的唇上，我闭上眼睛，让泪水沿着面颊滚下去。

他放开我，我问："你为什么要躲避我？"

他转开头，回避地说："晚上再谈，好吗？"

晚上，我又为他准备了啤酒和宵夜，但是，他失约了，而且，是永远地失约了。第二天，我才知道他已于清早乘班机飞美国，把我这边的业务全部移交给他的合伙人。他并没有忘记我，他安排了我的工作，一份待遇优厚而永久的工作。同时，他留了一封信给我，里面大略写着：

> 我早已被剥夺了恋爱的权利，从我有生命以来，我就带着与生俱来的缺陷，而被判定了该是独身。既然和你相遇而又相恋，我竟无法从这感情的网里挣脱出来，我就只有远走高飞了。小秋，我不能继续害你，请原谅我！但是，相信我，我爱你！为我，请快乐起来，振作起来，有一天，当我们再见的时候，我希望能看到你有一个幸福的家庭。

夜深了，我从沉思和回忆中醒来，啜了一口啤酒，茫然地注视着夜空，和夜空中的几点寒星。我知道，我永远不会有一个幸福的家庭，如果他不回来的话。我不认为他离开我的理由很充分，我将等待着，等他回来的那一天，当他发现我仍然是一颗孤独的星，他会明白我的感情和他所犯的错误，那时候，他该会有勇气爱我了。

　　夜更深了，望着夜空，再啜了一口酒。这时，我仿佛看到我自己，一颗孤零零的星，寂寞地悬挂在天边。

复仇

下了火车，高绍桢提着他简单的行囊，在耀眼的阳光下站定。十五年来，这年代已久的车站似乎依然如旧，那斑驳的水泥石柱，那生锈的铁栅，那狭小的售票口，都和十五年前没有两样。只是，候车室里的墙壁是新近粉刷过的，配上那破旧的椅子和柱子，显得特别地白——像一个丑陋的老妇搽了过多的粉，有些不伦不类。高绍桢深深地吸了一口气，故乡，如果这算是他的故乡的话，他总算又回来了。十五年前离开这儿的景象仍在目前：他，提着个破包袱，以一张月台票混上了火车，以致在车上的十几小时，有一大半的时间他都必须躲在厕所里，以逃避查票员的目光。现在，他站在这儿，不必再低着头，不必再忍受别人投过来的怜悯的眼光。今天的晨报上曾有一段消息："甫自美归国的青年科学家高绍桢，今日可能返其故居一行。"他庆幸这小城没有多事的记者，也庆幸那些以前的熟人都不会去注意报纸。这样，他可以有一段安静的时间。他要静静地对这小城来一番巡礼——那些以前走过的石子路，那郊外的小山岗和溪流。他要在这儿再去找一找往日的自己，更重要的，他要去看看何大爷——那乖僻的、固执的、暴戾的老人！

走出了车站，高绍桢打量着这阔别十五年的街道，街两边是矮小的木屋，偶尔夹着一两栋木造楼房。这些都是熟悉的，但商店里所坐的那些人，却有大部分变成陌生人了。高绍桢缓步走着，心里充塞着几百种不同的情绪。何大爷，他多么想马上见到这个老人，他要给他看看，阿桢回来了，那被他称为野狗的阿桢终于回来了！挺了挺肩膀，高绍桢似乎仍可感到背脊上被鞭打的疼痛，以及肩上被旱烟所灼伤的刺痛。回来了，何大爷能想到吗？能想到十五年前被放逐的阿桢会有今天吗？还有阿平，高绍桢不能想象阿平现在是什么样子，或者，他已经和小翠结了婚，该是儿女成群了。想起小翠，高绍桢心中掠过一阵酸楚，双手不由自主地握紧了拳。

他奇怪，在遨游四方，经过十五年后的今天，那个梳着辫子的农村女孩仍然在他心中占据如许大的位置。

转了一个弯，那栋熟悉的楼房出现在他眼前了，他可以听到自己的心跳，双手握得更紧，指甲陷进了肉里。在门口，他站住了，他仿佛看到许多年前的自己，一个五岁的孩子，瘦弱的、疲倦的，被带到这栋房子前面。何大爷在大厅中接见了他和带他来的那位好心的赵伯伯，赵伯伯开门见山地说："这是高巨集的儿子，高巨集一星期前死了，临死托我把这孩子送来给你，请你代为抚养。"

"为什么不送到孤儿院去？"何大爷冷冷地问，在绍桢的眼光中，何大爷是多么高大。那藏在两道浓眉下的眼睛又是多么锐气凌人！

"高巨集——高宏遗言请你抚养，关于你和高宏之间那笔账，我们都很清楚，如果你愿意把借的那笔钱还出来，我们可以托别人带他的。但高宏认为你是好朋友，只请你带孩子，并没有迫你还债，你可以考虑一下带不带他。"

何大爷望了赵伯伯好一会儿，然后冷冰冰地说："孩子留下，请马上走！"

赵伯伯站起身，也冷冷地说："我会常来看孩子的，至于你的借据，高宏托我代为保管！"

"滚出去！"何大爷大声嚷，声势惊人。等赵伯伯退出门后，何大爷立即踢翻一张凳子，拍着桌子喊："来人啦！把这小杂种带到柴房里去，明天叫他跟老张一起去学学放牛！"当绍桢被一个工人拖走的时候，还听到何大爷在大声地咒骂着："他娘的高宏！下他十八层地狱去！给他养小杂种，做他娘的梦！"

这是高绍桢到何家的开始，这一夜，他躺在柴房的一个角落里，睡在一堆干草上面，只能偷偷地啜泣流泪，这陌生的环境使他恐惧，尤其使他战栗的是何大爷那凶狠的眼光和大声的诅咒。第二天一早，一阵尖锐的哭叫声把他从一连串的噩梦中惊醒过来，他循着哭声走到一间房门口，房内布置得极端华丽，在房子中间，正站着一个六七岁的男孩子，在用惊人的声音哭叫着，满地散乱地堆积着破碎的玩具。那男孩一面哭，一面疯狂地把各种玩具向地下摔，小火车、小轮船、洋娃娃、泥狗熊都一一成了碎块。在男孩的面前，却站着昨天那凶恶的何大爷，和一个梳着两条小辫子的五六岁的小女孩。那女孩瞪大了一对乌黑的眼睛，里面包藏着惊怯和恐惧。何大爷却一改昨日的态度，满脸焦急和紧张，不住地拍着那小男孩的肩膀说："不哭，不哭，乖，阿平，你要什么？告诉阿爸你要什么？我叫老张给你去买！"

"我不要，我不要！"阿平跺着脚，死命地踢着地上的玩具，"我不要这些，我要马，会跑的马！"

"马这里买不到，乖，你要不要狗？兔子？猫？……"何大爷耐心地哄着他。

"不！不要！不要！"阿平哭得更凶，把破碎的玩具踢得满天飞，一个火车轮子被踢到空中，刚好何大爷俯身去拍阿平，这轮子不偏不倚地落在何大爷的鼻子上。何大爷皱了皱眉头，阿平却破涕而笑地拍起手来，笑着喊："哦，踢到阿爸的鼻子！踢到阿爸的鼻子！"何大爷眉头一松，如释重负地也嘿嘿笑了起来说："哦，阿平真能干，踢到阿爸的鼻子上了！"

"我还要踢！我还要踢！"阿平喊着，扭动着身子。

"好好好，阿平再踢！"何大爷一迭连声地说，一面亲自把那小轮子放到阿平的脚前。正在这时，何大爷发现了站在门口的绍桢，在一声暴喝之下，绍桢还没有体会到怎么回事时，已被何大爷拎着耳朵拖进了房里。在左右开弓两个耳光之后，何大爷厉声吼着："你这个小杂种，跑到门口来干什么？说！说！说！"

"我，我，我……"绍桢颤抖着，语不成声。

"好呀，我家里是由你乱跑的吗？"何大爷喊着，一脚踢倒了绍桢，阿平像看把戏似的拍起手来，笑着喊："踢他，踢他，踢他！"一面喊，一面跑过来一阵乱踢，绍桢哭了起来，恐惧更倍于疼痛。终于，在何大爷"来人啦！"的呼叫声中，绍桢被人拖出了房间，在拖出房间的一刹那，他接触了一对盈盈欲泣的眼光，就是那个梳辫子的小女孩。此后，有好几天，他脑子里都盘旋着那对包含着同情与畏怯的眼光。

刺目的阳光照射在那油漆斑驳的门上，高绍桢拭了一下额角的汗珠，终于举起手来，在门上敲了三下，他感到情绪紧张，呼吸急促。他不知谁会来给他开门，老张是不是还在何家？这老头子在他童年时曾多次把他抱在膝上，检验他被何大爷鞭打后的伤痕，他仍可清晰地记起老张那叹息的声音："造孽呀，你爹怎么把你托给他的呀？"

就在十五年前他离开的那个晚上，老张还悄悄地在他手里塞下几块钱，颤抖抖地说："拿去吧，年纪小小的，要自己照应自己呀！"

是的，那年他才十八岁，在老张的眼光中，他仍是个诸事不懂的、怯弱的孩子。高绍桢感到泪珠充满了眼眶，如果老张在，他要带走他，他该是很老了，老到不能做事了。但这没关系，他将像侍候父亲一样奉养他。

他听到有人跑来开门了，他迅速地在脑子里策划着见到何大爷后说些什么，他要高高地昂起头，直视他的眼睛，冷冰冰地说："记得我吗？记得那被你虐待的阿桢吗？你知道我带回来什么？金钱、名誉，我都有了，你那个宝贝儿子呢？他有什么？"

这将是何大爷最不能忍受的。他总认为阿平是天地之精英，是顶天立地的男儿，世界上没有一个人可以和阿平相提并论的，何况那渺小的猪——阿桢？可是，如今他成功了，阿平呢？就这一点，就足以报复何大爷了。他这次回来，主要就是要复仇，要报复那十三年被折磨被虐待的仇，不只为自己报仇，也为小翠——那受尽苦难的小童养媳，阿平怎么能配得上她？

门蓦地打开了，高绍桢镇定着自己，注视着开门的人。这是个陌生的女人，正用疑惑的眼光打量着他，似乎惊讶于他衣着的华丽富贵，她讷讷地问："你找哪一个？"

"请问，这是不是何大爷的家？"

"何大爷？"那女人惊异地望着他，"你是说那个何老头？叫作何庆的？"

"是的，"高绍桢说，暗想十五年世间一切都变了不少，十五年前，是没有人敢对何大爷称名道姓的。

"哦，他现在不住在这里了，他在这条街末尾那间房子里。"

"好，谢谢你。"高绍桢礼貌地说，转身向街尽头走去。他不明白为什么那女人仍在门口惊异地望着他，或者因他的服饰和这小城中的人有太大的不同。何大爷搬家了，可能他发了更大的财，搬到一栋更大的房子里，更可能他已经没落了，所以才会变卖了祖产。但，足可庆幸的是，何大爷并没有死，只要他还活着，高绍桢就可以为自己复仇。小翠呢？小翠是不是仍和何大爷住在一起？想起小翠，他脑子里又出现了那终日默默无言的女孩，那对深沉而凄苦的眼睛，那极少见到的昙花一现的微笑。每当阿平暴虐地踢打她之后，她是怎样抽搐着强忍住眼泪。但当绍桢挨了打，她又怎样无法抑制地跑到墙角或无人处去痛哭。这样善良的女孩，老天为什么要把她安排到这样的人家里做童养媳？阿平，那继承了他父亲全部的暴戾、蛮横和残忍的性格的少年是多么可怕，绍桢还记得在酷热的暑天里，他把一篮黄豆倒在天井的地上，要小翠去一粒粒拾起来，理由是要磨炼她的耐心。小翠那弯着腰在烈日下拾豆子的样子至今仍深深印在绍桢的脑海中，她的汗珠落在地上，一滴一滴，一粒一粒，比豆子更多。

　　已经走到了街的尽头，绍桢站住了，这里并没有楼房，只有两间倾颓了一半的、破旧的木板房子。绍桢不相信何大爷会住在这两间房子里，哪怕他已经没落了，也不至于到如此的地步。就在绍桢满腹狐疑的时候，"吱呀"一声，房门开了，从里面走出一个女人，牵着一个七八岁的小女孩。绍桢首先被那女孩吸引了全部注意力，"小翠！"他几乎脱口喊了出来，这是小翠的眼睛和神情，这简直就是小翠！抬起头，他注视那牵着女孩子的人，那女人也正全神贯注地望着他。

　　"阿桢，你是阿桢？"那女人梦呓似的说。

　　"小翠！"没有怀疑了，这是小翠，绍桢喃喃地喊，不敢相信自己的眼睛。她的眼睛干枯无神，她的额上已布满皱纹。

　　十五年，这十五年竟会给人带来这么大的变化？

"哦，你回来了，老张说你一定会回来的！"小翠说，眼睛里突然焕发了光彩，使绍桢觉得当日的小翠又回来了。

"我回来了，小翠，你好吗？老张呢？老张怎样？"绍桢急迫地问。

"老张死了，死了好多年了！"

"哦！"绍桢说，非常失望，也非常怅惘，"你怎样？过得好吗？你怎么住在这里？阿平呢？何大爷呢？"绍桢一连串地问。

小翠把眼睛看着地下，半天后才抬起头来。"我们和以前都不同了，阿平死了，死在监狱里。他赌输了家里所有的东西、房子、田地、金子，为了逼出他老子最后的积蓄，他殴打了何大爷——哦，我现在称他阿爸了，他早已做了我的公公。阿爸为这事吐血。阿平输掉所有东西，又去偷，去抢，后来杀了人，给抓了起来，三年前死在监狱里，被枪毙的。阿爸曾经想办法营救，可是没成功。现在，我带着小薇和阿爸住在这里。"

"哦。"绍桢说，一时什么话都说不出来。小翠望着他，脸上露出个凄苦的微笑——和以前一样的，屈服于命运的、无奈的微笑。然后说："你怎样？看样子你过得很好？"

"是的，我很好。"绍桢说。突然，他不再想炫耀他的成功，至少他不愿在小翠的面前炫耀。"你们靠什么生活呢？我相信，家里没什么积蓄了！"

"我每天早上出去给人家洗衣服，三个人生活是够的了，当然不能再过以前那样的日子。"

"何大爷好吗？我想看看他！"

"我——我想，"小翠讷讷地说，"你还是不要见他好，他，他现在脑筋不很清楚。"

"你意思是说——"

"他病过很久，他总不相信阿平会打他，也不相信阿平已经死了。"

"我还是想看看他，这也算了了我一件心愿。"绍桢说。

小翠点点头："我知道，你恨他，你想复仇。"

绍桢默默不语，他又想起那年大寒流里，他被迫穿一件内衣裤站在院子里一整夜，冻得皮肤都裂了口。是的，他要复仇，最起码要讽刺何大爷几句，才算出了那十三年的怨气。

小翠一语不发地打开大门，示意让他进去。绍桢跨进了那低矮的门，一股潮湿的霉味向他扑了过来，在阴暗的光线下，他好半天才看清室内的一切，一张破桌子，一张破床。在床上，一个枯干的老人正惊觉地抬起头，瞪大一对茫然的眼睛，向绍桢注视着。

"谁，你是谁？"何大爷问。

"是我，阿桢。"

"阿桢？"何大爷迷茫地念了一句，侧着头思索，自言自语地说，"阿桢？不，不是阿桢，不叫阿桢，是阿平，阿平，我的儿子，世界上最可爱的孩子。"他茫然地微笑，向虚空中伸着手："阿平，来，乖，让阿爸抱，别哭，你要什么，阿爸给你买，你要月亮，阿爸也给你摘下来！"他侧着头，努力集中思想，突然看见了绍桢，立即痉挛地大叫了起来："你是谁？你不要碰我的儿子，阿平是最好的孩子，他会成大事，立大业的，他不是坏人，不是坏人！"他的声音越来越大，变成了号叫："他没有杀人，没有偷东西！没有！没有！你不能抓他！"

他向空中挥舞着拳头，接着，又恐怖地把身子向后躲，喊着说："哦哦，阿平，你不能这样对我，你不能打我，我骗了高宏的钱，骗了许多人的钱，都是为了你，我要把全世界都赚给你，钱，你拿走！你不能打我！"突然，他把头扑进了手心里，像孩子似的啊啊大哭了起来。

高绍桢默默地退出了房间，他知道，再也不用他复仇了，何大爷已经被报复了，阿平代他复了仇。门外，小翠正沉默地站着，绍桢望了她好一会儿，记起他临走时，她曾冒着冷风送他，在院子的一个角落里，他拥抱了她，至今他还能感到她纤弱的身子在他怀里颤抖。那是他们间唯一的一次拥抱。

"小翠，跟我走，好吗？"他问。

"不！我不能！"小翠垂着眼帘说，"你走吧！他对我不好，可是他是我公公，我不能离开他！"

绍桢望着他，出国这么多年，他几乎忘掉中国所存在的古老的思想了。点点头，他在她手里塞下一沓钞票。轻轻说："我走了！"

小翠也点点头，静静地凝视着他。屋内，又传出何大爷大吼的声音："小平，看阿爸把全世界都赚给你，都赚给你！"接着是一阵比哭还难听的惨笑。

高绍桢向小翠望了最后一眼,转身走开了。小路两旁的菜田里,农夫们正弯着腰在播种,他无意识地注视着那些辛劳工作的人,喃喃自语地说:"你所种植的,你必收获。"踏着耀眼的阳光,他大踏步地向来路走去。

苔痕

门前迟行迹，一一生绿苔。

苔深不能扫，落叶秋风早。

清晨，晓雾未散之际，如苹已经来到了那山脚下的小村落里。

虽然她只穿了件黑旗袍，手臂上搭着件黑毛衣，既未施脂粉，也没有戴任何的饰物，但，她的出现仍然引起了早起的村人的注意。一些村妇从那全村公用的水井边仰起头来注视她，然后窃窃私语地评论着。一些褴褛的孩子，把食指放在口中，瞪大了眼睛把她从头看到脚。她漠然地穿过了这不能称之为街道的街道，隐隐约约地听到一个女人在说："又是她！她又来了！"

又来了！是的，又来了！她感到一股疲倦从心底升起，缓缓地向四肢扩散，一种无可奈何的疲倦，对人生的疲倦。

走到了这村落的倒数第三家,她站住了,拍了拍房门。门内一阵脚步声,然后,"吱呀"一声,门拉开了,门里正是老林——一个佝偻着背脊的老农。看到了她,他眨了眨视线已有些模糊的眼睛,接着就兴奋地叫了起来:"啊呀!太太,你好久好久都没有来了!"

好久好久?不是吗?一年多了!最后一次到这儿是去年夏天,离开的时候她还曾发过誓不再来了,她也真以为不会再来了,但是,她却又来了。

"老林,"她说,语气是疲倦的,"我要小房子的钥匙。"

"哦,是的,是的。"老林一迭连声地说,"上星期我还叫我媳妇去清扫过,我就知不定哪一天你们又会来的。哦,叶先生呢?"

"他明后天来,我先来看看!"

"好,好。叶太太,你们需要什么吗?"

"叫你媳妇担点柴上去,给我准备点蔬菜,好了,没有别的了,我们不准备待太久。"

"好的,好的。"

老人取了钥匙来,如苹接过钥匙,开始沿着那条狭窄的小径,向丛林深处的山上走去。夜露未收,朝雾朦胧,她缓慢地向上面迈着步子,一面恍惚地注视着路边的草丛和树木。

不知道走了多久,她终于穿过了树木的浓荫,看到了那浴在初升的日光下的木板小屋,和小屋后那条清澈的泉水,水面正映着日光,反射着银色的光线。她站住了,眨了眨眼睛,一瞬也不瞬地望着这小屋和流水。小屋的门上,仍然挂着其轩所雕刻的那块匾——鸽巢。其轩的话依稀荡在耳边："鸽子是恩爱的动物，像我们一样。"

是鸽子像他们，还是他们像鸽子？大概谁也不会像谁。鸽子比人类单纯得太多太多了，它们不会像人类这样充满了矛盾和紊乱的关系，不会有苦涩的感情。如苹沿着小径，向小屋走去。小径上堆积着落叶，枯萎焦黄，一片又一片，彼此压挤，在潮湿的露水中腐化。小径的两边，是杂乱生长着的相思树和凤凰木。在小屋的前面，那一块当初他们费了很大劲搬来的巨石上，已布满了青绿色的斑斑苔痕。如苹在巨石边默立了片刻，这斑斑点点的苔痕带着一股强大的压力把她折倒了，她感到一层泪雾模糊了她的视线，她微颤的手无法把钥匙正确地插进那把生锈的大锁中，斑斑点点，那应该不是苔痕，而是泪痕，在一年多以前那个最后的晚上，她曾坐在这石上，一直哭泣到天亮。

打开了门锁，推开房门，一股霉腐和潮湿的味道扑鼻而来。她靠在门框上，先费力地把那层泪雾逼了回去，再环视着这简陋的小屋子。屋内的桌子椅子一如从前，那张铺着稻草的床上已没有被单了，大概被老林的媳妇拿去用了。桌上，他们最后一夜用过的酒瓶还放在桌上，那两个杯子也依旧放在旁边。屋子的一角钉着一块木板，木板上仍然杂乱地堆着书籍和水彩颜料。她走到桌前，不顾那厚厚的灰尘，把毛衣和手提包扔在上面，自己沉坐在桌前的椅子里。

她一动也不动地呆坐着，没有回忆，也没有冥想，在一长段时间里，她脑中都是空白一片。直到老林的媳妇带着扫帚水桶进来。

　　经过一番清扫，床上重新铺上被单，桌子椅子被抹拭干净，前后窗子大开，放进了一屋子清新的空气，这小屋仿佛又充满了生气。老林的媳妇走了之后，她浴在从窗口射进的阳光中，怔怔地望着墙上贴的一张她以前的画，是张山林的雨景，雨雾迷蒙的暗灰色的背景，歪斜挣扎的树木。她还记得作画那天的情景，窗外风雨凄迷，她支着画架，坐在窗口画这张画，其轩站在她身后观赏，她画着那些在风中摇摆的树木时，曾说："这树就像我们的感情，充满了困苦的挣扎！"

　　大概是这感情方面的比喻，使这张画面上布满了过分夸张的暗灰色。

　　那块木板上堆积的书本，已被老林的媳妇排成了一排，她拿起最上面的一本，刚刚翻开，就落下了一张纸，纸上是其轩的字迹，纵横、零乱、潦草地涂着几句话：

　　　无情不似多情苦，一寸还成千万缕，天涯地角有穷时，只有相思无尽处！

　　这纸上的字大概是她离开后他写的。翻过纸的背面，她看到成千成万的字，纵纵横横，大大小小，重重叠叠，反反复复，都是相同的两个字，字的下面都有大大的惊叹号：如苹！如苹！如苹！如苹！如苹！……

　　她一把握紧这张纸，让它在掌心中皱缩起来，她自己的心也跟着皱缩。泪珠终于从她的面颊上滚落。她站起身来，走到床边去，平躺在床上，让泪水沿着眼角向下滑，轻轻地吐出一声低唤："其轩！"

第一次认识其轩是在她的画展上，一次颇为成功的画展，一半凭她的技术，一半凭她的人缘，那次画展卖掉了许多画，画展使她那多年来寥落而寂寞的情怀，得到了个舒展的机会。就在她这种愉快的心情里，其轩撞了过来，一个漂亮而黝黑的大孩子，含笑地站在她的面前。

"李小姐，让我自我介绍，我叫叶其轩，是××报的实习记者，专门采访文教消息。"

"喔，叶先生，请坐。"

那漂亮的大孩子坐了下来，还未脱稚气，微微带着点儿羞涩，喘了一大口气说："我刚刚看了一圈，李小姐，您画得真好。"

"哪里，您过奖了。"

"我最喜欢您那张《雨港暮色》，美极了，苍凉极了，动人极了！我想把它照下来，送到报上去登一下，但是室内光线不大对头。"

她欣赏地看着这个年轻的孩子，他的眼力不错，居然从这么多张画里一眼挑出她最成功的一张来，她审视着他光洁的下巴和未扣扣子的衬衫领子，微笑地说："叶先生刚毕业没多久吧！"

"是的，今年才大学毕业！"他说，脸有些发红，"你怎么看得出来的？"

"你那么年轻！"如萍说。

年轻,是的,年轻真不错,前面可以有一大段的人生去奋斗。刚刚从大学毕业,这是狂热而充满幻想的时候,自己大学毕业时又何尝不如此!但是,一眨眼间,幻想破灭了,美梦消失了,留下的就只有空虚和落寞,想着这些,她就忘了面前的大孩子,而目光蒙眬地透视着窗外。直到其轩的一声轻咳,她才猛悟过来,为自己的失态而抱歉地笑笑,她发现这男孩子的眼睛里有着困惑。正巧另一个熟朋友来参观画展,她只得撇下了其轩去应酬那位朋友。等她把那位朋友送走了再折回来,她发现其轩依然抱着手臂,困惑地坐在那儿。她半开玩笑地笑笑说:"怎么,叶先生,在想什么吗?"

"哦!"其轩一惊,抬起了头来,一抹羞涩掠过了他的眼睛,他吞吞吐吐地说:"我想,我想,我想买您一张画!"

"哦?"这完全出乎意外,她疑惑地说,"哪一张?"

"就是那张《雨港暮色》!"

如苹愣了愣,那是一张她不准备卖的画,那张画面中的情调颇像她的心境,漠漠无边的细雨像她漠漠无边的轻愁,迷迷离离的暮色像她迷迷离离的未来,那茫茫水雾和点点风帆都象征着她的空虚,盛载着她的落寞。为了不想卖这张画,她标上了"五千元"的价格,她估计没人会愿意用五千元买一张色调暗淡的画。而现在,这个年轻的孩子竟要买,他花得起五千元?买这张画又有什么意思呢?她犹豫着没有开口,其轩已经不安地说:"我不大知道买画的手续,是不是付现款?现在付还是以后付?……"

"这样吧,"如苹匆匆地说,"我给你一个地址,画展结束后请到我家取画。"她写下地址给他。

"钱呢？"

"你带来吧！"她说着，匆匆走开去招待另外几个熟人，其轩也离开了画廊。

这样，当画展结束之后，他真的带了钱来了。那是个晚上，他被带进她那小巧精致的客厅。她以半诧异半迷茫的心情接待了他，她想劝他放弃那张画，但是，他说："我喜欢它，真的。我出身豪富的家庭，在家中，我几乎是予取予求的，用各种乱七八糟的方式，我花掉了许多的钱，买你这张画，该是我最正派的一笔支出了。"她笑了。她喜欢这个爽朗明快的孩子。

"你的说法，好像你是个很会随便花钱的坏孩子！"

他看了她一眼，眼光有点特别。然后，他用手托着下巴，用一对微带几分野性的眼睛大胆地直视着她，问："请原谅我问一个不大礼貌的问题，李小姐，你今年几岁？"

"三十二。"她坦率地说。

"三十二？"他扬了一下眉，"你的外表看起来像二十五岁，你的口气听起来像五十二岁！李小姐，你总是喜欢在别人面前充大的吗？"

她又笑了。

"最起码，我比你大很多很多，你大概不超过二十二三岁吧？"

"不！"他很快地说，"我今年二十八！"

她望望他，知道他在说谎，他不会超过二十五岁。她不

69

明白他为什么要说谎。在他这样的年纪，总希望别人把他看得比实际年龄大，等他过了三十岁，又该希望别人把他看得比实际年龄小了。人是矛盾而复杂的动物。

"李小姐，"他望着壁上的一张旧照片说，"你有没有孩子？"

"没有。"她也望了那张照片一眼，那是她和她已逝世的丈夫的合影，丈夫死得太年轻，死于一次意外的车祸，带走了她的欢乐和应该有的幸福。将近五年以来，她始终未能从那个打击中振作起来，直到她又重拾画笔，才算勉强有了几分寄托。

"他很漂亮，"其轩望着那个男人说，丝毫没有想避免这个不愉快的话题，"怎么回事？他很年轻。"

"一次车祸。"她简单地说，她不想再谈这件事，她觉得面前这个男孩子有点太大胆。

"他把你的一半拖进坟墓里去了！"他突然说。

她吃了一惊，于是，她有些莫名其妙的愤怒。这年轻的孩子灼灼逼人地注视着她，在他那对聪明而漂亮的眼睛里，再也找不到前一次所带着的羞涩，这孩子身上有种危险的因素。

她挪开眼光，冷冷地说："你未免交浅言深了！"

"我总是这样，"他忽然站起身子，把手中的杯子放在桌子上，意态寥落了起来，那份羞涩又升进他的眼睛中，"我总是想到什么说什么，不管该不该说，对不起，李小姐。我想我还是告辞吧！这儿是五千元，我能把那张画带走吗？"

看到他眼中骤然升起的怅惘和懊丧，她觉得有些于心不忍，他到底只是个二十几岁的大孩子，她为什么该对他无意的话生气呢？于是，她微笑着拍了拍沙发说："不，再坐一坐！谈谈你的事！我这儿很少有朋友来，其实，我是很欢迎有人来谈谈的。"

他又坐了回去，欢快重新布满了他的脸。他靠在沙发中，懒散地伸长了腿，他的腿瘦而长，西服裤上的褶痕清楚可见。

他笑笑说："我的事？没什么好谈。我很小的时候就失去了母亲，到台湾之后，父亲的事业越来越发达，成了商业巨子，于是，家里的人口就越来越增加……"他抬起眼睛来，对她微笑，"增加的人包括酒女、舞女、妓女，也有清清白白的女孩子，像我那个六姨……反正，家里成了姨太太的天下，最后，就只有分开住，大公馆，小公馆……哼，就这么一回事。"

"你有几个兄弟姐妹？"

"有两个姨太太生的妹妹，可是，我父亲连正眼都不看她们一眼，他只要我，大概他认为我的血统最可靠吧！"他扬扬眉，无奈地笑笑。

如苹注视着他，他把茶杯在手中不停地旋转，眼睛茫然地注视着杯子里的液体，看起来有种近乎成熟的寥落，这神情使她心动。她换了一个话题："你该有女朋友了吧？"

他望望她："拜托你！"

"真的没有吗？"她摇摇头，"我可不信。"

"唉！"他叹口气，坐正了身子，杯子仍然在他手中旋转，

"是有一个,在师大念书。"

"那不是很好吗?"她不能了解他那声叹息。

"很好?"他皱皱眉,"我也不懂,我每次和她在一起,就要吵架。她的脾气坏透了,她总想控制我,动不动就莫名其妙地生气,结果,弄得每一次都是不欢而散。李小姐,"他望着她,"告诉我一点女孩子的心理。"

"女孩子的心理?"她为之失笑,"噢,我不懂。我想,一个女孩子就有一个的心理,很少有相同的。莫名其妙地生气,大概因为她恐怕会失去你,她想把握住你,同时,也探测一下你对她的情感的深度。"

"用生气来探测吗?我认为这是个笨方法!"

"在恋爱中的男女,都是很笨的。"她微笑而深思地说,"不过,我猜想她是很爱你的。"

他沉默了一会儿,似乎在衡量她的话中的真实性。

她又问:"你父亲知道你的女朋友吗?"

"噢,他知道,他正在促成这件事。他认为她可以做一个好妻子。我父亲对我说:娶一个安分守己的女人,至于还想要其他的女人,就只需要荷包充实就行了。"

"唔,"她皱皱眉,"你父亲是个危险的人物!"

"也是个能干的人物,因为他太能干,我就显得太无能了。什么都有人给你计划好。读书、做事,没有一件需要你自己操心,他全安排好了,这总使我感到自己是个受人操纵的小木偶。老实说,我不喜欢这份生活,我常常找不到我自己,好像这个我根本不存在!我只看得到那个随人摆布的叶其轩——我父亲的儿子！但是，不是我！你了解吗？"

她默默地点头，她更喜欢这个男孩子了。

"就拿我那个女朋友来说吧，她名叫雪琪，事实上，根本就是我父亲先看上了她，她是我父亲手下一个人的女儿，我父亲已选定她做儿媳妇，于是，他再安排许多巧合让我和雪琪认识，又极力怂恿我追她。虽然，雪琪确实很可爱，但我一想到这是我父亲安排的，我就觉得她索然无味了。我没法做任何一件独立的事——包括恋爱！"

如苹看看这郁愤的男孩子，就是这样，父母为子女安排得太多，子女不会满意。安排得太少，子女也不会满意。人生就是这样。有的人要"独立"，有的人又要"依赖"，世界是麻烦的。其轩的茶杯喝干了，她为他再斟上一杯，他们谈得很晚，当墙上的挂钟敲十一下的时候，他从椅子里直跳了起来。

"哦，怎么搞的？不知不觉待了这么久！"他起身告辞，笑得十分愉快，"今晚真好！我很难得这样畅所欲言和人谈话！李小姐，你是个最好的谈话对象，因为你说得少，听得多。你不认为我很讨厌吧？"

"当然不！"她笑着说，"我很高兴，我想，今晚是你独立的晚上吧！"

"噢！"他笑了。

他终于拿走了她那张画，当他捧着画走到房门口时，他突然转身对她说："你知道我为什么要买你这张画？我想把你的《消沉》一齐买走！以后，你应该多用点鲜明的颜料，尤其在你的生活里!"

说完,他立即头也不回地走了。如苹却如轰雷击顶,愣愣地呆在那儿,凝视着那逐渐远去的背影。好半天,这几句话像山谷的回音似的在她胸腔中来回撞击,反复回响。她站了许久许久,才反身关上房门,面对着空旷而寂寞的房子,她感到一种无形的压迫正充塞在每一个角落里。同时,她觉得她太低估那个大男孩子了!

叶其轩成了她家中的常客。他总在许多无法意料的时间到来,有时是清晨,有时是深夜。混熟了之后,她就再也看不到他的羞涩,他爽朗而愉快。他用许许多多的欢笑来堆满这座屋子,驱走了这屋子中原有的阴郁。每次他来,主要都在谈他的女友:又吵了架,又和好了,又出游了一次,又谈了婚娶问题……谈不完的题材,她分享着他的青春和欢乐。

一天晚上九点钟左右,他像一阵旋风一样地卷进了她的家门。他的领带歪着,头发凌乱,微微带着薄醉。他一把拉住了她的手说:"走!我们跳舞去!"

"你疯了!"她说。

"一点都没疯,走!跳舞去!我知道你会跳!"

"总要让我换件衣服!"

"犯不着!"

不由分说地,他把她挟持进了舞厅中。于是,在彩色的灯光和使人眩晕的旋律中,他带着她疯狂地旋转。那天晚上好像都是快节拍的舞曲,她被转得头昏脑涨,只听得到乐队喧嚣的鼓和喇叭声，再剩下的，就是狂跳的心，和发热的面颊，和朦胧如梦的心境。

"哦，"她喘息地说，"我真不能再转了，我的头已经转昏了！"

于是，一下子，音乐慢下来了。慢狐步，蓝色幽暗的灯光，抑扬轻柔的音乐，熏人欲醉的气氛。他揽着她，她的头斜靠在他的肩头……如诗，如梦……如遥远的过去的美好的时光。她眩惑了，迷糊了。似真？似幻？她弄不清楚，她也不想弄清楚……就这样，慢慢地转，慢慢地移动，慢慢消失的时间里，让一切都慢下去，慢下去，慢得最好停住。那么，当什么都停住了，她还有一个"现在"，一个梦般的"现在"。

终于，夜深了，舞客逐渐散去。他拥着她回到她家里。一路上，他们都没有说话，她始终还未能从那个旋转中清醒过来。下车后，他送她走进房门，在门边幽暗的角落里，他突然拥住了她，他的嘴唇捉住了她的。她挣扎着，想喊，但他的嘴堵住了她。而后，她不再挣扎，她弄不清楚是谁在吻她，她闭上眼睛，感到疲倦，疲倦中混杂着难言的酸涩的甜蜜。

他抬起了头，亮晶晶的眼睛凝视着她。然后，一转身，他离开了她，跳进了路边等待着的车子里。她注视着那车子迅速地消失在暗黑的街头。车轮仿佛从她的身上、心上压挤着碾过去。她觉得浑身酸痛，许久后才有力气走进家门。

回到卧室里，她在梳妆台前坐了下来，镜子里反映出她绯红的面颊和迷失的眼睛。她把手按在刚被触过的嘴唇上，仿佛那一吻仍停留在唇上。她试着回忆他的脸，他的眼睛，他的鲁莽。她疲乏地伏在梳妆台上，疲倦极了。一个大男孩子，一个鲁莽的大男孩子，在她身上逢场作戏地取一点……这是无可厚非的……她不想多作要求，他只是个鲁莽的大男孩子！

这一吻之后，他却不再来了。她发现自己竟若有所失。每时每刻，她都能感到自己期待的狂热。屋子空旷了，阳光晦暗了，欢笑遁形了，而最严重的，是她自己那份"寻寻觅觅"的心境。什么都不对了，她无法安定下来。那男孩子轻易地逗弄了一只迷失的兔子，又顽皮地把它丢到一个茫茫无边的沙漠里。这只是孩子气的好玩，而你，绝对不应该对一个孩子认真。他走了，不再来了，他已经失去了兴趣，又到别的地方去找寻刺激了。这样不是也很好吗？她无所损失，除去那可怜的自尊心所受的微微伤损之外。否则，情况又会演变到怎么样的地步？是的，这是最好的结局，那么，她又不安些什么呢？

时间一天一天地过去，每一天都是同样的单调，同样的充满了令人窒息的苦闷。她又重新握起画笔，在画纸上涂下一些灰暗的颜色……和她的生活一样灰暗，一样沉闷，一样毫无光彩。于是，有一天当有人敲门，她不在意地拉开房门，却又猛然看到是他的时候，紧张和震惊使她的心脏狂跳，嘴唇失色。

他不是一个人来的，他带来了三个朋友，两个男的，一个女的。他把他身旁那个娇小而美丽的女孩子介绍给她："林雪琪小姐。"

她多看了这小女郎两眼,蓬松的短鬈发托着一张圆圆的脸,半成熟的眼睛中带着一抹探索和好奇,小巧而浑圆的鼻头,稚气而任性的小嘴巴。她心底微微有点刺痛,一种薄薄的、芒刺在背的感觉。多年轻的女孩,一朵含苞待放的小花,清新得让人嫉妒。

"请进!你们。"她说,声调并不太平稳。

其轩望着她,她很快地扫了他一眼,他立即脸红了,眼睛里有着窘迫、羞涩和求恕。

"我带了几个朋友来看你,他们都爱艺术,也都听说过你,希望你不认为我们太冒昧。"他说,声音中竟带着微颤,眼睛里求恕的意味更深了。

"怎么会,欢迎你们来!"

于是,她被包围在这些大孩子中了,他们和她谈艺术,谈绘画,谈音乐,谈文艺界的轶事,气氛非常之融洽。只有其轩默默地坐在一边,始终微红着脸不说话,他显然有些不好意思,为了那一吻吗?她已经原谅他了,完完全全地原谅他了。

然后,当他们告辞的时候,他忽然说:"李小姐,明天我们要到碧潭去野餐,准备自己弄东西吃,希望你也参加一下!"

"我吗?"她有些意外,也有点惊惶。

"哦,是的,"圆脸的小女孩说话了,"你一定要参加我们,其轩说你很会说笑话,又无所不知,我们早就想认识你了。"

她看看其轩,她不知道其轩如何把她向他们介绍的。其轩又窘迫了起来,她只好说:"好,我参加。"

第二天,这些孩子们开了一辆中型吉普来接她。她望望扶着方向盘的其轩,其轩回报了她一个微笑。

"放心,"他说,"我有驾驶执照,绝对不会撞车!"

撞车?她心头一凛,不禁打了个寒噤,她又想起五年前的那次车祸,她那年轻的丈夫。她的表情没有逃过他的眼睛,他顿时消沉了下去。为了不扫他们的兴,她故作愉快地上了车,才发现车上锅盆碗灶齐全,仿佛搬家似的。

这是一次难忘的旅行,在车上,他们又说又笑,又叫又闹,开心得像放出栅栏的猴子。她无法不跟着他们一起笑,只是,她感到自己的心境比他们老得太多了,听着他们唱:"恰哩哩恰哩恰砰砰……"

她只觉得心酸。一种疲倦感,不,她不再是孩子了。

到了目的地,他们划船,跳蹦,叫闹。等到做午餐的时候,她才惊异地发现这些孩子居然没有一个会做饭。大家围着她,要她指导,她笑着说:"怪不得你们要我参加呢,敢情是要我做厨子呀!"

"噢,不敢当!"一个说,"我们分工合作吧,我管起火!"

"我管放盐!"另一个说。

"我管放酱油!"

"我管洗和切!"

"我管——"其轩四顾着说,"我什么都不会,这样吧,我管打蛋!"

立即，大家七手八脚地忙了起来，火生起来了，煮了一锅杂和汤，乱七八糟的什么东西都有。其轩管打蛋，拿了一个小饭碗，打了四个蛋，满溢在碗口上，战战兢兢地端着，一面小心翼翼地用筷子调着。但是，碗小蛋多，一面调，一面滴滴答答地往下流，弄得满手满身都是。他自言自语地说："我以为找了个最简单的工作，谁知道却是天下最难的一件工作！"

如苹正在炉子边忙着，一回头看到其轩那副扎手扎脚的狼狈样子，不禁扑哧一笑。她从其轩手中拿过饭碗，把蛋倾在一只大碗里，然后熟练地调着，其轩"哦"了一声说："原来换个碗就成了，我这是聪明一世，糊涂一时……"

"算了吧！"雪琪笑着说，"你还聪明一世呢？别丢人了！"

说着，她对他亲昵地挤了挤眼睛。

忙了半天，总算可以吃了，每人添了一碗汤，如苹才吃进口，就全喷了出来，又笑又呲嘴地说："老天，谁管放盐的？打死了盐贩子了！"

大家尝了尝，就都大笑了起来，整锅的汤全算白费了，如苹也不禁笑弯了腰。雪琪一面笑，一面跑过去抓住其轩的手说："是你！我看到你放了半碗盐进去！"

"胡扯！"

"你不许撒赖！"雪琪笑着，和其轩扯成一团，"你故意捣蛋，又不归你放盐！"

"罚他！罚他！罚他！"大家起哄地叫着。

"好，我甘愿被罚！"其轩嚷着，"你们说吧，罚什么？"

"唱歌!"众口一词地叫。

其轩斜靠在一棵相思树上,略一迟疑,就唱了起来。他的眼光在天边的白云上轻轻掠过,然后停在如萍的脸上,眼睛里有一簇小火焰跃跃欲出地迫着她,她心中微微地一动,起先,只觉得他的歌喉十分低柔动人,接着,她就听出了他的歌词:

　　我有诉不尽的衷情,
　　不敢向你倾吐,
　　只有在梦中,
　　把真情流露。
　　……

忽然间,她觉得天与地都消失了。忽然间,她明白一切了。这个男孩子并不单纯,所有的举动都是故意的,打蛋,放盐,唱歌……他只是要她欢乐,要她笑,要引发她那年轻人般的热情……她木立着,眼眶逐渐湿润,她明白了,明白得太多太多,这男孩子并不顽皮,并不是逢场作戏,他是真正地在恋爱,可怕的恋爱!她无法忍耐地转开身子,悄悄地溜出了人群,溜进了吉普车中,独自地坐在车里,她觉得如置身大浪中,晕眩而迷茫。

这一天的归途里,雪琪是最沉默的一个,她那漂亮的眼睛以一种强烈的敌意注视着如萍。如萍知道她已看出来了,看出如萍自己所体会到的,但她不想解释,也无法解释。

其轩把车上的人一个个地送回家里,把她留在最后。当车子停在她家门口时,他跳下车子,扶着门问:"请不请我进去?"

她知道不应该让他进去,但是,面对着他那哀求的目光,那羞涩而微带怯意的表情,她竟无法拒绝。他跟着她走进室内,默默地坐进沙发椅里,她倒了一杯茶给他,他接过去,然后,两人都沉默无语,只脉脉地互相凝视。她心中翻搅了起来,一种令人窒息的紧张在二人之间酝酿,她觉得嘴唇发干,心跳加速。而他那热烈如火的眸子带着烧灼的力量逼视着她。

好半天,她才听到他在说:"那一晚之后,我不敢来了,你知道?我不敢单独来见你,怕你把我赶出去,所以,我拉了他们一起来,我几乎不能面对你……你,怪我了?"

她猛烈地摇摇头。她的视线模糊,心情迷乱。在这模糊和迷乱的情况中,她看到他站起身来,向她走近,他那年轻的脸庞在她面前扩大。她心底有一种恍恍惚惚的抗拒的力量,但,那力量太薄弱,太微小,而当他的手接触到她的手臂时,那抗拒的力量竟幻化成另一种微妙的期待的情绪。她恐慌地望着那向她低俯的头,她的眼睛迷惑而惶然地凝视着他的。然后,当一声轻唤从他的喉头沙哑地迸出:"如苹!别躲开我!"

她就整个地瘫软了下去。

一段如疯如狂的日子。

她第一次发现静卧在自己血管中的感情竟然如此强烈，一旦冲出体内，就如火山爆发般不可收拾。漠视了舆论的批评，漠视了亲友的谏劝，漠视了许多鄙夷的眼光和苛刻的言论。她悠然地沉醉在那浓烈如酒的情意里，竭力想去追寻一份如诗如梦的感情生活。但是，周遭的"人"毕竟太多，尽管她不在意，但却避免不了许多无谓的"干扰"。于是，当他兴冲冲地跑来说："我发现一间森林中的小屋，我已经把它买下来了，托一个老农照管着。你愿意和我去过过《鲁滨孙漂流记》里的生活吗？"

她立即欣然而雀跃了。这是他们第一次到小屋中来。

多么醉人的岁月！每一天都是从爱的蜜汁中提炼出来的。

他们摆脱了许多人的烦扰，除了享受握在他们手中的日子之外，他们连天和地都不管！足足一个月，他们没有走出丛林。

他们彼此发掘着对方灵魂深处的美和真，把它和自然糅合在一起。她发现他是个具有艺术头脑的人，他懂得生活和情感的艺术化，他们在林中漫步，让山林草木分享着他们的欢乐。

在这儿，他们远离了"人"的抨击，山林草木是他们最好的朋友，因为它们不懂得嘲笑。

每日清晨，他们跑到丛林深处去拾掇朝露，去研究日出，彼此笑闹得像两个小孩。有时，他们也到群山深处去做一番"远足"，日暮时分，在烟霭和蝉鸣声中回到他们的小巢，那份安谧和悠然自得真难以描述。"归路烟霞晚，山蝉处处吟。"

这是诗般的生活。深夜里,相偎在窗下,燃起一个小火炉,温着老林给他们送来的自制米酒,浅斟慢酌,享受着"绿蚁新醅酒,红泥小火炉"的情调,这是诗般的岁月。她几乎已经忘记了这世界上还有其他人,忘记了除了他们的鸽巢和丛林之外还有其他的土地。有时,她望着他随随便便地披着衣服,斜倚在窗前雕刻,或吟诗,或低唱,衬着他的,是窗外绿荫荫的凤凰木,和远处蓝澄澄的天,她就会不由自主地,陷进一种恍惚的、忘我的境界中,直到他向她凑过来。

"想什么?"他用手指碰碰她的耳垂和面颊。

"不想什么。"她迷迷糊糊地说。

他审视着她,深吸了一口气。

"你知道,如苹,你太动人了。好像是躲在一层薄云的后面,我总怕自己会把握不到你。"

"是吗?"她问,也凝视着他,于是,她也感到了那层掩护着他的薄云,浮动在他和她之间。一阵不祥的感觉由她心中升起,她知道,就是这两层薄云,终会迫使他们分开。相爱的人并不见得能彼此相属,她深深地了解,她想他也了解,为了这个,他们从不敢计划未来;为了这个,他们也从不敢放松握在手里的今天。

  愿今生长相守,
  在一起永不离,
  我和你共始终,
  任日转星移。

他把嘴凑在她耳边,轻轻地唱着。磁性而低沉的调子颤悠悠地敲进她的内心深处去。她又神思恍惚了起来,幸福的杯子已经装得太满了,她怕它会溢了出去。

终于,这第一次的隐居生活结束在一件小小的意外事件里。

那天,老林的儿子要到城里去,问他们需不需要带点东西来。其轩已吃厌了蔬菜鸡蛋,就要他买些牛肉和香肠。晚上,老林的儿子把东西送来就走了。发现有做热狗用的那种小腊肠,其轩高兴得跳了起来,立即拈了一根放进嘴里,可是,他被那张包腊肠的报纸吸引住了。

"什么事?"如苹问。

"没什么。"其轩一把揉皱了那张报纸。

"给我看!"如苹抢过去,摊开那张报纸,于是,她看到一则触目的寻人启事:

> 其轩儿:速归家,一切不究。男儿在外,偶一荒唐,尚无大碍,但不可沉迷。与你偕游之女子,目的何在?需款若干可解决纠葛?盼实告。雪琪亦念念不忘旧情,谅你年轻,涉世未深,归家后必不深究,若再耽延不归,必当报警搜寻。父字

如苹注视着这一则寻人启事,顿时感到那如诗如梦的情致荡然无存,而受辱的感觉正从心中茁长出来,蔓延全身。

其轩向她扑过来，紧紧地拥住她，用吻堵住她的嘴。但他的热情安慰再也敌不过那一则启事的残酷，她无法回应他的热情，只能呆呆地木立着。其轩凝视着她，迫切地说："你不必在意这些事，我父亲怎么能了解我们这份感情？"

"下山吧！"她轻轻地说。

"不！"

"我们总不能在山上待一辈子，是不？"她说，忽然感到自己已超脱了情人的地位，变成了他的大姐姐。

"不！我要和你在一起。"

"别傻！"她苦涩地说，"真要等员警来捉我们吗？要报上登出丑闻来吗？"

"这并不丑恶！"他生气地说。

"美与丑是相对的，不是绝对的，"她寥落地说，"看你从哪一个角度，和哪一个立场去看。"

"我不管！"他任性地说，"我只要和你在一起！"

"下山去，明天我们下山。"她说，"你父亲以为你被我绑票了，回去告诉你父亲，这个女人是不要钱的。"

她走到床边，躺在床上，整个晚上不能入睡。他伏在枕上凝视她，两人都默默无言。第二天早上，他们略事收拾，下了山。

重新回到人的世界里，她才知道她为这两个月"寻梦"的生活付出了多大的代价。没有人再理会她，亲友的嘲笑，邻里的讥评，使她完全孤立了。一下子之间，她数年来的人缘和声望全毁于一旦。她成了众人口中的荡妇，那些自命清高的女人对她侧目而视，一些曾追求过她的男人更表现了最坏的风度："原来是看上了小白脸哦，嗬嗬！"

"岂止是小白脸？还是百万财产的继承人呢！"

"怎么也不自己衡量衡量？人家父亲的姨太太，个个都还比她年轻呢！"

"瞧她平日那副道貌岸然、不可侵犯的劲儿，好贞节的小寡妇呀！"

"这才是地道的风流寡妇呢！"

这些谩骂和指责成了一层层翻滚的浪潮，而她就睁着一对迷茫的眼睛，在这些浪潮中载沉载浮，一任浪潮推送冲击。

而他，那个漂亮的大男孩子，仍然要往她的家里跑，他看来比她更哀苦无告，更惶然失所。她不忍看他那悒惶而无所归依的眼睛，那样茫茫然如一头丧家之犬，她更无法抵抗他从内心发出的呼喊："这样下去我要发狂，我不能生活！如苹，我们结婚吧！"

"傻话！"

"为什么不可以？"

"因为那是傻事！"

"结婚是傻事吗？"

"和我结婚是傻事！"

"请你——"

"不行！"

"如苹，你是残忍的，恶毒的……"

"别发脾气，"她锁着眉，"结婚"是一个禁果，虽诱人，她却不敢伸手去采摘,"让我们再接受一段时间的考验。"

于是,他们又回到了山上。

这一次,山上似乎没有上一次那么美了,小屋中的情调紧张而不和谐,丛林中处处阴云密布,生活如拉得太紧的弦,有一触即断的危险。他们的争执频频出现,对于未来的需求越渴切,则对目前的偷偷摸摸越不满。逃开了"人"的世界并没有解决了"人"的问题。他们开始吵架,为了各种芝麻绿豆大的小事吵架,故意寻找对方的错处,然后又在眼泪和拥抱中和解,自责是个大傻瓜。可是,和解之后的气氛也不宁静,如火如荼的奔放的热情代替了以前像流水般优美的情致。这样,不到一个月,他们就自动结束了小屋中的岁月。

然后,他们又上过三次山,一次比一次气氛坏,一次比一次气压低,一次比一次更不欢而散。

终于,那最后的一天来临了,在那小屋中,他们爆发了一次有史以来最大的争吵,起因于她在他的口袋中找到一封写给雪琪的信,事实上,信只起了一个头,潦草地写着几句想念的话,但她无法忍耐地暴跳了起来。

"下山去!回去!回到你想念的雪琪身边去!"她叫。

"别胡闹,我一点都不想雪琪!"

"那么,这封信如何解释?"

"我要正常的生活!"他叫了起来,"我厌倦了山上!我要正常的交游、正常的朋友和正常的家庭!我不能永远在山上躲起来,除了小屋就是树木,整天见不到一个人!"

"那么,下山去!为什么你要我跟你到这儿来?"

"除了在山上,你肯跟我在一起吗?"他逼视着她,"嫁给我,做我的妻子!"

"你不会是个忠实的丈夫!"她叫,避开了真正不能结合的原因,故意拉扯上别的。

"你怎么知道?"

"有信为证!在是情人的时候就已经不忠,还谈什么婚后?"

"你胡扯!你明知道我的心,你乱说!你可恶,可恶透了!"

他涨红了脸,大声咆哮着。

"心?我怎么能知道你的心?雪琪既年轻又漂亮,我又老又丑,她是金子我是铁,你当然会爱她!我知道你爱她,你一直爱她!"

"你疯了!你故意说谎!"

然后,争吵越来越厉害,两人全红了脸,彼此直着脖子大吼大叫,吵到后来已弄不清楚是为什么而吵。只是,都有一肚子要发泄的郁闷之气,借此机会一泄而不可止。两人全喊出一些不可思议的、刻薄而恶毒的话,攻击着对方。最后他突然大声地喊出一句:"你让人受不了!我不能再忍受下去了!你这个心理变态的老巫婆!"

像是一阵战鼓中最后的一声收兵锣响,这一句话平定了全部的争吵。她愕然地站在那儿,面色由红转白,终至面无人色。大大的眼睛空洞而惨切地注视着他,微微张着嘴,却一个字也吐不出来。然后,她慢慢地转过身子,走出小屋,疲乏地坐在门前那块巨石上。

他立即跟了出来,一把握住了她的手臂,哀恳地望着她的脸:"如苹,对不起,对不起。"他战栗地说:"我不是有意的,我真的不是有意那么说。"

她默默地望着他,大眼睛里盛着的只有落寞的失意。紧闭着嘴一语不发。

"如苹,请原谅我。"他恳切地握紧了她的手,坐在她脚前的草地上。

"这样正好,是不是?"她轻轻地说,语气平静而苍凉,一丝余火都没有了,"现在分手,彼此都没有伤得太深,正是分手的最好时刻。如果继续下去,我们会彼此仇视,彼此怨怼,那时再分手就太伤感情了。"

"不!"他叫,"我不要和你分手,我一点和你分手的意思都没有!我爱你!我要和你结婚!"

她摇头,凄凉地笑笑。

"结婚?有一天,我们会面对着,终日找不出一句话来谈。你正少壮,而我已老态龙钟,那时候,你会恨我,怨我,讨厌我,我们何必一定要走到那个可悲的境地呢?"

"不会!如苹,绝对不会!"

"会的,绝对会!记得你刚才说的话吗?我相信你是无心的,但是,如果我们结婚,有一天我就真会成了一个心理变态的老巫婆!"

"你不要这样说,行吗?如苹,我不会放你的,随你怎么说,我都不会放你的!"

"那么,让我一个人在这儿坐坐,好不好?你去睡吧,夜已经很深了。"

"不!让我陪你坐在这里。"

"不要,我要一个人想一想。"

"如苹,你在生我的气,是不是?"他仰视着她,然后,他紧紧地抱住她的腿,像个孩子般哭泣了起来。他哭得那么伤心,使她那一触即发的泪泉也开了闸。就这样,他们相对哭泣,如同两个迷途的孩子。然后,他哽塞地说:"我们不再傻了,好不好?如苹,我们被这世界上的人已经拨弄得够了,我们不要再管那些闲言闲语,下山去,结婚吧,好不好?"

"其轩,你真要我?"她从泪雾里凝视着他。

"是的,难道你还怀疑?"

她叹了口气:"好,我答应你,我们明天下山去结婚!"

"真的。"他跳了起来,"你不骗我?"

"我骗过你吗?"她凄然微笑着问。

他狂喜地拥住了她,他们吻着,笑着,又哭着。然后他们相偕着回到小屋里,为了这个喜讯,他们开了一瓶带来的葡萄酒,相对浅酌,相对祝福。躺在床上时,他热心地计划着他们那即将成立的小家,热心地询问她的意见,厨房里是否电器化?阳台上要不要布置一个屋顶花园?还有——孩子,一群孩子,越多越好!她也愉快地和他研讨,直到他睡熟。

她望着他已平静入睡,就悄悄地溜下床来。她收拾了自己的东西,凝视着他那张年轻而漂亮的脸,心中一阵酸楚,不禁凄然泪下。在床前站了好久好久,她竟无力举步。最后,

她咬咬牙,走到桌前,留了一张纸条,简单地写着:

其轩:

　　我走了,你再也找不到我了,我不准备再和你见面,让我们保留对彼此的那份深爱和柔情,以代替如果结婚可能会有的仇恨及厌恶。其轩,请原谅我不得不尔,因为我爱你太深。

　　　　　　　　　　　　如苹

　　她把纸条压在酒瓶下面,流着泪走出小屋。可是,当她置身在屋外那惨白的月光下,望着前面的小丛林,望着那隐约如云的凤凰木,和相思树夹道的小径,她再也无法举步了。

　　她跌坐在门前的巨石上,这儿,每一寸的土地上,都有他们爱的痕迹,每一棵树上都有他们彼此的手印,而她这一去,就不会再回来了。望着这一切一切,她哭了起来,她一直坐在那儿哭,不停地哭,直到天光透亮,晓雾蒙蒙,她才站起身来,拖着沉重的脚步,一边哭,一边踉跄地冲下了山。

　　她知道其轩发现她出走后会发狂,会到她的家里去搜查她的下落,因此,她不敢回台北。幸好她带的钱不少,她向南部跑,又转向了东部,然后,在东部山区的一个小村落里,名副其实地蛰居了一年多。

　　而今天,她又回到这山上的小屋中来了。

　　太阳已慢慢地向西移,窗槛上的树影渐渐偏移而清晰起来。她仍旧仰卧在床上，怔怔地望着屋顶，屋顶上的横梁上面，有一只大蜘蛛正忙碌地在吐丝结网。她奇怪，它肚子里怎么有那么多吐不尽的丝？闭上眼睛，她让那酸涩凄楚而疲倦的感觉慢慢地在身上爬行。一个人躺在这属于两个人的天地里，这是多么折磨人的感情！她不了解自己为什么要多此一举地到这儿来？是为了悼念一段已成陈迹的感情？还是找寻一段失落了的感情？睁开眼睛，她又看到那只结网的蜘蛛，她不是也在结网吗？所不同的，蜘蛛的网用来网别人，而她的网却用来网自己。

太阳更偏西了一些，不能不起来了。她站起身，走到小屋后的一个小棚子里，这棚子还是其轩和她一块儿搭起来的，用来当作厨房用。竹子的墙被烟熏黑了多处，这也是爱的痕迹。她叹口气，起了火，煮了两个鸡蛋吃，这是她一日来唯一进食的东西。

回到小屋里，她默默地在室内巡视，墙上有一面小镜子，这是他刮胡子的时候用的，悬挂得较高。她走过去，在镜子中反映出她苍白瘦削而憔悴的脸，遍布皱纹的眼角和干枯的皮肤。一年，好长的时间，已葬送了她的青春，把她送入了老境。在这张苍老的脸的后面，她仿佛又看到其轩那年轻、漂亮的脸，以及神采奕奕的眼睛。

"对的，是应该这样。"她喃喃地说，自己也不知道说了些什么。

回到桌前，她打开手提包，拿出一张两天前的报纸，报纸的第三版上，有一条不大不小的新闻，和一张结婚照片。

商业巨子叶××之公子叶其轩，与名门闺秀林雪琪小姐昨日完婚，一对璧人，郎才女貌，将于婚礼后赴日本作为期一月之蜜月旅行。昨日叶林二府，登门道贺者近千人。

　　她望着那张不太清楚的结婚照片，新娘笑得很甜蜜，年轻的脸上有着对未来幸福生活的憧憬，新郎呢？她辨不出他的笑是真心还是无奈？她也辨不出那对眼睛中的一丝茫然是因为对过去事迹的留恋，还是对未来前途的企望？不过，她能深深地领会到，这个漂亮的大男孩距离她已经非常遥远了。

　　抛开了报纸，她走出小屋，屋外的落日迎接着她。她缓缓地沿着小径向丛林走去，林中落叶遍地，树木都已枯黄。她熟练地来到一棵白杨之下，在树干上，她找到了她要找的东西，两行清晰的雕刻的字迹：

叶其轩　在此结婚。特请白云青天为证婚人，诸
李如苹
　　　　树皆我嘉宾。

　　她望着望着，字迹越看越模糊，泪雾把什么都掩盖了。白云青天为证婚人，多美！她抬头向天，天际正有一丝白云飘过，她跟踪着它的踪迹。只一忽儿，云飘走了，飘得毫无踪影，她低下头来，泪珠滚在落叶上，新的落叶又滚落在她

的衣襟上。

黄昏近了，一日的流连已近尾声，她又该下山去了。慢慢地，她踱出了丛林，她又看到那块巨石上的点点苔痕了，她走过去，轻轻地抚摩着那些苔痕，这就是一段爱情所剩下的东西？右边的一棵相思树，正把重重叠叠的树影加在苍苔的上面。她抬起头来，远处的山坳中，正吞着一轮落日，夕阳苍凉地照着大地，照着有人及无人的地方，照着飘着落叶的树梢，照着有情及无情的世界。她凄苦地微笑了，想起贾岛的诗：

夕阳飘白露，树影扫青苔。

这是秋日黄昏的写照。一阵风来，她感到秋意正弥漫着，她有些冷了。用手抚摩着手臂，又摸摸面颊，秋意是真的深了。

婚事

从一开始,嘉嫒就讨厌透了罗景嵩,这种讨厌仿佛是与生俱来的,永远无法消除。远在十五年前,嘉嫒才五岁,和罗景嵩第一次见面,她就讨厌他。那时,嘉嫒跟着母亲从乡下进城,穿着土布的蓝褂子,梳着两条小辫,辫梢系着红头绳,一副土头土脑的样子,牵着母亲的衣襟,跨进了有石狮子守门的罗家。在进入罗家大门以前,母亲曾经再三叮咛过她:"等会儿见了表姨和景嵩表哥,要懂得叫人,别对着人干瞪眼,也别乱说话!"

仅仅是母亲这几句话就让她打心里不舒服,在乡下,她是出名的小野丫头,虽然才五岁,却是孩子们的"王"。她长得漂亮,胆子又大,连男孩子不敢做的事她都敢做,斗蟋蟀、摸泥鳅、打水蛇、把蚯蚓切成一段段来钓鱼,再加上她想得出各种千奇百怪的新鲜花样来玩。所以,女孩子们怕她,男孩子们服她,她又长得好,一对乌溜溜的大眼睛,微微向上翘的鼻子和小巧的嘴，谁得罪了她，她把眼睛一瞪，辫子一甩，嘴巴一噘，说一句："再也不跟你玩了！"对方就软了下来，乖乖地向她赔罪讨好。因此，她个性倔强到极点，这次进城她本就不大愿意，全是表姨的一封信惹出来的，信是写给母亲的，大意说嘉媛已该进小学了，在乡下这样鬼混不是办法，要母亲送她进城，住在罗家，以便于完成教育。母亲和表姨从小是最要好的表姐妹，长成后一个嫁给城里的富绅，一个却嫁给了乡下富农的独生子，不幸的是嘉媛的父亲在嘉媛出生后三个月就逝世了，母亲就守着嘉媛和偌大的田产度日。表姨的一封信提醒了她，几乎是迫不及待地，她就带着嘉媛进了城。嘉媛对于要住到一个陌生的环境里，心里十分不高兴，何况母亲还一反常态地给了她这么多忠告，早就使她不耐烦了，对于那个比自己大三岁的表哥，她在潜意识里就颇有反感了。

在罗家的客厅里，嘉媛见着了她从未谋面的表姨，虽然母亲事先叮咛过她不要瞪着眼看人，她仍然禁不住瞪着表姨看，表姨长得很美，白胖胖的，她比母亲大，看起来却比母亲年轻。见着了嘉媛，表姨一把抓住了她的手，仔细看了她一番，转头对母亲说："霞妹，真想不到嘉媛长得这么好！"

接着，表姨眼睛里涌出了泪水，母亲哽咽地讲了一句什么话，表姐妹就紧紧握住彼此的手，相对流起泪来。嘉媛天不怕地不怕，却最怕别人流泪，尤其是母亲。一看到表姨和母亲的表情不对，她就向客厅门外溜，客厅外面是一个相当大的花园，她站在台阶上，咬着辫子上的头绳，对这个新环境打量了起来。

"举起手来，投降。"

忽然，一个突如其来的声音吓了她一大跳。一回头，她首先看到的是一把小手枪，枪管正对着她。然后，她看到了那个执枪的男孩子——大眼睛、浓眉毛，嘴边带着个顽皮的笑。

嘉嫒因为被他吓了一跳，心里老大不高兴，不禁气呼呼地说："讨厌鬼！你干什么呀！"

"举起手来，再不举，我要开枪了！"那男孩嚷着说，继续用枪对着她。在乡下，她玩过各种不同的东西，却没有玩过小手枪。对这个乌黑的小东西，她充满了好奇，但却毫无戒心。就在她定神瞧那男孩子拿着的那把小枪的时候，突然间，手枪砰然一响，同时冒出了火花，使她不禁跳了起来，同时哇地叫了一声，往后退了几步。这吃惊的样子使那男孩大笑起来，笑得前俯后仰，好像这世界上再也没有比这件事更好笑的。嘉嫒气得想哭，有生以来，她从没有被人如此嘲弄过，她跺了跺脚，把小辫子甩到脑后，恶狠狠地大喊："讨厌鬼！讨厌鬼！讨厌鬼！"

由于她喊得如此大声和愤怒，那男孩子止住了笑，用诧异的神情望了望她，接着就把小手枪递过去，安慰地说："是假的嘛，不要怕！"

"我才不怕呢！"嘉嫒大叫，"我什么都不怕！"

"呸！"男孩子收回了他的枪，带点轻蔑地说，"女孩子是什么都怕！"

"见鬼!"嘉嫒气呼呼地说,"你敢和我比爬树吗?我们爬最高的!"

在乡下,嘉嫒的爬树是有名的。现在,下了挑战书之后,她不等对方的同意,就向花园里最高的一棵树跑去,以惊人的速度和敏捷,像只猴子一样爬到了树枝尖端,在枝丫上停住,俯身下望,一面对那男孩傲然地招着手。男孩吃惊地张着嘴,呆呆地仰望着嘉嫒,一脸惊异和不信任的表情。嘉嫒得意了,她摇晃着身子,清脆地笑了起来,一面喊:"上来嘛!那么大的男孩子,爬树都不会!羞羞羞!"

假如不是表姨的惊呼和母亲的大声呼叱:"下来!嘉嫒,你又淘气了!"嘉嫒还预备表演一手拉着树枝荡秋千呢!看到母亲的样子,她只有乖乖地滑下树来,表姨深深地吸了一口气说:"老天!摔下来怎么办?女孩儿家,摔断腿看你怎么找婆家?"一面对身边那男孩说,"景嵩,还不来见见你的嘉嫒表妹!"同时,母亲也拖过嘉嫒来说:"嘉嫒,叫表哥!"

"我不要和他玩,他什么都不会!"嘉嫒说,仍然记着那一枪之仇。

"呸!我才不稀奇和你玩呢!"景嵩涨红了脸,显然被激怒了。"会爬树有什么了不起?你会不会——"他眼珠四面转着,显然想找一件嘉嫒不会的事来难她一下,忽然福至心灵,他闭起右眼,睁开左眼说,"你会不会睁一只眼睛闭一只眼睛?"

"这个谁不会?"嘉嫒说,一面尝试去闭一只眼,睁一只眼。谁知这事看起来容易,做起来真难,不是把两只眼都闭上了，就是把两只眼都睁开了。嘉媛努力去试着，眼睛拼命睁睁闭闭，嘴巴也想帮忙，跟着面部肌肉东歪西扯。结果始终失败不说，却逗得表姨、母亲和景嵩都大笑起来，景嵩一面笑，一面拍着手跳着脚喊："好滑稽啦！像一只猴子！像一只猴子！"

"讨厌鬼，讨厌鬼，讨厌鬼！"嘉媛又连声大叫着，气得脸通红，也想不出其他骂人的话来了。但，她这么一叫，景嵩却笑得更厉害了。

这就是嘉媛和景嵩第一次见面，当天晚上，嘉媛对着镜子，足足练习了三个小时的睁眼闭眼，就是无法成功。这以后，她在罗家一住三年，三年中，几乎天天都在练习睁眼闭眼，但始终没有成功过。而景嵩也深深了解她这个弱点，一和她吵架就嘲笑她没这项本事。因此，三年内，嘉媛恨透了景嵩，景嵩也最喜欢逗她，一来就炫耀本事似的睁一只眼闭一只眼站在她面前，扬着眉毛说："你会吗？"然后学着她的鬼脸和声音喊："讨厌鬼，讨厌鬼，讨厌鬼！"

三年后，景嵩举家迁台，嘉媛的母亲却搬进了城里，和嘉媛继续住在罗家的房子里。嘉媛在城内读完了小学，小学毕业那一年，母亲改嫁了，跟着母亲和继父，他们迁到了南方，后来由于时局动乱，他们又到了台湾。当她再和景嵩见面，景嵩已是一个高高大大、十八岁的男孩子了。在罗家的小客厅里，她重逢了这个童年时代一天到晚吵架的小游伴，不知为什么，她竟感到很不自在，好像童年的嫌隙依然存在似的。景嵩却微笑地望着她，她仍然梳着辫子，但已是个亭亭玉立的少女了。景嵩对她凝视着，头一句就是："我还记得你小时的样子——你学会了睁一只眼闭一只眼吗？"

"还是不会！"嘉嫒说，本能地皱了一下眉头，童年的好胜心依然在她心里作祟，她感到更不自在了。景嵩却纵声笑了起来，他那明亮的眼睛带着欣赏的神情望着她说："你还是和小时一样！"

嘉嫒咬了咬嘴唇，心想你还是这么喜欢笑人，一声"讨厌鬼"几乎脱口而出。景嵩笑着问："还爬树吗？"

"你有意思和我比吗？"嘉嫒扬着眉问。

"不敢！"景嵩说。于是，他们都笑了起来。但，在嘉嫒心里，这个表哥依然是当年的那个顽皮的男孩子，也依然是那个"讨厌鬼"。

到现在，又是许多年过去了，她却始终讨厌着景嵩，这种讨厌没有什么具体原因，却根深蒂固。这就是为什么当表姨和母亲躲在房里叽叽咕咕，当表姨望着她眉毛眼睛都是笑，当母亲含蓄地要她多到罗家"走走"的时候，她会那么深深地感到厌恶。罗景嵩，她讨厌他的纵声大笑，讨厌他那对会调侃人的眼睛，也讨厌他那高高的个子，和被多人赞扬的那份仪表。因此，在母亲向她明白示意的那天，她竟愤怒得像小时一样大跺起脚来。

"嘉嫒，你的年龄也不小了，我们和罗家又是亲戚，你和景嵩是从小一块儿长大的，彼此个性都了解，你表姨已经对我提过好几次了，我看这事就把它订下来怎么样？"母亲开门见山地问。

"什么？你们倒是一厢情愿，订下来？订什么下来？"嘉媛大叫。

"订什么？当然是订婚呀！"母亲说。

"订婚？哈，你怕我嫁不出去吗？我才刚过二十岁，我劝你少操这份心吧！"

"话不是这么说，景嵩那孩子，论人才，论仪表，论学问，都是难得的。何况你们是表兄妹，亲上加亲，这事不是很好吗？你知道，你的婚事一直是我的一个心病，只要你的事定了，我也安了心了！"

"算了，别再说！我根本就讨厌景嵩，从他的头发尖到脚趾，就没有一个地方我看得顺眼，这事是完全不可能的！"

"贫嘴！"母亲生气了，"多少人夸他一表人才，只有你这鬼丫头挑鼻子挑眼睛，像他这样的男孩子你还看不上，你到底想嫁什么样的人？"

"老实说，妈，我宁可嫁给要饭的、拉车的、踩三轮的，等天下男人都死绝了，还轮不到景嵩呢！"

"你这是怎么了？景嵩到底什么地方得罪你了？让你恨得这样咬牙切齿！"

"不是恨，而是看到他就讨厌，这是无可奈何的！……而且，妈，"嘉媛靠近母亲，挤挤眼睛说，"根据优生学，亲上加亲最要不得，血缘太近会生出白痴儿子的，你总不愿意有个白痴外孙吧！"

"胡说八道！"母亲说，"我的父母是一连三代中表联婚，我也不是白痴呀！何况你和景嵩是表了又表，不知表了几千

101

里了,还什么血缘太近!"

"唉!"嘉媛叹口气说,"总之一句话,我不嫁给他!"说完,为了怕母亲继续噜苏,她一溜烟钻进了自己的卧房,同时倒在床上,拉开了被褥蒙头大睡。

这次谈话后的第二天,嘉媛从外面回家,一进客厅,就发现表姨坐在那儿。见到了嘉媛,表姨就一个劲儿把嘉媛的生活情况兜着圈子问,弄得嘉媛一肚子的不耐烦,最后,表姨总算问到主题了:"嘉媛,你年纪不小了,男朋友一定很多吧!"

"哦,多得很,"嘉媛立即说,"让我算算看,李梦潭、王家驹、张立祥、赵文、杨克强……"她背了一大串名字,跟着她的背诵,表姨的脸色越来越不对,母亲却气得在旁边干瞪眼。嘉媛假装看不见,继续说:"这些都是跳过舞,看过电影的,至于进过咖啡馆谈过亲热话的有张鹏、郑云岚、朱子明……"

"哦,我的天,嘉媛,一个女孩儿家,怎么这样交朋友的呀!"表姨皱着眉问。

"表姨妈,"嘉媛慢吞吞地说,"你不知道,现在时代不同了,父母做主的时代早已过去,现在要自由恋爱,您放心,我不会找不着婆家的!"说完,她知道母亲和表姨的脸色一定都不对,为了免得挨骂起见,她故技重施,向着自己的卧房溜去。一走进卧房,嘉媛不禁瞪大了眼睛,原来那个"讨厌鬼"罗景嵩正大模大样地坐在她书桌前面。这还不说,他还捧着一本册子津津有味地读着,嘉媛立即认出是她的日记本,那上面还记载了昨日和母亲谈话的内容！嘉媛不禁抽了一口凉气，在一阵惊诧之后，愤怒立刻统治了她，她跳着脚大骂了起来："不经别人许可，擅入别人房间已经不对，乱翻别人东西更是可恶，偷看别人日记简直是罪大恶极！你这人根本就一点品德都没有……"

景嵩站了起来，抱着手静静地望着她，听任她一连串地骂下去，这种冷静而安闲的态度使她更冒火，她搜尽枯肠把能够骂人的句子都找了出来，足足骂了一刻钟之久，最后，当她看到他依然静静地站着，童年的口头语不禁冲口而出："讨厌鬼！"

骂完这一句，她安静了，觉得再也没有话可说。景嵩凝视了她一两分钟，才冷静地问："骂完了吗？"然后说，"如果你骂完了，就听我说几句，擅入你的房间是想和你私下谈几句，至于日记本，应该怪你自己不小心，它正摊开在桌子上，而内容又太吸引我，使我不能不看下去。现在，我向你道歉，不过，我庆幸我看了你的日记，才知道我在你心目中的地位。但，你也误会了我，我并没有意思要娶你，这完全是妈单方面的意思，我从没有转过要和你结婚的念头！"

"怎么？……"嘉媛呆呆地看着景嵩。景嵩紧紧地盯着她，两道浓眉微锁着，明澈的眼睛看起来深邃难测。

"嘉媛，"他缓缓地说，"我一直把你当作我的妹妹，并没有追求你的居心，但也没有料到你会如此讨厌我！"

嘉媛不由自主地垂下了头，心里涌起了一阵难以描绘的情绪。景嵩走近她，轻轻地说："嘉媛，从小到现在，你仔

103

细地、好好地看过我吗？再看看，把我从发尖看到脚趾，真的没有一个地方顺眼吗？真的吗？"

嘉媛感到脸在发热，心里充塞着懊恼和不安，景嵩那轻缓的、柔和的声音给了她一种压迫感，使她几乎无法抬起眼睛来。室内有一阵令人难堪的沉默，然后，景嵩轻轻地叹了口气说："我不明白你为什么会如此讨厌我，这给了我一个教训，我太疏忽、太忽略别人的感情。嘉媛，不要为这事烦恼，没有人会强迫你嫁给我，我呀……"他耸耸肩，脸上浮起了一个近乎凄凉的表情，这表情对嘉媛是陌生的，这完全不同于他往日的洒脱不羁："我呢，我也再不会来麻烦你，从今天起，我不会来看你，直到你结婚的时候。"

嘉媛张着嘴，觉得一句话都讲不出来，心里莫名其妙地感到酸酸的，蛮不是滋味。景嵩看了她一眼，突然说："你的表情看起来像是要哭的样子，是我说错了什么话吗？还是——因为你有一点喜欢我了吗？真的，我觉得很奇怪，我发现我是真正地在爱你了！"

"见鬼！"嘉媛冲口而出地说。但是，立即，她发现自己被拉到了景嵩的身边，发现景嵩有力的手揽住了她，更惊异地发现自己并没有反抗，而是近乎满意地顺从着他，似乎早已忘记这是一个自己从小讨厌的人。

"怎样？嘉媛，让我们结婚吧，我教你怎样睁一只眼闭一只眼，好吗？"景嵩在她的耳边问。

"啊，你——你这个讨厌鬼！"嘉媛大声喊，一面却满足地合上了眼睛。

尤加利树·雨滴·梦

雨，把天和地连成了混混沌沌的一片。

梦槐坐在窗子前面，用手托着下巴，呆呆地望着外面被暮色和雨雾揉成一团的朦胧的景物。那条两旁种植着高大的尤加利树的公路，在雨色里显得格外寂静和苍凉。浴在雨中的柏油路面无尽止地向前伸展着，带着股令人不解的诱惑味道，似乎在对梦槐说："来，走走看。沿着我走，我带你到世界的尽头去！"

她歪歪头，斜睨着那条公路，好像必须考虑一下要不要接受这份"挑逗"。接着，她蹙蹙眉，用手揉揉鼻子。傻气！

不是吗？谁会愿意在这斜风细雨的天气出去漫无目的地闲逛？

给幼谦知道了，会说什么？发神经？她坐正了身子，好像幼谦的指责已经来了，四面望望，空空的房子盛着浓浓的寂寞，幼谦还没有回来。向窗子更加贴近了一些，前额抵着窗玻璃，手腕搁在窗台上，下巴放在手背上。雨滴正在玻璃上滑落，外面是一片白茫茫的，鼻子里呼出的热气在玻璃上凝聚，视线被封断了。她仰仰头，移开了身子，望着玻璃上那一大片水汽。下意识地，她用手指在那片水汽上画着字，随意画出的，竟是尘封在脑子里的一阕朱淑真的词：

　　斜风细雨作春寒。
　　对尊前，忆前欢。
　　曾把梨花，寂寞泪阑干。
　　芳草断烟南浦路，
　　和别泪，看青山。

才写了上面半阕，一声门响使她陡地惊跳了一下，回过身子，房门已开，幼谦正大踏步地跨进来。她站起身，感到面庞发热，好像自己是个正在犯错的孩子。下意识地，她趔趄着用背脊遮住那写着字的玻璃窗，赧然地凝视着正摘下雨帽、脱下雨衣的幼谦。

"回来了？"她嗫嚅着从喉咙里逼出一句话来。

"嗯。"他哼了一声，抬头不经心地望了她一眼，就是这样，她会问出一些毫无意义的话来。"回来了？"当然回来了，否则，站在这儿脱雨衣的是谁呢？他带着份模糊的不满，自顾自地脱下那笨重的雨靴，然后把自己的身子沉沉地扔进沙发椅里，用手蒙住嘴，打了个呵欠。

"累了？"她又问。

累了？当然啦！一天八小时上班，从早忙到晚，那么多档案要处理，那些女职员全笨得像猪，只知道搽胭脂抹粉，涂指甲油。他望望靠着窗子站着的梦槐，一张苍白的脸，嵌着对黑黑的、蒙蒙眬眬的眼睛，她就不喜欢化妆，与众不同！是的，五年前，他也就看上她这份与众不同。可是，似乎是过分与众不同了！

"做了些什么，这样一整天？"他问，懒懒的。一天不见面，回来总得找些话讲。

"没做什么，"她轻轻地回答，转过身子，玻璃上的字迹已经幻散了，窗外的暮色更重了些，尤加利树成了一幢幢耸立的、模糊的影子，"只是看雨。"

"看雨？"他望了她一眼，看雨，看雨！这就是她的生活。

她从不想使自己活跃，例如出去应酬应酬，打打小牌；只是把自己关在斗室中，连带使他的生活也限制在这幢精装的坟墓里。

"雨很好看吗？"

"嗯，"她哼了一声，又用手指在玻璃上无聊地乱画。雨很好看吗？他何曾真的"看"过雨，透过了玻璃窗，她凝视着雨雾中的公路，那样长长地平躺着，连尤加利树上都挂着雨，一丝丝、一点点、一滴滴，像个梦。

"今天公司里新来了个女职员。"他的话打破了一份宁静，似乎连雨意都被敲碎了，"是总经理介绍进来的，有后台老板。对谁都是一副笑脸。"

"嗯。"她又哼了声。

新来的女职员!他皱皱眉,吴珊珊那副样子又浮现在眼前,做得蓬松得像个大帽子似的鸡窝头,画得浓浓的两道黑眉毛,有一句诗说过,怎么说的?对了,"双眉入鬓长!"那才是真真正正的双眉入鬓长,眉梢一直飞进了头发里,人工涂过的睫毛,和那张索菲亚·罗兰似的嘴!见了人就笑,"咯咯咯,咯咯咯……"仿佛满屋子都被她的笑声充塞满了。笑起来,连那胶水胶得牢牢的鸡窝头的发丝也颤动不已。从早上到下午,她的笑声就没有停过。

"喂,"他喊,"今晚吃什么?"

"哦,"她把眼睛从雨雾深处调了回来,有一抹惶惑,"我不知道,让我去问问阿菊。"

眼看着她走出房间,他对她的背影发愣。她不知道,一个妻子竟不知道晚餐吃什么。但是,你就没办法对她苛求,这也是她与众不同的地方嘛!可是,她一定还有些地方不对,他愣愣地想着,接着,像灵光一闪,他想出来了,她竟然不会笑!一个不会笑的妻子,这似乎比不会做任何事更糟糕,但她就是不会笑!

晚餐过后,雨仍然在檐下滴滴答答地低吟,单调得像支没有伴奏的歌。梦槐习惯性地倚着窗子,凝视着窗外的公路。

尤加利树之间的路灯亮了,一盏又一盏,耸立在阴暗的雨雾中。她几乎可以看到灯罩上挂着的水珠,可以感觉到尤加利树的枝丫上垂着的寂寞。路灯平行地伸展,像两串永远环绕不起来的珠链。柏油路面的雨水迎着路灯闪烁,诱惑的味道更浓重了:"来吗?我带你到世界的尽头去!"

世界的尽头?世界的尽头又在何方?她出神地凝望和凝想,鼻子在玻璃上压挤着。

"看什么?窗子外面有什么稀奇的东西?"幼谦的声音突然响了,她吓了一跳。

"哦,没什么,"她怯怯地、犹豫地说,"只有雨。"

只有雨,那亲切而遥远的雨。仰起脸来,她几乎可以感到雨丝迎面扑来的那种凉丝丝的味道。披上一件雨衣,把手插在雨衣的口袋里,沿着尤加利树夹道的公路,缓缓地向前走,把路灯和树木一株株地抛下。望着两个人的影子从前面移到后面,又从后面移到前面。是的,两个人的影子,还有一个他!那个他,是多少年前的事?记不清了,那个他已不知跑向何方,留下的只是虚虚幻幻的一串影子。

"让我们这样走,一直走到世界的尽头,好不好?"

这是他说过的话,于是,他们一起走着,脚踩进水潭里,奏出的是最优美的乐章,尤加利树的枝头,挂满了雨滴,每一滴雨里包着一个梦,像相士的水晶球,你可以从它看出未来;每一滴雨包着一个梦,瑰丽神奇,而当它从枝头跌落,雨滴碎了,梦也碎了!就这么短暂,他说过:"这是人生。"

这是人生?她从不想费神去了解人生,只因为这两个字太过虚幻繁复了,她也不相信他能了解。他是个艺术家,落魄的艺术家是世界上最可悲的一种人,因为他们都有那么高、那么多的不被赏识的才华!他们不能像世界漠视他们那样漠视自己,于是,你可以在他们身上找到过多的苦闷的痕迹。

他也一样,她还能记得他那件破破烂烂的、藏青色的外衣,晴天是他的工作服,雨天是他的雨衣,上面积满的是各种各样的油彩和各个季节的雨滴。

"但愿我有一支笔,能画出你的眼睛!"

他说过,他给她画过那么多张像,却没有一张画的是她!

"我太平凡,我画不出你!"

她还记得他眼中的沮丧。于是,有一天,他试着画雨、画尤加利树和雨滴。然后,他凝视着她,猛地跳了起来,像新发现似的抓住她的胳膊说:"我知道你的眼睛像什么了,像两滴雨,每一滴里包着一个梦!"

每一滴包着一个梦,只希望它永远不要从枝头跌落,让它悬在那儿,梦也悬在那儿。他,那个他!他画不出她的眼睛,但他却找得到她的梦。

"如果你愿意,把它珍藏起来吧!"

她几乎脱口说出来了!喉咙里的一声模糊低吟,已使她自己惊跳,回过头去,还好,幼谦正躺在沙发中,一张报纸掩着大半个脸。她感激上帝造人,把"思想"深锁在每个人的脑海深处,不必担心别人发现,否则,这世界是不是还能如此安宁?

报纸放下来了,幼谦的视线射了过来,她有些惊惶,好像犯了什么过失被他抓到了。但,他只是瞪了她一眼,伸了个懒腰:"雨还没有停吗?"他不经心似的问。

"还没有。"她低低地回答。

废话!幼谦想着,从什么时候开始,他们之间就只有废话可谈了。他努力想着他们有没有谈过不是废话的话,几乎想不出来。除了他向她求婚的时候:"你愿不愿意嫁给我?"

"好。"

她答应得那么干脆,那么爽快,使他连后悔都来不及。娶了她,恭喜之声,纷至沓来,那么美的一个女孩子,你幼谦凭什么娶得到手?但是,她不会笑,她只会倚着窗子看雨。如果雨停了,她不知道又会看些什么了。那对眼睛终日恍恍惚惚的,望着你也像没有看你,你就无法明白她是个真的人还是个幽灵!枉她天生就那么白皙的皮肤和乌黑的眼珠,却不会笑。

他重新拿起报纸,遮住了脸,一面从报纸的边缘偷偷地注视她,她又在窗前的位子上坐下来了,前额抵着窗户玻璃,他只能看到她那瀑布般披散下垂的长发。他怔了一会儿,又想起今天新来的女职员,描得浓而黑的眉毛,唇膏搽得那么厚,但是她会笑,"咯咯咯、咯咯咯……"如果把这样的女孩子揽在怀里,听她笑得花枝乱颤,不知是一股什么滋味!他把报纸往脸上一蒙,闭上眼睛,专心专意地想起那个笑声来:"咯咯咯,咯咯咯……"像只母鸡!

她继续注视着前面。尤加利树,那么粗的树干,那么茂密的枝叶,两旁伸出的树枝把整条公路遮覆住,雨滴从叶子的隙缝中向下滴落。

"这是什么树?"她问。

"梦槐树。"

"梦槐树?"

脑子一时转不过来，槐树倒听说过，梦槐树却有些陌生，转过头去，他的嘴边挂着一抹调皮的笑。噢！几乎忘了自己的名字叫梦槐！梦槐树？不像！这树太高大，太结实，自己却太渺小，太柔软！她默默地摇着头，他的手揽在她的腰上，轻声说："事实上，这树的学名叫大叶桉，又叫尤加利树，是常绿乔木，生长在亚热带，冬天也不落叶，希望你像它一样，终年常绿。"

像它一样？终年常绿？听起来像梦话。她望着那高大的树木，树下面有一块石头，石边长出一丛小草，她俯身触摸那株小草，这倒更像她一些，柔弱、稚嫩，那石头呢？像他！不是吗？坚固、不移。她凝视着他，轻轻地念出《孔雀东南飞》中的几个句子：

　　君当作磐石，
　　妾当作蒲苇，
　　蒲苇纫如丝，
　　磐石无转移。

蒲苇纫如丝，磐石无转移。屋檐上滴下了一大滴雨珠，滴落在院子里的水泥地上，碎了。多少的雨珠都跌碎了，多少的梦也都跌碎了！"蒲苇纫如丝，磐石无转移。"这该是多么遥远的事了。

"啊！该睡了吧？"

突然而来的声音又吓了她一跳，抬起头来，她茫然失措地望望那张陌生而又熟悉的脸。

"噢——该睡了。"拉长了声音,她轻轻地答了一句,空洞的声调像跌碎的雨滴。

天微微地有些亮了,雨,编织了一张大网,把天和地都织在一起。梦槐用手枕着头,听着那雨声敲碎了夜,望着窗子由淡灰色变成鱼肚白,又是一天即将开始了。和每一天一样,充塞着过多的寂寞。

枕边的人发出了单调起伏的鼾声,她微侧过头,在清晨的光线下去辨识那一张脸,宽额、厚唇和浮肿的眼睛,他没有一分地方像那个他。他的求婚也那么平凡:"你愿不愿意嫁给我?"

"好。"

有什么不好?他,三十余岁,机关里一个小单位的主管,薄有积蓄,有什么不好呢!反正,嫁给谁不是都一样?他和那许许多多的他,不全是一样吗?她从枕下抽出手来,天亮了,应该起床了。

蹑手蹑脚地下了床,走到窗子前面,首先对窗外的世界一番巡视,雨仍然轻飘飘地在飞洒着,云和天是白茫茫的一片。尤加利树在雨和晨曦中,那条伸展着的道路仍然在做出诱惑的低语:"来吗?我带你到世界的尽头去。"

世界的尽头,那是何方?那个他,现在是否正在世界的尽头?伴着他一起走的又是谁?

"我不能和你结婚,"那个他说,"你看,你长得那样漂

113

亮,那样柔弱,而我却穷得租不起一间屋子,我怎能忍心让你为我洗衣煮饭,叠被铺床?所以,**梦槐**,忘掉我吧!你长得那么美,一定可以嫁一个很年轻而有钱的丈夫,过一份安闲而舒服的生活。梦槐,你是个聪明人,忘了我吧,我爱你,所以我不能害你。"

"我爱你,所以我不能害你。"她望着尤加利树,那上面挂着多少雨珠。"我爱你,"那个他说的,"所以你嫁给别人吧。所以我不能娶你。"这是什么逻辑?什么道理?但是,千万别深究,"这是人生。"也是那个他所说的,"我们如果结了婚,会有什么结果?想想看,在一间只能放一张床的斗室里,啃干面包度日吗?前途呢?一切呢?我们所有的只是饥饿和悲惨!所以,你还是嫁给别人吧,还是找一个年轻有钱的理想丈夫吧。"

"几点钟了?"

幼谦在床上翻了个身,坐起身子。梦槐下意识地看看表。

"七点半。"

他跨下了床,打着呵欠,睡裤的带子松松地系在凸起的肚子上,"年轻有钱的理想丈夫",他是吗?又是一个呵欠,他睁开了惺忪的睡眼,诧异地望望她,一清早,又看雨吗?除了看雨,她竟找不出任何兴趣来吗?雨,那淅淅沥沥滴答不止的玩意儿,里面到底藏着些什么伟大的东西,她竟如此热衷于对它的注视。

"还在下雨吗?"他懒懒地问。

"嗯。"她也懒懒地答。

真无聊，全是废话。他想，走进盥洗室，刷牙、洗脸，准备上班。必须冒着雨去搭交通车，这该死的雨，下到哪一年才会停止？而她，居然会喜欢看雨！不过，今天应该早点去上班，为什么？对了，今天有那位新上任的女职员，"咯咯咯，咯咯咯……"笑起来浑身乱颤，像只母鸡！母鸡，应该是只大花母鸡呢。他微笑了起来，眼前又浮起那被脂粉夸张了的眉眼和嘴唇，还有那些"笑"。

目送幼谦走出家门，她松了一口长气，好像解除了一份无形的束缚。在窗口前面，她习惯性地坐了下来，把手腕放在窗台上，静静地凝视着雨雾里的尤加利树。

"我爱你，所以我不能害你。"那个他说，结果，他娶了一个百万富豪的小姐，婚后第二个月，就带着新婚夫人远渡重洋，到世界的尽头去了。

"这是人生。"是吗？这就是人生？她把下巴放在手背上，玻璃又被她所呼出的热气弥漫了。她抬起头，凝视着玻璃上那一大片白色的雾气，想起昨天没写完的一阕词，举起手来，她机械地把那下半阕词填写了上去：

　　昨宵徒得梦夤缘，
　　水云间，悄无言。
　　争奈醒来，愁恨又依然。
　　展转衾裯空懊恼，
　　天易见，见伊难！

字迹在玻璃上停了几秒钟，只一会儿，就连雾气一起消失了。

　　雨滴仍旧在尤加利树上跌落，跌碎的雨滴是许许多多的梦。

网

一开始，她就知道，她不该和他见面的。

虽然，他的名字，她已那么熟悉，熟悉得就好像这名字已成为她的一部分，可是，她从没有想过要和他见面。是不敢想？是避免想？还是认为见面是根本不可能的事？她自己也分析不出来。只是，这名字在她心灵深处一个隐秘的角落里已生活得太久了，几乎每当她一个人的时候，他——属于那名字的一个模糊的影子——就会悄悄地出现，她会和他共度一个神秘而宁静的晚上。这是她的秘密，永不为人知的一个秘密。许久以来，他已成为她的幻想和她的一个幽邃的梦。她会很洒脱地批评任何一个她欣赏的作家："你看过野地的作品吗？好极了！"

"你知道鹿鹿吗？他对人物的刻画真入骨！"

但是，她从不敢说："你晓得轫夫吗？他写感情能够抓住最纤细的地方，使你不得不跟着主角的感情去走。他能撼动你，使你从内心发出共鸣和战栗。"

她从不会提的，这感觉是她的秘密。轫夫两个字从没有从她嘴里吐出来过。一次，在一个文艺界的小集会里，一个朋友对她说："假若你听说过轫夫……"

"哦，轫夫？"她的心脏收缩，紧张使她喘不过气来。她是那么迫切地想知道轫夫到底是怎样的一个人，可是，她逃避得比她内心的欲望更快："轫夫？我好像没看过他的作品。"

她仓皇地走开，懊恼得想哭，因为，她竟然如此轻易地放过知道轫夫的机会。在她的内心里，她一向把他塑造成两种完全不同的形状：一种是约三十岁，面貌清癯，眼睛深沉，衣着随便，落拓不羁。另一种却是约五十岁，矮胖，淡眉细眼，形容猥琐，驼背凸肚，举止油滑。每当她被前一种形象所困扰的时候，她就会对自己嗤之以鼻："呸！谁知道他是怎么样的一个人？"

于是，后一种形象就浮了起来，代替了前者，而她，也随之产生一种解脱感。她沉溺于这种"游戏"，乐此不疲。有时，她的思想陷得那么深，以至她那个嗅觉灵敏的猫似的丈夫会突然问："你在想什么？一篇小说？"

"是的——一篇小说。"她轻轻说，迅速把心中那个影子驱逐到那隐秘的角落里去，并且武装起面部的表情来。她了解子欣——她的丈夫——虽然子欣是个政客，但他对感情的观察力却异乎常人地敏锐。

子欣走过来，似笑非笑地望着她说："你知道，你沉思的时候很美，好像在恋爱似的。"

她立即手脚发冷，内心战栗。

她知道不该和他见面，可是，这次见面却在毫无准备中来临了。来得那么仓促和突然，使她在惊慌之中，几乎来不及遁形。

那天，她和子欣去参加一个官场的应酬，在座的都是子欣的朋友，子欣带她去，多少带一点炫耀的意味，他会对人介绍她说："来，见见我的作家太太，她就是杜蘅，你不会没看过杜蘅的作品吧？"

每当这种时候，难堪和窘迫总会让她面红耳赤，于是，她感到自己变成了一个孤独而无助的小女孩，急于找地方逃避，却无处可以容身。如果再碰到一两个附庸风雅的客人，对她的小说作一番外行的恭维，她就更会张皇失措而无言以答了。

这晚，就是这样的一个场合——主人吴太太忽然带了一个男人到他们面前来。

"我来介绍一下，"吴太太微笑地说，"这是林子欣先生和林太太，林太太你一定知道，就是女作家杜蘅。这位是李轫夫先生，李先生也是位大作家！"

轫夫！这名字一触到她的耳朵，她就浑身僵硬了。本能地，她打量着这个男人：他绝不是她想象中的第二种，却也不同于第一种。瘦长条的个子，鼻梁上架着一副近视眼镜，整洁的衬衫敞着领子，露着那大粒的喉结。眼镜片后面的一对眼睛是若有所思的，却炙热地燃烧着一小簇火焰，火焰的后面，还隐藏着一种深切的落寞。她紧张得近乎窒息，模糊中听到子欣在说:"久仰久仰,我看过您的小说,好极了!"

她知道子欣从没有看过他的小说,这使她为子欣的话而脸红。他答了一句话,她竟没有听清楚是什么。然后,他的目光接触到她的,就这一接触之间,她知道他们彼此间发生了什么,她恐惧,却又觉得理所当然。她的心像是沉进了一个无底的深渊,还在继续地飘坠着,飘坠着……永不到底地飘坠着。一阵酸楚的感觉爬进了她的鼻子,她头脑昏沉,而眼眶润湿了。

他没有对她说什么,只热烈地望着她,微微地点了一个头,他不必说,她已经了解了,她猜想,他也了解了。这一刹那间所发生的使她惶然,或者他也如此。她听到他在和子欣说一些虚渺的应酬话,而子欣却反常地热烈,固执地说:"星期六请到我们家晚餐,一定要来,你可以和我太太谈谈小说和文坛趣事!请一定来!""哦!很抱歉……"他犹豫着。

"别拒绝!一定来!"子欣坚持地说。

他看了她一眼,她始终无法说话,甚至无法挤出一个微笑,她看到他战栗了一下,立刻掉开头,仓促地说:"林先生,我一定准时来!"

他走开了,去和别的客人谈话。她也卷入了太太集团,装着热心地去听那些关于孩子,关于打牌,关于衣料和化妆的谈话。她心中是一片渺渺茫茫的境地,容纳的东西太多又太少,她不敢抬头,怕自己的眼睛泄露了秘密,更怕另一对眼睛似无意又似有意的搜索。

星期六,他准时来了,而子欣却迟迟未归。她在过度的紧张和昏乱中迎接他。他们坐在客厅中，彼此默默注视，时间在两人的凝视中冻结。虽然谁也没有开口，他们却已交谈了过多的言语。好一会儿之后，他轻轻地说："你的小说一如你的人。"

"是吗？"她慌乱地说。

"是的。"他注视着她，"只微微有一点不同。你的小说中总有三分无奈和七分哀愁，而你的人却有三分哀愁和七分无奈。"

她悚然而惊，他的话刺进她的内心深处，一针见血地把她分析得纤毫毕露，似乎比她自己分析得更清楚。没有人能了解她那镇定的外表后面，藏着一颗多么怯弱畏羞的心，也没人能体会到她比一般人都细腻而容易受伤的感情。她始终像一只把头藏在翅膀里的小鸟，深深地躲藏着，害怕别人会伤害了自己，却妄以为自己那脆弱的小翅膀就能抵御住所有外界的力量。她生活在子欣的旁边，那夫妇之情早已像一口干涸的井，但她无力逃出这环境，只一任岁月从她的手中流过，无可奈何地、被动地，让生命的浪潮推动着。

她给了他黯然的一瞥，他沉默了。看不到的情愫在他们身边流动，她知道，她再也逃不出去了，她一直害怕被捕获，而现在，她还是被捕获了。她望着他，他的眼睛在清清楚楚地对她说："别害怕，别逃避。"

她的眼睛立即答复了："我想要，但我不敢。"

他站起来，走到窗边去，他手上握着一个茶杯，杯里那橙色的液体迎着落日的光而闪耀。她瘫软在椅子里，注视着杯上的反光，那绚丽多变的彩色，一如这繁杂虚幻的人生。好一会儿，她听到自己的声音在问："你结过婚？"

"是的。"

"她？"

"在美国。"

"为什么？"

"她喜欢那种热闹而奢华的生活，那儿有她同类的朋友，她离不开跳舞和享受。"

"你们结婚多久了？"

"十五年。——你呢？"

"十年。"

"都够长了，是不是？"他的眼睛闪着异样的光。

"足以让我们从一个孩子变成大人，足以让我们从幼稚变得成熟，可是，成熟往往来得太晚。"她说，一瞬间，有些泫然欲泣。

她知道他明白她的意思，她不需要多说什么了，他了解得和她一样清楚。他们之间是永不可能的，该相遇的时候，他们没有相遇，而现在，"相遇"似乎已经多余了，变成生命上的"外一章"。

子欣及时归来，打破了室内那种令人眩晕的沉寂，也打破了两心默默交融的私语。他大踏步跨进室内，故意大声而爽朗地笑着说："抱歉抱歉，一个会议耽误了时间，让客人久待了！不过，李先生和内人一定很谈得来的！"

她不由自主地望望子欣，子欣的态度似乎有些不对，那份爽朗太近乎造作。随着她的眼光，子欣给了她狡狯的一瞥，好像在说："你别瞒我，我什么都知道。"

她顿时绯红了脸，好像真做了什么见不得人的事，而被抓住了把柄。她甚至不敢再去看轫夫，整个晚上，她手足无措，神魂不定。吃饭的时候，她弄翻了酱油碟子，染污了衣服，当她仓促间预备避到内室去换衣服的时候，她接触了轫夫的眼光，那眼光里跳动的小火焰烧灼着她，使她心痛。她逃进房内，更换了衣服，又重新匀了脂粉，她延误了一大段时间，以平定自己沸腾的情绪，当她再走出来的时候，她以为自己已经很稳定了，但是，当轫夫的眼光和她轻轻一触，一切又是全盘的崩溃。

客人终于走了，这段时间，真像比永恒还漫长，却又像比一刹那还短暂，当她和子欣站在门口送客。轫夫伸出手来，和子欣握了握手，说："谢谢你，我永远不会忘记今天的宴会！"

子欣笑着，笑得神秘而令人不安。然后，轫夫把手伸给她，她迟疑地伸出手去。他给了她紧紧一握，她下意识地觉得，她将永远被他这样握着的了。

"也谢谢你，你的盛情招待和其他的一切！"

他走了。她茫然若失，神魂如醉。

子欣拉了她一把，诡谲地笑着说："走都走远了，你也该进来了吧！"

她一惊，于是，她明白，子欣已经知道一切了，他原有猫般的嗅觉和感应。所有的事情不会逃过他的眼睛的。她不想解释，一来不知如何解释，二来不屑于解释。回到了卧房，她对镜卸妆，慢慢地取下耳环，镜子里反映出子欣的脸，他仍然带着那诡谲的笑，好像他有什么得意的事似的。忽然间，她发现子欣是那样猥琐庸俗，而又卑劣！她诧异自己在十年前怎会看上了他？是的，觉悟是来得太晚了，撞进了网罟的鱼说："早知道我不走这条路！"

但是，它已经走进去了。

子欣站在她的身后，正从镜子里凝视她的眼睛。他把手放在她的肩膀上，她出于本能地退缩了一下，他狞笑了，握紧她的肩膀说："你别躲我，你躲不掉！"这是真的，她知道。她永远只是一个脆弱得像个玻璃人似的小女孩，稍稍加重一点力量，她就会立即破碎。她从没有力量去反抗挣扎。两滴屈辱而又怅惘的泪水升进了她的眼眶，子欣嘿然冷笑了。

"你心里能容纳多少秘密？"子欣说，"你见他第一眼的时候，你就向全世界宣布你的感情了，那晚和今晚，你表现得都像傻子！可是，你却美丽得出奇！原来，你眼睛里的光是从不为我而放的！"他扭转她的头，冷酷地吻她，一面欣赏从她眼中滚出的泪水。

她合上眼睛，木然若无所知。却一任泪泉迸放，畅流的泪洗不去屈辱，也带不来安慰。

一个鸡尾酒会上，她再度碰到了他。

人那么多，那么喧嚣杂乱。可是，当她和他的眼光一接触，所有的人都不存在了，这世界上只剩下了她和他。

她端着一杯酒，悄悄地避到阳台上，阳台上飘着几点细雨。斜风细雨，雾色苍茫，她凝视着台北市的点点灯光，神思恍惚。一个脚步声来到了她的身后，凭那全身忽然而起的紧张，她知道是谁来了。她没有回头，那人靠在栏杆上，也握着一个酒杯。

"碰一下杯，好吗？"他问。

她回过头来，两人有一段长时间的痴痴凝视。然后她举起杯子，两人轻轻地碰了一下杯子。他说："祝福你！"

"也祝福你！"她说。

干了杯里的酒，他们并立在栏杆边上，望着雨夜里的城市。他说："快走了。"

"到哪里？"她问，淡淡的，好像毫不关心。

"美国。"

"去看你的太太？"

"还有孩子。"

她沉默了。又过了好一会儿，他说："我再去帮你倒一杯酒。"

他拿了酒过来，他们饮干了酒，这斟得满满的一杯，不只是酒，还有许多其他东西：包括哀愁、怅惘、迷茫和无奈。然后，他说："我要先走一步了。"

他真的转身走了。她继续凝视着黑夜，她知道他不会再走回来了，永远！他们只见过三次面，三个刹那加起来，变成一个永恒。人生，有的是算不通的算术。

她想起前人的词：

满斟绿醑留君住,
莫匆匆归去。
三分春色二分愁,
更一分风雨。

花开花谢,
都来几许,
且高歌休诉。
不知来岁牡丹时,
再相逢何处?

"不知来岁牡丹时,再相逢何处?"她明白,她永不会和他再相逢了!永远不会!她只能再把他的影子,藏在心灵隐秘的角落,然后像只牛似的,一再反刍着存积的哀愁,咀嚼那咀嚼不尽的余味。

泪慢慢地滑下了面颊,和雨搅在一起。她苦笑了,终日,她写一些空中楼阁的小说,而她自己,却用生命在谱一首无题诗。

夜深风寒,点点灯光在冷雨里闪烁,好像在嘲弄着什么。

落魄

　　冬天的太阳，暖洋洋地照着大地。那些青草，迎着风摇头晃脑，伸懒腰，一点冬的气息都没有感觉出来，仍然自顾自欣然地茁长着。

　　李梦真醒了，枕着头的手臂有些酸麻，他睁开眼睛，凝视着眼前一片开旷的绿，绿的草，绿的田野和绿的树。一瞬间，他有点诧异，不知道自己正置身何处。但，马上他就想起来了，深呼吸了一下，他坐了起来，身子底下的草都压得瘪瘪的。

　　"唔，郊外，真好。"

　　他喃喃地自语，环顾着四周，又抬头看看身旁那棵高大的树，树叶稀稀疏疏地散布着，太阳从树叶的缝隙里钻进来。

　　"冬天，原野还是绿色的，这是亚热带的特色。"他想，背脊靠在树上，手环抱在胸前。注视着田里种的卷心菜，卷心菜一棵棵铺在地上，像一朵朵睡莲，也像一朵朵女人用的珠花。

他揉揉眼睛,身上那件破破烂烂的旧西装被太阳晒得干干燥燥的,像一张被火烘焦了的纸,碰一碰都可能碎掉。

站起身来,他拍拍身上的土,这是下意识的举动,事实上,他那件衣服上有许多拍不掉的东西——油渍、汗渍和说不出名堂的痕迹。

"天蓝得真可爱,"他想,"不像冬天,倒像故乡的春天。"

这是好兆头,他宁愿就这样在阳光下站一辈子。阳光,这是世界上最美好的东西,想想看,有多久没有见阳光了?一年零四个月,唔,只是一眨眼的时间罢了。但,对他而言,与一百零四个世纪也没多大分别。在那污秽的、潮湿的、充满恶臭的房间里,和那一大群流氓关在一起,每天必须强迫地听阿土用那破锣嗓子嘶哑地唱:

我爱我的妹妹呀,妹妹我爱你!

必须习惯那一连串惊人的下流咒骂声,必须随时看狱卒的脸色,必要时还必须卷卷袖子,露出两条瘦筋筋的胳膊,向一两个咆哮的,像野兽般的"难友"挥两下。至今,他还能感到肩窝上骨折般的疼痛,这是那个外号叫"虎仔"的小伙子的成绩,就那么轻轻地一下,他就必须在发霉的地上躺它两天两夜。

反正,这些都过去了,台北的冬天是雨季,但他出狱却碰到这么好的一个大晴天,这不是好的预兆吗?但愿霉运从此而逝，但愿前面迎接他的都是阳光。不是吗？命运对人有厚有薄，而厄运却总跟着他！想想入狱那天吧，在那个小饭店喝得酩酊大醉地出来，歪歪倒倒地迈着步子，刚刚走进那条黑得没一点灯光的小巷子，一个穿汗衫的人向他撞了过来："取货吗？"那个人大概问了这么一句，他听都还没听清楚，一个小纸包就塞进了他的口袋里。他正站着发愣，还没想清是怎么回事，两个员警从巷子两头跑了过来，两管枪指着他，一副沉甸甸的手铐在他眼前乱晃。错就错在那两瓶高粱酒上，他不该对着那个员警的鼻子挥拳头，可是，他挥了，而且挥了起码十下二十下。然后，他被捕了，罪名是"酗酒、贩毒、拒捕"。

该感谢刑警人员的明察，更该感谢那个穿汗衫的小家伙还有几分江湖义气，在刑警总队为李梦真立雪冤枉，总算贩毒的罪名取消了。可是，那个倒霉的员警挨了李梦真几下拳头，竟会不可思议地折断了鼻骨，他也加上了"殴打员警"的罪名。判决结果，是一年零四个月的徒刑。

一年零四个月，说长不长，说短不短，反正是过去了。跨出了那黑暗潮湿的小房间，立即有这么好的阳光迎接他，他觉得这一年多的闷气似乎也扫光了。在狱中，他曾发过一万两千次誓，出狱后第一件事，就是好好地去喝它两杯。可是，这阳光太吸引他，他竟忘了喝酒，反而顺着脚步走到郊外来了。他又满足地深呼吸一下，四面张望了一番，伸伸懒腰，高声地念：

落魄江湖载酒行，
楚腰纤细掌中轻。
十年一觉扬州梦，
赢得青楼薄幸名。

念完，才觉得这首诗与他的情况完全不符，落魄是够落魄了，却连"载酒行"都没有力量，更谈不上纤细的楚腰和青楼的薄幸名了！十五年前，他认为自己是个天才，十年前，他认为自己是个贫困而有大志的艺术家，五年前，他认为自己是个落魄者，现在他认为自己只是个倒霉蛋。

一阵风吹了过来，树叶飘落不少。他抬头看看，前面菜园后面，有一道红砖墙，从砖墙上看过去，可以隐隐约约望到里面漂亮而整齐的红瓦屋顶，显然是栋精致的小洋房。"假如我去敲门要口水喝，不知主人会不会慷慨施舍？"他想，用舌头舔舔干燥的嘴唇，确实很渴了。但，用手摸摸长久未剃的胡子之后，他打消了敲门的想法："他们会把我当成疯人院里逃出来的疯子！"

重新坐下去，靠在树干上，他闭上了眼睛，一片落叶打在他的鼻梁上，他没有动。树荫、落叶、田野，这景致模糊地带来了一个回忆，太久以前了。和这回忆一起存在的，还有个少女的影子，和那少女柔美的歌声：

美丽的风铃草，
碧蓝花朵美人娇。

> 可爱的风铃草,
> 临风艳舞清香袭,
> 好像在向我调笑,
> 有个人儿真正好!
> 海水深,磐石牢,
> 我们的爱情永不凋。

嗯,歌声,少女,他还记得那少女曾在他耳边诉说她的梦,曾经把眼泪染在他的衬衫上,曾经以崇拜而骄傲的眼光望着他,曾经称他作天才,称他作大艺术家。"还好,她现在不在我面前!"他想着,对自己苦涩地微笑。

一阵狗吠声打断了他的思想,睁开眼睛,他看到一只雪白的小哈巴狗,正在他身前跑来跑去地狂吠,长毛的小尾巴拼命摆动,黑眼珠轻蔑而愤怒地望着他。脖子底下系着个小铃铛,和吠声同时响着清脆的叮当声。

"哈啰!"他对那小狗招呼着,试着使它友善一些。但那狗以一副不妥协的神态望着他,继续叫个不停。

"莉莉!回来,莉莉!"一阵清脆的童音传了过来,李梦真抬起头,看到红砖墙门口,跑出一个五六岁的小女孩,正一面叫唤着,一面从田埂上跑了过来。

"莉莉!你又乱跑了!莉莉,回来!"

那只叫莉莉的小狗,充分表现了狗的天性,猛回头望望它的小主人,雀跃地向小主人那边跑了两三步,然后马上又回过身子来攻击前面的生人,攻击得比以前更激烈。

"莉莉，不要叫！不要叫！"

那小女孩跑到李梦真面前了，穿着一件大红的毛衣，和一条大红的绒裙子。头发扎着两个短短的小辫，有一对莹澈清明的大眼睛，和一张小巧的嘴。李梦真愣了一下，好美丽的一个女孩子！美得使人不能不注意，不能不怜爱，那对大眼睛多柔和，仿佛在什么地方见过。

小狗不再叫了，跑到它的小主人脚下去兜圈子，小女孩站在那儿，用那对美丽的大眼睛打量他，从他的头到他的脚。

"喂，你是谁？"她坦率地问，好奇地望着他那满是胡子的脸。

"你是谁？"李梦真微笑地反问。

"我是小珍珍。"她说，仍然好奇地注视他。

"唔，小珍珍。"他无意识地重复了一句。

"你是谁？"小珍珍固执地问。

"我？"李梦真不知该怎么回答，有点失措，"我姓李。"

"是李叔叔？"她问，毫不认生地在他前面的草地上坐了下来，用手环抱着莉莉的脖子。

李叔叔！李梦真哑然地注视着这个小女孩，居然有人喊他李叔叔！他眨眨眼睛，完全不晓得该怎样对待这个小女孩，对孩子，他是毫无经验的。

"李叔叔，你是不是在生气？"小珍珍继续打量着他问。

"我？生气？"李梦真茫然地问。

"喏，你看，莉莉不认得你才会对你叫，它从不咬认得的人，下次你来了，它就不会咬你了！"小珍珍十分歉然地代她的小狗道歉。

"哦。"李梦真说。

"李叔叔,你在这里做什么?"

"我?"李梦真挑挑眉,"我在睡觉!"

"噢,睡觉!"小珍珍的眼睛张大了,有着欣羡的神情。

"我也想在这里睡觉,可是妈妈不许,她说会受凉。"她非常懊丧地叹了口气,突然问,"你不怕受凉吗?"

"我?"李梦真又挑挑眉毛,"我是大人,大人不怕受凉的。"

小珍珍了解地点点头,又提出个新的问题:"李叔叔,你住在哪里?"

"我?"李梦真失措地说,"我住在很远很远的地方。"

"很远?"小珍珍更加欣羡了,"妈妈不许我到远的地方去,她说会迷路。李叔叔,以后你带我到你家去玩好吗?你家有没有小狗?"

"有,有三只。"李梦真信口开河地说。

"哦,三只!"小珍珍的眼睛睁得大大的,简直是崇拜了。

"你家也有小孩吗?"

"有,有一个和你一样大的小女孩。"李梦真继续胡说八道。

"哦!多好,她也会唱歌吗?"

"是的,会唱许许多多的歌!"

"我也会唱!"小珍珍说。迫切而热烈地望着李梦真。

"是吗?"李梦真心不在焉地问,深思地望着这个小女孩,这对眼睛在哪儿见过,这张喜欢多问的小嘴,那颊上的小酒窝,构成一张熟悉的脸庞。假若一九四九年他不和她离散,现在她可能已经成为他的妻子,也可能已有一个这么大的小女孩,当然,他也不会弄成现在这副样子,任何一个男人,有那样一个完美的妻子,就不会弄成这样。

"你要听我唱歌?"小珍珍热烈地问。

"哦,好的。"他依然心不在焉。是的,假若一九四九年不和她在上海分手,一切的情况就全不相同了。而今,她一定留在大陆没有出来,现在大概不知被哪个人所霸占着,美丽可以给女人带来快乐,也会带来烦恼。不是吗?当初如果不是因为她的男朋友那么多,他们不会闹别扭,如果不闹别扭,她不会负气往乡下跑,那么,他们很可能设法同时跑出来,但她走了,他只好一个人潜离上海。人生,就是这么偶然,许多小得不能再小的因素,却支配着人类整个的命运。

"我唱一个《拉大锯》好不好?"小珍珍问。

"哦,好的。"

那时候,自己是多么年轻气盛,全天下只有一个李梦真!

女人里也只有一个沉可恬!沉可恬,这名字一经在他脑海里出现,就变成一股狂澜,把他整个淹没了!奇怪,在这堕落的许多年里,他有过好几个女人,也玩过舞女,嫖过妓女,但,沉可恬却依然坐守在他整个心中。人,就是这样难以解释的动物。

小珍珍望着默默出神的李梦真,张开小嘴,热心地唱了起来,这是支滑稽的儿歌:

拉大锯，扯大锯，

姥姥门口唱大戏，

接闺女，

请女婿，

小珍珍也要去，

不让去，

躺在床上生大气！

李梦真像遭遇了电击一般，目瞪口呆地望着小珍珍，这首儿歌太熟悉了！与这首儿歌一齐在他脑里响着的，就是那支叫《美丽的风铃草》的小歌。他等小珍珍唱完，就急切地抓住了她的手臂，紧紧地望着她那美丽的小脸，问："谁教你唱这支歌的？"

"我妈妈。"小珍珍诧异地看着李梦真，不了解这个大男人何以如此激动。

"你妈妈姓——"他停住了，不！这太不可能！他不相信世界上有这样巧合的事！于是，他改问："你有哥哥姐姐吗？"

小珍珍摇摇头。

"弟弟妹妹？"

"有一个弟弟，只有这么大。"小珍珍用手比了一下说。

"你爸爸叫什么名字？"

"叫——"小珍珍扭了一下身子，"叫陆……"她说了个名字，但极不清楚。然后，她不耐烦了，希望受到赞美地望着他,说:"李叔叔,我唱得好不好?"

"好,好极了!"李梦真说,终于压不住心中的疑问,"小珍珍,你妈妈叫什么名字?"

红围墙的门开了,一个女人的身影出现在门口。

"珍珍,小珍珍,快回来!"

小哈巴狗跳了起来,狂叫着向那个女人跑去,小珍珍高兴地说:"我妈妈叫我了!"然后,她热情地抓住李梦真的手说:"你到我家去玩好吗?我要妈妈让我跟你到你家去玩!"

李梦真一瞬也不瞬地望着那个女人的影子,不,这并不像沉可恬,沉可恬似乎比她苗条些,修长些。但,她站得太远了,他无法看得很清楚,那只是个女人的轮廓而已,十几年,女人的变化是大的,或者她竟是沉可恬,那么,十几年思念着寻找着的人就在眼前了!会吗?不,这太不可能了!

"李叔叔,来嘛,来嘛!我爸爸也在家,我爸爸最喜欢客人了!"小珍珍拉着他,摇着他的手说。

"小珍珍!"那个女人又在叫了,"你在干什么?快来!爸爸要带你到儿童乐园去呢!"

"哦哈,"小珍珍高兴地大叫了,"李叔叔,你去不去?"

"你妈妈叫什么名字?"

"来嘛,妈妈叫沉可恬,我会写,妈妈的名字最容易写。我的名字不好写,真真,妈妈说是纪念一个人的!"

"沉可恬!"李梦真跳了起来,沉可恬!真是沉可恬!小珍珍下面在说些什么?"你的名字怎么写?"他问,心脏在猛跳着。

"真真，真假的真嘛！"

"小真真！你到底来不来？"那女人不耐烦地说，向着这边走了过来。

"妈妈！你快来呀！我认识一个李叔叔！"

李梦真望着那走过来的女人，紧张得手心出汗，沉可恬，他终于找到她了！沉可恬，沉可恬，沉可恬！猛然，他摆脱了小真真的手，局促地说："再见，小真真，我要走了！"他再看了一眼沉可恬，她已快走到他面前了，圆圆的脸，似乎比以前胖了。他不敢细看，甩开小真真，他大踏步地，像逃难似的跑走了。

"哦，李叔叔，不要走嘛！哦，妈妈，他走了！"

"他是谁？"沉可恬望着那跄跄跑开的褴褛的背影问。

"是李叔叔，他和我玩了好久，妈妈，他为什么要走？"

"我不知道，"沉可恬摇摇头，"或者他想起了什么事。快回去吧，爸爸要带你去玩呢！"

李梦真摇摇摆摆地冲出了一大段路，才缓下步子来。沉可恬！他从不相信巧合，但这事却发生了，发生在他刚出狱的一天。她嫁人了，是的，女人总是要嫁人的。无论如何，她没有忘记自己，她给孩子取名叫小真真，小真真，这应该是他的孩子呀！

望了望满身破烂的自己，他苦笑着摇摇头。"原该一出狱就去喝它几杯的！"他想。跄跄地在阳光曝晒的大路上走去。

137

起站与终站

天下着雨。

在售票亭买了一包新乐园，罗亚纬开始抽起烟来，时间还早，车站上等车的只有他一个人，宽宽的柏油路面在雨水中闪着光，天空是一片迷迷离离的白色。换了一只脚站着，他把身子倚在停车牌的杆子上，看了看手表，七点二十分！再有三分钟，她该来了，一定没错。雨不大不小地下着，露在雨衣外面的裤管已湿了一截，帽檐上有水滴下来，肩膀上的雨衣已湿透了。但，烟蒂上的火光却自管自地燃着，那一缕上升的烟雾袅袅娜娜地升腾着，有一种遗世独立的味儿。

不用回头看，他知道她正走了来，高跟鞋踩着雨水的声音，清晰而单调。然后，她停在他旁边了，地上多了一个修长的影子。他从帽檐下向她窥探，没错，那件墨绿色带白点的雨衣正裹着她，风把雨衣的下摆掀了起来，露出里面的黑旗袍和两条匀称的腿。小小的雨帽下是她小小的脸，黑、大而寥落的眼睛，薄薄的、缺乏血色的嘴唇，和一张苍白的脸。

宽前额，两颊略嫌瘦削，弯弯的眉毛。不！这不是一个美人的脸，这张脸一点都不美，也没有什么特别吸引人的地方，要嘛，就是那对眼睛，那么空旷，好像全世界的任何一个小点都容不进去。那样静静地望着前方。不，事实上，她没有望任何地方，罗亚纬相信，她是什么都没看见的。就是这对眼睛使罗亚纬注意吗？似乎并不这么简单，这张脸上还有一些什么？使得他不能不注意，一种情绪，一种寥落肃穆的感觉，一种孤高的、目空一切的神情……反正有点什么说不出来的玩意吸引了他。尤其，当你长期和同一个人一起等车，你总会不由自主要去注意她的，何况她是个女人！

她并不很年轻，大概在二十八岁到三十岁之间。她身段略嫌瘦高，他熟悉那雨衣里的身子，很单薄，很瘦弱。夏天，那露在短袖外的胳膊会给人楚楚动人的感觉。

车子来了，罗亚纬抛掉了手里的烟蒂，烟蒂在雨水中发出"嗤"的一声轻响，立即熄灭了。罗亚纬跨上了车，能感到她轻巧的身子也在他身后攀上了车厢。车厢很空，只疏疏落落地坐着几个人，罗亚纬坐定后，向车厢中自然而然地扫了一眼，她已坐在对面的椅子上，眼睛渺渺茫茫地注视着车窗外面，有两滴雨珠停在她宽而白皙的额上，晶莹而透明。

车子一站一站地走过去，她继续注视着窗外，身子一点都不移动。这些，罗亚纬都是极熟悉的。然后，到了，罗亚纬和她又是同一站下车。罗亚纬站起身来，习惯性地让她先下车，望着她从容不迫地跨下车子，竖起雨帽，他有种想向她打招呼的冲动,但,终于,他没有打。目送她修长的身子,在迷蒙的雨雾里,走进省政府的大楼,他觉得她正像雨一般的寥落,雾一般的迷离。她不像一般的职业妇女,或者,她只是个打字员。但,对他而言,她的存在是奇妙的。不止一百次,他幻想能和她结识,他曾经假设过各种认识她的方式,例如,她下车时,正好另一部车子冲来,他能一把拉住她。或者,她和车掌起了争执,他来排解。要不然,她忘了带雨衣,他可以把自己的雨衣让给她……但,这些机会都没有来到,尽管他们一起等车已经一年多,她仍然是那个她,全世界都与她无关。罗亚纬甚至于猜想,她恐怕始终没发现有一个男人每天和她一起等车,而且注意了她一年之久。

带着几分说不出来的失望,罗亚纬向自己的办公室走去。

有两滴雨点滑进他的脖子里,凉冰冰的。他又感到那份落寞的情绪,最近,每当她的影子一消失,这情绪就像毒蛇似的侵进他的心中来,使他无法自处,也无法自解。他懊恼自己没有找一个机会和她说话,但也庆幸自己没有盲动,如果他冒冒失失地找她说话,她会对他有什么估价呢?

"总有一天,我会找到机会的!"

罗亚纬在心中自语着,一面推开公司的活动门。他已经开始在期待明天早晨的那个神奇的、等车的时间了。

那一天终于来了,一点也不像罗亚纬所预测的那么不凡,这次是极平常的。当她下车的时候,她的衣服钩在车门上了,出于本能,后下车的罗亚纬帮她解了下来。她站在那儿,大眼睛向他脸上似注意又似不注意地看了一眼,轻轻地说了一句:"谢谢你。"

罗亚纬怔了一下,这才领悟这机会竟这样轻松地到临了,一刹那间,他竟无法开口说话,只愣愣地看着眼前这对雾蒙蒙的大眼睛。可是,这眼睛立即被一排睫毛所掩蔽了。她转过身子,向省政府大楼走去,罗亚纬才猛悟地轻声说了句:"哦,不谢。"

他不知道她听见没有,因为她已经走上了省政府大楼的台阶,他回身向公司走,心中有一个小声音在欢乐地唱着歌。

第二天,当他看到她施施然而来,他不能抑制自己的心跳。她望了他一眼,点了点头,他也点点头,他们并立着等车。他迫切地想找出几句话来和她谈谈。但脑子里是一片混乱。他无法整理自己的思想,于是,车来了,他们上了车,她又习惯性地注视着车窗外面,眼神仍然是那么空空洞洞、迷迷茫茫的。一直到下车,他们才交换了一瞥和点一下头,她又隐进大楼里面去了。

第三天,他终于说话了,他们仿佛谈了些关于天气、雨和太阳的话。

第四天,他看到了她的微笑,他们谈起彼此的工作,她笑的时候像一朵盛开的白梅花。

第五天,他们似乎很熟了,但也很生疏,他谈起他的家庭、父母和弟妹。她什么都没说,嘴角有个难解的、飘忽的微笑。

第六天,她说了一些话,谈起她读大学的故事,他发现他们都学了相同的东西,西洋文学。

第七天，他们讨论起《咆哮山庄》和《傲慢与偏见》两书，意见不同，但没有争执。他觉得她在避免深谈，他为她迷茫的眼睛和飘忽的微笑发狂。

第八天，他知道她的名字叫江怡。

他们越来越熟悉了，事实上，罗亚纬对江怡的一切都不明了，他所熟悉的只是她的外表和谈吐。他们的谈话范围由小而大。但，她多数时间是沉默的，她喜欢听更胜过说。罗亚纬开始嫌车子来得太早，又嫌车行的速度太快，他试着约她出游，但她拒绝了，她小小的脸看来严肃冷漠，使他不敢再作尝试。

那天，他们谈起了家。罗亚纬试探地问："你和父母住在一起吗？"

"是的！"她说。

"你……"他思虑着如何措辞，最后却单刀直入地问，"没有结婚？"

那个飘忽的微笑又飞上了她的嘴角，大眼睛蒙眬而深邃。

"是的，还没有。"她说。

他心中那个小声音又开始唱歌，他必须十分困难地抑制住眉毛不飞舞起来："我能去拜访你吗？"

"最好你不要来。"她简单地说。

"不欢迎？"他问，感到受了伤。

"看，车来了！"她说。

他们上了车，沉默地坐着，气压显得很低。江怡的眼睛又凝注到车窗外面了，渺渺茫茫的，若有所思的。罗亚纬感到一份令人窒息的狂热在他心中汹涌着,他注视着那张苍白而静穆的脸。"总有一天,我要攻进你心里去,看看里面到底藏着些什么!"他想,用牙齿咬住了嘴唇。

下车了,江怡目送公共汽车走远,轻声说:"就是这样,我们的感情在搭车的起站开始,到了下了车就终止,希望不要再越过这个范围。"

"你过分了!"罗亚纬盯着她的眼睛,"感情是没有终站的,也没有范围。"

"有的,必须有!"她说,望着他,但他觉得她的眼光透过了他,根本就没有看到他。

"你不合常理……"他说。

"是的,常理对我从没有用的,"她说,转过了身子,"明天见!"

他望着她走远,隐进那庞大的建筑物里。忽然莫名其妙地想起《珍妮的画像》里的那首歌:"我从何处来,没有人知道,我到何处去,没有人明了。"他站在那儿,怔怔地望着那个吞进了她的大门,低声问:"你是谁?你心里有着什么?"于是,他恍惚地觉得,她只是个虚无缥缈的物体,他永远得不到她的。

夏天来了,正和天气一样,罗亚纬能感到胸中那份炙热的感情,他变得焦躁不安。在等车的时候,他说:"今天你下班的时候,我去接你!"

"不!"她说。

"我一定要去!"

她望着他。

"你为什么一定要去拿你拿不到的东西?"她问,"我说过,我不愿意你越过范围。"

"你不要我越过范围,是指我的人还是指我的感情?事实上,感情是早已越过你的界线了!"

她不语。下车后,她叹了口气。

"我住在信义路×巷×号,今晚,到我家里来吧!"

"哦。"他望着她,但她迅速地转身走开了。

晚上,他去了。并不太费力,他找到了那栋房子。那是一栋标准的日式房子,外面围着矮矮的围墙。按了铃,一个下女出来开门,他被延进一间小客厅中。客厅里挂着的书画证明主人的知识水准很高,小房间布置得雅洁可喜。坐了一会儿,并没有看到江怡,但他能听到纸门后面有隐隐争执的声音。然后,一个书卷气很重的老人出来了,穿着长衫,戴着副近视眼镜。罗亚纬站起身来,老人说:"请坐,罗先生,我是江怡的父亲。"

"哦,江伯伯!"罗亚纬说。

"真抱歉,小女临时有点事,不能接待您。"老先生说,语气显得十分不自然。

"哦。"罗亚纬反感地看看江老先生,因为他刚刚已听到江怡的声音。

"我常听到小女谈起您,"江老先生客气地说,正要再说话,纸门突然拉开了,江怡脸色苍白地站在门口,眼睛迷迷蒙蒙的,像一尊圣洁的石膏像。

她直望着罗亚纬说:"亚纬,我要给你介绍一位朋友,请到里面来!"

她让开身子,示意罗亚纬进去,罗亚纬愕然地站起身来,江老先生也站起说:"小怡!"

"爸爸,"江怡说,"你别管我吧!"说完,她让罗亚纬走了进去。罗亚纬发现他走进了一间光线很好的书房,有两面大玻璃窗。现在,窗前的一张椅子里,正坐着一个乱发蓬蓬的青年,他狐疑地倾听着走进来的声音,茫然地用眼睛搜索着四周。于是,罗亚纬发现他是个瞎子,不仅如此,接着,他又发现这个青年已经失去了一条腿。

"亚纬,你看,这是我的表哥,也是我的未婚夫,我们订婚已经十年了!"江怡说,走到那青年身边,凝视着他,在那一刹那,罗亚纬发现她的眼睛焕发而明亮,那份空空洞洞渺渺茫茫的神情已一扫而空。他立即明白了,她的世界在这儿,这椅子上坐的,才是她在世界上唯一看得到的东西!

"小怡,你在做什么?"那青年问,语气显得十分严厉。

"表哥,我给你带来一个朋友,罗亚纬先生!"江怡说,把她的手放在那青年的乱发上。

"走开!小怡!"那青年愤愤地叫,"什么时候你才能不来烦我!"

"亚纬,"江怡仍然站在那儿,慢吞吞地说:"你看到了没有?为了他我不能接受你,我不能接受任何人。五年前的一次车祸,使他失去了眼睛和腿,也失去了爱我的心。我不在乎他失去的眼睛和腿,但我必须找回那一颗心,我必须!"她跪倒在榻榻米上,把她的头放在那青年的膝上,她的眼睛里充满了泪水。那青年想推开她,但她抓住了他的手,继续说:"表哥,你一直想把我推给别人,现在罗亚纬在这儿,告诉他吧,告诉他你不要我,我就马上跟他走!"

那青年浑身颤抖,用手抚摩着江怡的头发,沙哑地说:"小怡,你……一定要这样?"他的手揉乱了江怡的头发,接着就死命地搂住了她。

罗亚纬茫然地站着,开始明白自己扮演了怎样一个角色,他默默地望着面前这一对情人,然后,一声不响地退进了客厅。老人也跟了出来,歉然地望着罗亚纬说:"罗先生,真抱歉,请您原谅。千万不要以为这一幕是预先安排的,小怡本来准备和您出去玩的,但临时又变了,他们这一对真让人难过,她表哥抵死不接受她,她却认定了他,小怡这孩子真……唉!"老人叹了口气,眼角上是湿润的。

"不用说了,"罗亚纬说,"我了解。"

走出了江家,罗亚纬觉得心里一阵茫然,仿佛失去了什么,又仿佛获得了什么。走了几步,就是他们每天一起等车的街口,罗亚纬站住了,看着那块停车牌子,恍恍惚惚地感到江怡那对大而空洞的眼睛,正浮在车牌上面。他走过去,把身子靠在车牌上,燃起一支新乐园,迷迷糊糊地注视着烟蒂上的那一点火光,空虚地对自己微笑。

"她已经找到了她的世界,"他想,"这之后,该轮到我迷失了!"

远远的,一辆公共汽车驶了过来,罗亚纬怔怔地注视着那两道强而有力的车灯。车停了,他机械地跨进了车厢。

"早知道一定有终站,就不应该有起站。"他模模糊糊地想,茫然地望着车窗外面,事实上,他什么东西都没有看到。

寻觅

沿着热闹的衡阳街，沐浴在五颜六色的霓虹灯的光线下，思薇向前面无目的地走着。街上，行人像一条条挤在鱼缸里的热带鱼，那样匆匆忙忙地穿梭不停。汽车喇叭震耳欲聋地长鸣不已，车轮子碾碎了夜，柏油路面上交织着数不清的车轮印迹和行人的足痕。思薇低垂着头，双手插在风衣的口袋里，慢条斯理地，漠然地，不慌不忙地走着。瘦瘦长长的影子不留痕迹地滑过了灯光灿烂的街头。在万万千千匆忙的人群里，她是个毫不引人注意的小角色。

风很大，秋末冬初的天气，一到了晚上，就显得特别寒意深深。思薇披着那件米色的、学生样式的旧风衣，似乎抵御不了多少寒气。可是，对于那扑进衣襟里的风，就像对于周遭的人群，以及时时在她身边狂按喇叭招揽生意的计程车一样，她都同样满不在乎和漠不关心。穿过了衡阳街，转入了成都路，霓虹灯好像更亮了。慢慢地踱着步子，她耳边仿佛又响起了儒的声音:"算算看,思薇,整个台北市有多少街道上,有我们共同走过的足迹?"

真的,有多少街道?在去年的秋天,以及再前一年的秋天,他们都并肩走过每一条街、每一条小巷。她的手插在他的风衣口袋里,让他的大手握着。迎着恻恻轻寒的风,有时,还有些迷迷蒙蒙的细雨。他们走过那些街道,从人多的地方,走到人少的地方,从大街转入小巷。缓缓地、慢慢地走着,什么目的都没有,只为了享受那份共有的时间,和那份共有的夜色。

"思薇,冷吗?"

他常常侧过头来,轻轻地问一句。不!不会冷,走在他的身边,她从没有觉得冷过。虽然每次和他分手后,回到家中紧密的小屋里,她反倒会觉得一屋子盛着的都是冷。但,在他旁边,她从不知道冷。

街头漫游的习惯,是因他而养成的,和他认识之后,几乎每隔一两天,就要共同在街头漫步一次。风是那样柔,夜是那么美,她领略了过多的东西,常暗暗希望时间停驻,她能这样和他并肩走一辈子。但是,时间没有停驻,她也没有和他走一辈子,他单独地走了,那是去年的冬天——他远渡重洋,去完成他的学业,把一切未来团聚的美梦,给了她。

他刚走的那一段时间,她根本不知道做些什么好,整天只能懒洋洋地守着信箱,神经兮兮地哭湿一条条的小手帕。然后,他来信了,说:

傻吗？思薇，我何尝离开了你？你身边不是处处都有我的影子？你的小书房，我流连过，你的小花园，我徘徊过，你的诗集里，有我批阅的小字，你的日记中，有我增添的心迹。在青龙咖啡馆，我们曾经互相依偎，在许多电影院，我们曾经一块儿欣赏……还有那些街道，处处有我们共同走过的足迹！傻吗？思薇，别以为你的眼泪我看不到，你不知道你哭得我多心疼……别傻了，思薇，你生活中每一个片段里都有我，洒脱些，我不是和你在一块儿吗？……

看了信，她哭得更加伤心，哭得像个十足的小傻瓜。然后，她试着在各处去找寻他，小书房、小花园、青龙咖啡馆、电影院以及那一条条的街道！但是，她寻到的只是萧索和冷清。一个人走在街上，什么都不对劲，走不完的孤独，走不完的寂寞，回忆中甜蜜的一点一滴全化为苦涩。他不在身边！

虚幻的影子填不了实在的空虚。有那么长一段时间，她整晚整晚地踯躅在街头，让步行使自己疲倦。可是，她很快地就放弃了这徒然的找寻，把自己关回到小屋之中，认命地守着寂寞，开始单调而专一地等待，等待他的信，也等待他的人。

等待了多久？从去年的冬天到现在！而今，她又开始踯躅街头了，她必须找寻，往日共有的时光和共有的夜，还有没有一丝一毫他遗留的痕迹？在她的风衣口袋里，他三天前寄来的那封信仍然在握，她已可以背出那上面的每一个字，但她依旧不时地要抽出来再看一遍，那是他的字，是他爱用的绿色原子笔，也是他惯用的湖色信笺！但，信中的字字句句，对她却那样生疏：

请原谅我，思薇，你是个好女孩，你会找到比我更好的丈夫。思薇，骂我吧，责备我吧，看不起我吧，我无话可说，也无意为自己找寻原谅的理由……思薇，错误的发生是因为这异国的地域，孤独和寂寞使人要发疯，而你又远在海的彼岸……思薇，我只是一个凡人，平凡而又平凡的人，我抵制不了诱惑……那是个土生土长的华侨女儿，我们在上星期天已经结婚……思薇，我知道我对不起你，我宁愿是你伤害我而不要是我伤害你……

这就是她等待到的！"孤独和寂寞使人要发疯"，她了解这种滋味，他忍受不了，而她忍受了，什么是真正的孤独和寂寞？她现在明白了！填不满的空间和时间都无所谓，最可怕的是填不满的心灵的空虚！

从成都路绕到国际电影院，电影院门口熙熙攘攘的全是人群，越过了这群人，再绕回到中华商场，灯光亮得多么热闹，新生戏院门口同样拥挤着人潮，世界上怎么会有这样多的人？沿着中华商场，她向中正路的方向走去，风又大了些，她翻起了风衣的领子。

一个男人从她身边擦过，穿着件灰色的单夹克和一条深色的西服裤。不知道是有意还是无意，他回过头来深深地盯了她一眼。她全身一震，麻木的神经突然间变得敏锐起来。怎样的一对眼睛！黑黝黝的像两颗寒星！她咬住嘴唇，在路边停了两秒钟，那是"他"的眼睛！不，她摇摇头，那仅是有些像"他"的眼睛。叹一口气，她继续向前走去。

从中正路走到火车站，有多少次，他和她曾约定在火车站见面！有一次，他迟到了半小时，等他来的时候，她像个弹簧玩偶般转过身子，用背对着他，当他绕到她的前面，她又像个玩偶般倏然转开，再用背对着他。捉迷藏似的兜了半天圈子，听他说尽了好话，她才蓦然间面对着他，展开一个调皮的笑。

过去，是由点点滴滴的小事拼凑起来的。现在，她握着一把过去的碎片，却什么都拼凑不起来。走过了火车站，再几步，青龙咖啡馆的霓虹灯在闪亮着。青龙，第一次走进去，就是和他一起的。门口招牌下，有着三个不知所以的字"纯吃茶"，当初以为这儿是喝茶的地方，曾坚持要一杯上好香片，谁知里面没有茶，只有咖啡和果汁。至今，她对于这"纯吃茶"三个字仍然困惑不解。在青龙门口略事迟疑，她推开门走进去，靠水池边的位子大部分空着，随意拣了一个位子，她坐了下来。这儿，是她和他多次耳鬓厮磨的地方，而今，举目四顾，她惶惶然不知身之所在。一年，不过是一年而已，她却失落得够多！

叫了一杯咖啡，放下两块方糖，她用小匙在杯里搅动，褐色的液体跟着小匙的转动而旋转，数不清有多少涟漪，多少回漩。每一个涟漪和回漩里都有他的微笑，和他的眼睛。最初打动她的也就是那对眼睛！深沉、含蓄、脉脉如诉……她凝视那转动的液体，上升的热气模糊了她的视线，有一片阴影遮在她的头顶上，她茫茫然而下意识地抬起头来。一刹那间，她的手震动，而咖啡杯几乎翻倒，那对眼睛！深沉、含蓄、脉脉如诉……正静静地望着她。

"你不介意我坐在你旁边吧？"

那个男人轻声地说，怕惊吓了她似的，带着一脸的歉意。

灰色的夹克和深色的西服裤，是街头曾经相遇的那个人！她错愕不语，他已经坐了下来，侍者送来了一杯咖啡，她瞪视着他，看他倾进了牛奶又放下三块方糖，和"他"的习惯一样，"他"最怕咖啡太苦。

"对不起，"他说，"希望不会打扰你，我只坐一会儿，这儿的生意太好，没有空位子了。"

她继续瞪着他，这个男人有一对"他"的眼睛，岂不奇怪？"没有空位子了！"她知道这理由的牵强，街头一次相遇，这儿二度重逢，她不相信"偶然"，她明白他是在跟踪她。男人，似乎都对单独行动的女性感兴趣，她把"孤独"二字明显地背在背上，给予了他跟踪的兴趣。她讨厌这种在大街上追逐女性的男人。但，他有一对"他"的眼睛！

唱机里在播放着德沃夏克的《新世界交响曲》，柔美的乐声像秋夜的风，清幽而带着凉意。思薇斜倚在她的角落里，像一只容易受惊的鸟，戒备地等待着身边那位男人的开口。

她知道那一套，先是搭讪，继则邀请。但，他什么都没说，只微锁着眉头，不时地看她一眼。他的眼神使她战栗，那样深深地、脉脉地，望进人的心灵深处去！"他"的眼睛！她深吸了口气，不安地端起咖啡杯，啜了一口，又神经紧张地颤抖着把杯子放回原处。杯子放进碟子的一刹那，他突如其来地开了口："你喜欢他吗？德沃夏克？"

她一惊，咖啡杯"叮"然一声落进碟子中，一滴咖啡溅出了杯子，跳落在她的风衣上。她再没想到他问的不是她的姓名，而是对音乐家的喜爱，又是那样突兀地冒出来。他转头望着她，一块男用的大手帕落在她的膝上，他为她拭去了咖啡的污渍，他的眼睛紧紧地盯着她，带着股恻然的温柔说："对不起，没想到会惊吓了你。"

她眨动着睫毛，牙齿紧咬着嘴唇，神经质地想哭一场。她的需远渡重洋，从此而逝，这人却像需的幽灵。闭上眼睛，她又深吸了口气，在心中默默地对自己说："你累了，思薇，三天以来，你使自己太疲倦了，你应该回家去好好地睡一觉。"把咖啡杯推远了些，她试着要站起身来，轻声地说："请你让一让，我要走了。"

"允许我送你回去。"

那男人不出她意料地说了。但他的神情显得恳切而坦白，似乎这请求是十分合理而自然的事。

"不。"她很快地摇摇头。

他望着她，眼睛中有一抹担忧。这使她又幻觉地感到这并非一个陌生的男人。整晚的遭遇弄得她精神恍惚，像要逃避什么似的,她匆促地站了起来。使她诧异的,是那个男人并不坚持,他微侧着身子,让她走出去,当她要去付账时,他才说了一句:"你的账我已经付过了。"

她站住,鲁莽而微带愤怒地说:"为什么?谁要你付?"

带着不知道从何而来的怒气,她打开手提包,抽出十块钱,抛在那男人的身上,立即毫不回顾地走了出去。迎着室外凉凉的风和冷冷的夜,她才感到彻骨彻心的寒意,一步又一步,她向前面机械地移动着脚步,暗夜的天空,每一颗星星都像霈的眼睛……她用手背抹抹面颊,不知是什么时候起,她的面颊上早已遍是泪痕了。

海滨,秋季的强风卷起了漫天的飞沙,几块岩石倨傲而冷漠地耸立在海岸上,浪花层层飞卷,又急急涌退,整个的海滩,空漠得找不到一个人影。思薇拉紧了风衣的大襟,拂了拂散乱的头发,吃力地在强风之中,沿着沙滩走去。沙是湿而软的,她的足迹清楚地印在沙上,高跟鞋的跟陷进了沙里。跳上一块岩石,她望着潮水涌上来,把那足迹一股脑儿地扫进大海。耳边,霈的声音又响了起来:"思薇,你像海。"

"怎么?"

"有时和海一样温柔,有时又和海一样任性。"

"噢,海并不温柔,海是坚强的,蛮横的。"

"谁说海不温柔!你看那水纹,那么细致,那么轻柔,又那么美丽。"

她握紧了衣服的前襟,一瞬也不瞬地凝视着眼前的海。

言犹在耳，其人何处？潮来了，潮去了，成千成万的小泡沫，在刹那间就破灭了，像她的爱情！走下了岩石，她望着那绵亘的沙滩，他们曾经并肩走过。她也是穿的高跟鞋，他笑着说："你看到岩石上那些小坑坑吗？都是因为爱漂亮的小姐，穿着高跟鞋走出来的！"

那次，由于高跟鞋的跟一再陷进沙里，她赌气脱掉鞋子，赤足走在沙上，并且逼他脱下鞋袜相陪。两组足印绵延地印在沙上，美得像一幅画。她攀住他的手臂，喜悦地念出白朗蒂在《简·爱》中的句子：

　　与我同死，与我同在，
　　我爱人，也被人爱。

与我同死，与我同在！谁？海浪吗？潮水吗？海是亘古长在的，其他的呢？

海边，有一幢古旧破败的别墅，门窗上，腐朽的木条残缺地挂着，蛛网封满了屋檐，青苔密布在台阶上，只有瓷砖的外表显示了辉煌的过去。他们站在门口，曾好奇地打量着这幢阴森森的空屋，以及那蔓草丛生的断壁颓垣。他揽紧了她，感慨地说："谁知道这屋子里曾经住过怎样的人，而今何在？"

她默然，古老的空屋给她过多的感触，正像她初次念到元曲中的句子："眼见他起高楼，眼见他宴宾客，眼见他楼塌了！"所有的那份怆恻一样，这青苔碧瓦堆，也一定有它灿烂的一日！在那一刹那，她只希望月圆人久。倚紧了霈，把头靠在他的肩上，她暗暗寻思，光辉灿烂的爱情，会不会也有一天变成这样的断壁颓垣？看到她默默寡欢，霈笑嘻嘻地说："噢！思薇，这是小说里的房子呢！想想看，这篇小说应该怎样布局？有一对情侣，在一个冬日的黄昏，来到海滨度假，突然间，风雨来了，他们看到海边有一幢古旧的空屋……"

"别！霈！"她阻止了他，爱情中不该有风雨，她不愿谈到风雨，也不愿再谈这空屋。

这是多久以前的事了？如今她又站到这空屋的前面，往日的预感居然灵验。光辉灿烂的高楼已成坏槛破瓦。用手蒙住了脸，她不忍再凭吊这幢屋子，更不忍凭吊那份爱情。低低地，她啜泣地喊："霈！霈！这多么残忍！"

一件衣服轻轻地落在她的肩膀上，有人帮她披上一件外套。她大吃一惊，迅速地把手从脸上放下来，泪眼迷蒙中，她接触到的是一对霈的眼睛！张大了嘴，她神思恍惚地、喃喃地说："霈，你来了！"

"小姐，风大了，回去吧！"

那个男人深深地望着她，怜恤地说。她一震，立即明白了！这又是那个男人！前一个晚上跟踪着她的男人！她摇摇头，抹去了泪痕，愠怒地说："你做什么？你是谁？干吗这样阴魂不散地跟着我？"

那男人凝视着她，深黑的眸子有股了然一切的神情。好半天，才点点头说："别那么敌视我，我承认我在跟踪你，已经好几天了。但是我并没有恶意，你相信吗？我只是不放心！你看来这样地……这样地凄苦无助,我不知道我是否能帮助你?"

"关你什么事?"她恼恨地喊,"我不要别人的帮助,不要任何人的帮助!"她踢了踢脚边的沙,迎着风,又走向了沙滩。那男人并没有离去,他默默地走在她的身边,他的衣服也还披在她的肩上。在一块岩石前面,她站住了,用背倚靠着岩石,她眺望着暮色苍茫的大海,那男人站在那儿,静静地说:"看到那海浪吗?"

"海浪?"她有些错愕。

"是的,海浪。"他望着海,深思地说,"当一个浪花消失,必定有另一个浪继之而起。人生许多事也是这样,别为消失的哭泣,应该为继起的歌颂。"

她瞪着他,更加错愕,他的谈吐和神情对她有种催眠似的作用,她觉得眩惑而迷乱。这个男人是谁?他知道些什么?

风更大了,海浪在喧嚣着。那人调回眼光来看了她一眼,对她温暖地笑笑,嘴边有两条弧线,看来亲切而安详,他那件灰色的夹克披在她的肩上,他就只穿着件白衬衫,敞开着衣领,显露出男性的喉结,风从他的领子里灌进去,鼓起了他的衬衫,但他似乎对那凉意深深的寒风满不在乎。重新凝望着大海,他低低地念了几句话:

……

但我为何念念于这既往的情景?

任风在号，任涛在吟，

去吧，去吧，悲之念，

我宁幻想，不愿涕泣泫零！

她知道这几个句子摘于拉马丁的诗。茫然地，她继续凝视着他，他又对她温暖地笑了笑，轻声地说："够了吧，思薇，你对过去的凭吊该结束了吧！"

她惊跳起来，紧紧地盯着他。

"你怎么知道我的名字？"

"这并不困难，是不是？"他仍然带着那温和的笑，笑得那样恬然，使人觉得在他的微笑下，天大的事也不值得震惊。

"我说过，我跟踪你好几天了，那么，你的名字很可以从你的邻居口中打听出来，是不是？"

"你为什么跟踪我？"

他耸耸肩，又蹙蹙眉，最后却叹了口气："我也不知道为什么。"他颇为懊丧似的说，"像是一种直觉……一种反射作用……一种下意识……不，都不对，我不知道该如何解释。反正一句话，我没有恶意，却情不自已。"

她注视他的眼睛，霈的眼睛！和霈一样，他身上有某种使人无法抗拒的东西。她深呼吸了一下，也莫名所以地叹了口气。

"你像他。"她喃喃地说，神思恍惚。

"像谁？"

"他，霈。"

"是吗？"他温柔地问，仿佛他也认识霈一般。"来，"他鼓励地抓住她的手臂，"为什么不在沙滩上走走？看，这儿有一粒贝壳！"

他俯身拾起了一颗小小的贝壳，水红色的底色，有细细的花纹，晶莹可爱。

"多美！"他赞叹地说，把贝壳放进她的手掌中，"高兴一点，思薇，这世界很可爱，并不像你想象得那么绝望！"

"你怎么知道我绝望？"

"难道你不是那么想吗？"

思薇眩惑地沉思了一会儿，抬起眼睛来，她怔怔地望着他，接着，她笑了，自从收到霈的信以来，这还是她第一次笑。他点点头，赞许地说："笑容比哭泣对你更合适，但愿你能远离悲哀和失意，从这一刻钟开始！"

"你是谁？"她问，"对于我，你像突然从地底冒出来的人物似的……你使我诧异。老实说，我从没有和一个陌生人主动交谈过。"

"人，总是从陌生变成不陌生！是不是？"他笑着说，"你马上会对我熟悉了，信不信？"

他的笑和表情带着那样自信的味儿，使别人有些不由自主地要去"信"。他们缓缓地沿着沙滩走去，暮色正从海面升起，而逐渐加浓，到处都是一片昏蒙的苍灰色。他说："你看！那儿有一个老头！"

真的，有个白发萧萧的老头正从海岸边走过来，他的衣服破旧而单薄，肩膀上破着大洞，露出里面灰白色的内衣，裤管也全是一块一块不同颜色的补丁。弯着腰,他一面走,一面在捡拾海浪冲上岸边的浮木和枯枝。思薇站定了,好奇地望着那老头说:"他在干什么?"

"捡那些漂流物,靠它来生活,这也是生存方法的一种。"

思薇摇摇头,这样的生存,岂不太苦!那破敝的衣衫,那瘦弱的身子,孤独地在潮水中捡拾更破烂的东西,靠这些漂流物他能换得怎样的一份生活!一刹那间,对这老头,她生出一种强烈的同情和怜悯之感。老头走近了,她能更清楚地看清他,那一身衣服实在破得可怜,而那被海风和日炙吹晒成褐色的皮肤,都早已龟裂,皱纹重重叠叠地堆在那张久历风霜的脸上。

"可怜!"思薇叹息着。

"你认为他可怜吗?"他笑笑,"不过,他似乎并不觉得自己可怜,或者,他生活得很快乐和满足,你听,他还在哼着歌呢!"

真的,那老头一边捡拾着东西,还在一边唱着歌。经过他们身边时,老头抬起头来,对他们展开了一个亲切而愉快的笑,露出了缺牙的齿龈。

"你好!"他对老头打着招呼。

老头嘻嘻一笑,可能根本没有听懂他的普通话,只高兴地点着头,又走开去捡拾那些破破烂烂了。

"能享受生活的人就是有福了。"他说,凝视着她,"思薇,他并不贫穷,希望你能比他更富有一些。"

她垂下头,一瞬间,她觉得有两股热浪冲进了自己的眼眶，而心中凄楚。好久好久之后，她才能稳定激动的情绪，而重新扬起睫毛来，当她再望向他时，她知道，这个不期而遇的男人，她已经不再陌生了。

晚上，在台北的一家小餐厅里，他们像一对老朋友一样共进晚餐。他为她叫了一瓶葡萄酒。她向来是滴酒不沾的，这晚却忘形地喝了好几杯。经过酒的熏染，她觉得心头热烘烘地充满了说不出来的东西，双颊如火而醉眼盈盈。用手托着腮，她迷迷离离地望着对面那个男人，那男人像深泓般的眼睛如潮水般向她卷了过来，冲击了她，淹没了她。

"你有一对和他一样的眼睛。"她醉态可掬地说。

"是吗？"他抬抬眉毛。

"是的，完全一样。"她点着头，注视他，"我和他见第一面的时候就爱上了他，我费了很大的努力来等待他追求我，我以为我起码等待了一个世纪，事实上，他在认识我的第二天就来找我了。"

他静静地望着她，黑色的眼睛深幽幽的，闪烁着一抹奇异的光芒。

"那是秋天，"她啜了一口酒，费力地咽了下去，抬起眼睛来注视着酒杯中深红的液体，"他带我到海边去，从此我就爱上了海。海边的岩石之中，有座小小的土地庙，只有半个人高，土地庙前面燃着香，青烟袅袅。他把我揽在怀里，仰起头来，我看到的是白云蓝天，俯下头去，我看到的是神龛大海。就在那土地庙的前面，他第一次吻了我，他说：思薇，如果能有你，我什么其他的东西都不要了！我闭上眼睛，在心中默默祷告：云天做我的证人，神灵知道我的心迹，从今起，这个男人将拥有我，一直到永远，永远。"

她停了下来，有两颗泪珠从睫毛上跌进酒杯里，摇摇头，她皱拢了眉毛，无限凄苦地抬起眼睛来望着他，愣愣地说："他什么其他的东西都不要了，但是，他还是要出国，还是要追求他的事业和前途。结果，他什么其他的东西都要了，就是没有要我！这不是很滑稽吗？"

他不语。伸过手去，他把他的大手压在她神经质地颤抖的手背上，轻轻地，安慰地拍了拍她。她举起酒杯，把杯中残余的半杯酒一饮而尽。放下杯子，她吐出一口长气。

"那年冬天，我到高雄姨妈家里去小住，住了三天，他出其不意地来了。他说：没有你，我不知道怎么活着，什么都不对劲！我陪他到大贝湖玩，从第一景走到第八景。那天非常冷，而且下着雨，我又正在感冒。他挽着我，我们在冷雨中一景景地走下去，他说：有人说大贝湖太大了，不是凭两只脚可以走完的。但，我们走完了，而且，我觉得大贝湖是太小了。当天晚上他赶车回台北，我在姨妈家卧病一星期，因为淋了雨而发高烧，他来信说：你生病，我真于心不安。我却非常高兴，为他而病，连病都变得甜蜜了！"

她拿起酒瓶，注满了自己的杯子，对他凄然一笑："我很傻，是不是？他常说我傻。"

他深深地凝视着她，摇摇头："你是我遇到的最可爱的女孩子。"

"是吗？"她豪迈地举起酒杯，高兴地说，"为你这一句话，我要干一杯！"

他压住她的手。

"你喝得已经太多了！"

"别管我，"她笑意盈盈，"我喝得很开心，现在才知道酒的好处，它使我轻飘飘的——像腾云驾雾一样。怪不得古人有句子说：醉乡路稳宜频到，此外不堪行呢！"

"你不惯于喝酒，对吗？"他问，"当心点，真正喝醉之后并不好受。"

"别管它！"思薇说，已经醉眼蒙眬，又啜了一口酒，她问，"我刚刚在说什么？"

"大贝湖。"他提醒她。

"对了，大贝湖！"她愉快地接了下去，"大贝湖之游令人一生难忘，至今我还怀念那雨中的情景，湖山隐约，雨雾迷蒙。那夹道的扶桑花，那楼阁亭台，和那滴着水的尤加利树！"她长长地叹了口气，"生活得越充实，时间过得越快。我们的足迹遍布名胜地区，南部的大贝湖、凤山和三地门。北部的碧潭、野柳、金山海滨。东部的礁溪和大里。还有那些古典乐的咖啡馆：青龙、波丽路、田园、月光！最后，我们只有一个地方没去过，中部的日月潭！"

她侧着头，斜靠在墙上，陷进恍惚的沉思里。

"有一天，不知道为了什么，我们吵了架，我很伤心，决定一个人躲到一个清静的地方去，好好地沉思几天。于是，我收拾了行囊，悄悄地到了台中，再转金马号的车子去日月潭，到了日月潭涵碧楼，我想订旧馆的贵宾室，因为据说那间房间最安静，也最美，能一览湖光山色。可是，旅馆的人告诉我，那间房间已被一个半夜赶来的客人捷足先得了。我只好订了隔壁的一间。而当我跟着侍者走进走廊，经过贵宾室的时候，那位捷足先得者正好跨出房门，我定睛一看，不是别人，竟然是他！原来他也悄悄地跑到日月潭，想在湖山之中，一抒郁悒！我们相对无言，然后抱头痛哭，诅咒发誓地说，以后再也不吵架了，再也不分开了！"

她停住，看着他，突然地醒悟了过来。

"怎么！"她说，"你干什么要听我说这些？"

"说吧！"他鼓励地地望着她，"等你说完了，你会觉得心里舒服得多！"

她犹疑了几秒钟，终于笑了笑。

"我已经说完了！没什么好说了，都是些傻事！他走了，我哭得像个小娃娃，他叫我等他，我一直等，一直等，一直等……"她喝干了杯里的酒，摊了摊手，"一直等！等到他告诉我，他已经结婚了。就是这样，一个平凡的故事，是不？"

他悄悄地取走了酒瓶。

"吃点饭吧，"他说，"你喝了太多的酒。"

"我饱了！"她推开饭碗，注视着他，"你是个奇怪的人。"

"是吗？"他微笑地回视她。

"你使我说了太多的话！不过，奇怪！我现在倒不觉得那是件怎么了不得的事了！看开了，人生都没什么了不起，遇合、分开……就像碰到你，我到现在还糊里糊涂呢！"

他笑了。

"暂时，还是糊涂一点吧！"他含蓄地说，站起身来，"我们出去走走，好吗？"

付了账，他们走出饭馆，迎面的冷风使她踉跄了一下，带着醉意，她不稳地迈着步子，凉凉的风扑在热热的面颊上，说不出来的舒适和飘飘然。

他搀扶住她，担心地问："行吗？要不要叫一辆车？"

"不！"她阻止了他，"就这样走走吧！我喜欢在夜色里走，以前，我和他常常在夜色中漫步好几小时。"

他不说话，只轻轻地揽住了她的腰。她斜倚在他宽宽的肩膀上，下意识地把手插进他的夹克口袋里。他们就这样依偎着向前走去，走过了大街，也走过了小巷。长长的一段时间里，他们谁也没有开口，一层静谧的、温馨的、朦胧如醉的气氛在他们之间散布开来。接着，细细的雨丝飘了起来，他说："下雨了。"

"唔。"她模糊地应了一声，更紧地依偎着他，无意结束这街头的漫步。

"冷吗？"他问。

"不，不冷。"她说，心头微微掠过一阵震荡。冷吗？不，走在他身边，她从没有觉得冷过，从没有。

灯光慢慢地减少了，夜色已深。她头中昏昏沉沉，酒意仍然没有消除。高跟鞋清脆地敲击着路面，打破了几分夜的岑寂。用手环住了他的腰，鼻端轻嗅着他衣服上的男性的气息。她迷离地，喃喃地念：

满斟绿醑留君住，
莫匆匆归去。
三分春色二分愁，
更一分风雨。

花开花谢，都来几许，
且高歌休诉。
不知来岁牡丹时，
再相逢何处？

念完了，她觉得面颊上痒痒的，爬满了泪。把头埋进了他的衣领里，不管是在大街上，她开始静静地哭泣。他揽住她，拍抚着她抽动的肩头，让她哭。她哭够了，抬起头来，诧异地仰视着他。

"我像个傻瓜，是不是？"她说。

"你不是。"他摇头，深深地叹息，"那个人是个傻瓜，你的那个他！"

她的眼珠转动着，逡巡地望着他。他拭去了她脸上的泪痕，低低地说："我不离开你，思薇。在我有生之年，我要照顾你，爱护你，使你远离悲哀和烦恼，给我机会吗？嗯？"

"为什么？"她愕然地说，"你并不了解我，而且，几乎不认识我。"

"是吗？"他问，"你不觉得我们像认识了几个世纪了吗？或者，你还不太认识我，但我已经认识你很深很深了。我知道你内心那感情的泉源多么丰沛,我知道你小脑袋里充满的诗情画意,我还知道你有个未被发掘的宝窟——你的思想。我将要发掘它!"

她蹙紧了眉头,眼前这张男性的脸模模糊糊地晃动着,似曾相识!那眼睛,那神态……这是需?还是另一个人?不!这不是需,她知道。他比需更多了一点什么,属于灵性一类的东西。低下头,她挽住他,重新向无人的街头走去。身边的男人默然不语,这也不像需,需常会絮絮叨叨地诉说一些未来的计划。

走完了一条街,转进一条巷子,已到了她的家门口,他送她到门前,巷子里冷清清的没有一个行人,巷口的灯光幽幽暗暗地斜射着,昏茫地照射在他们的身上。

"回去吧!"他说,把她的头发拂到脑后,仔细地望着她的脸,"回去好好地睡一觉,别再胡思乱想,明天早上我在火车站等你,我们去乌来玩,好吗?"

她怔怔地望着他。

"我还是十几年前去过乌来,一直就没有再去过,你愿意和我一起去吗?"

她不语。他点点头。

"反正我等你。"他紧握了一下她的手,"进去吧,风很大,当心受凉。"

她依然怔怔地望着他。

"想什么?"他问。

"你。"她轻轻地说,用舌头润了润嘴唇。又停了好半天,才说:"谢谢你,谢谢你这个下午和晚上陪伴着我。"取出钥匙来,她把钥匙插进锁孔,再转头看看他,夜色里,他颀长的身子朦朦胧胧的,一对亮晶晶的眼睛像黑夜里的星星。她忘记了开门,心智恍惚迷离,这是谁?霈?她靠近他,用手攀住他的衣领,喃喃地问:"你从美国回来?"

"美国?"他一愣,"不错。"

"是的,是你。"她叹息,仰起头来,又重复了一句,"是你。"

他俯下头,吻了她。她闭上眼睛,战栗地、满足地叹息。

然后,她张开眼帘,凝视他,神志慢慢恢复,她清醒了。

"我醉了。"她说,抚摸着自己的面颊,"这一吻对你并不公平,我以为你是霈。"

他抬抬眉毛,又蹙蹙眉毛。

"有一天,我能完全代替他,倒也不错。"他说。

她摇摇头。

"再见!明天别等我,我不会去。"

"是吗?"他盯着她。

"算是一段偶然的遇合,好吗?"她说,"可以结束了。"开开大门,她跨了进去,深院内的花木迎接着她,雨止了,月亮又穿出了云层。关上大门,她把背靠在门上,静静地吸着花香。望望月色。模模糊糊地,想起了一阕词:

相见争如不见,
有情何似无情,

笙歌散后酒初醒，
深院月斜人静。

"过去了！"她想，"一段偶然的遇合。"和他是如此，和需又何尝不是如此？

一夜酣眠，早上，耀目的阳光在迎接着她。

起了床，慢慢地梳洗，今天有件什么事？乌来之游。不！

荒谬！一个陌生的男人，自己竟和他逗留终日。但是，奇怪，昨夜竟然不再失眠。望着灿烂的阳光，血管中也流动着一些新的什么东西，有种古怪的动力，跃跃欲试地在体内翻腾。如此好的阳光，如此好的秋天，乌来，仍然有它的诱惑力。去吗？不去又做什么呢？蛰伏在家中凭吊过去？还是在街头瞎冲瞎撞？去看看也好，或者，那个男人根本不会到火车站去。

火车站一贯性地涌着人潮，播音器里在播报着车次时间。

她刚跨进车站的大门，有个人影在她面前一站，一只手伸到她面前，摊开的手掌中，两张去乌来的公路局汽车票正静静地躺着。她抬起头来，接触到他带笑的眼睛，和那温柔而鼓励的神情，温柔得像滴得出水来。

"你已经买好了票？"她诧异地问。

他点点头。

"如果我不来呢？"

"你不是来了吗？"他笑着说。

"可是——"她有些发愣。

"别可是了!"他打断她,"走吧,等车去!"

她不由自主地跟着他走向公路局车站,车子很快地来了。

上了车,找了两个靠后面的位子坐下。他伸过手来,轻轻地握住了她的手,对她微笑。她眩然地望着他,也莫名其妙地微笑了。

"昨晚睡好了没有?"他低低地问。

"还——不错。"

车子开了,她倚着车窗,凝视着窗外的景致,飞驰而逝的街道、房屋、树木和田野。心底迷迷茫茫的,这是她吗?思薇?似乎有点不可思议,她怎么会和一个完全陌生的人接触得如此密切?微侧过头,她悄悄地从睫毛下打量他,他那对眼睛仍然带着笑,闪烁着智慧和深沉的光芒。这是个陌生人吗?她更加迷糊了,为什么她一点儿陌生的感觉都没有,反而朦朦胧胧地感到亲切和熟稔,仿佛这是个多年的知交似的。

车子到达了目的地,他们下了车。他带着个纸包,她问:"那是什么?"

"野餐。"

沿着山间的小路,他们向瀑布走去,路边长了无数紫色的小草花,钟形的花瓣愉悦地迎着阳光。鸟声啁啾,而水声沛然。走过了一段山路,瀑布迎面而来,巨大的水声震耳地奔泻,飞湍激流,巨石嵯峨。他们手拉着手,仰视着那一泻如注的瀑布。

"噢！人多么渺小！"她赞叹着。

"所以，"他接了口，"还值得为一些小事而烦恼吗？"

"你认为那是件小事？"她有些懊恼。

"当然！"他毫不考虑地说，"如果他重视你的眼泪，他不会背叛你，如果他不重视你的眼泪，你又何必为他浪费眼泪呢！"

她深思地望着他，浅浅的几句话，却有着重重的分量。

"噢！你看！有一只水鸟呢！"

他忽然惊呼，真的，有只蓝颜色的水鸟，站在一块水中的岩石上，正张着翅膀，用尖尖的嘴修饰着自己的羽毛。蓝艳艳的羽毛，迎着太阳光，闪烁得像蓝宝石一般。

"哦！多么美！"

她惊叹着，忘形地跨过一道激流，走到一块大岩石上，注视着那只水鸟。听到了人声，那只鸟也侧侧头，用一对好奇的眼睛望着她。她席地而坐，双手抱着膝，仰视蓝天如画，俯视激流回荡，她突然觉得说不出来的欢快。他走过来，也坐在她的身边，用手捞起了她垂在肩上的长发，说："你猜你的头发像什么？"

"什么？"

"瀑布！"

她抬头看看瀑布，夸张地叹气。

"哦！已经那么白了吗？"她说。

他大笑。

"噢！思薇，我无法想象你头发白了会是一副什么样子！

你年轻得像颗小鹅卵石。"

"瀑布！小鹅卵石！"她打量着自己，"你这是新潮派的形容词吧？你学什么的？"

他闭上眼睛，深吸了口气。

"到现在，你才算对我感兴趣！"他说，"在国内，我是念考古人类学系的！"

"考古人类学系？"她张大眼睛，"所以你考古出来了，头发像瀑布，年轻得像鹅卵石？"她笑了，"你在学校里一定分数坏透了！"

"本来嘛，人类跟着时代，日新又新，只有感情的烦恼，亘古一样！"他忽然抓住她的手臂，"思薇，你真美！"

"嗯？"她迷惑了。

"是的，真美，美得像——"他望着溪水，"像一朵小水花。"

她颦眉微笑。摇摇头，叹气。

"你的形容词真奇怪，奇怪得可爱。"她低低地说，"他从没有这样形容过我，瀑布，鹅卵石和水花！"她把面颊靠在他的肩上，轻声说："告诉我你的名字，你的故事，你的家庭，以及你的一切！"

他捧住她的脸，凝视她，然后，他吻了她。

"这一吻公平了没有？"他问。

"你使我变得可笑，"她愣愣地说，"我做梦也没想到会遇到你，又发生这些事情，你——好像是被什么神灵派来的，为了——"

"解救一个受了魔法、被困在桎梏中挣扎的小公主。"他接口说。接着,就跳了起来,拉住她的手,嚷着说:"来吧,思薇,我们走走,别谈这些沉闷而令人烦恼的事情!你看,那只鸟飞了!"

真的,鸟飞了!蓝艳艳的翅膀盛满了金色的阳光,扑落了数不尽的欢愉和秋的气息。一泻如注的瀑布在高歌着,唤起了整个山谷的应和。思薇情不自禁地也跳了起来,跟着他跨过一块又一块的岩石。秋日的阳光美好而温暖,她开始感到浑身的毛孔都舒畅翕张。欢乐不知不觉地来临了,回旋包围在他们的左右。笑声很轻易地溜出了她的嘴唇,不受拘束地荡漾在秋日的阳光里。他开始唱一支歌,歌词是这样的:

  在秋日的微风下,
  我们相遇,
  像两片浮云,
  骤然地结成一体。
  梦里的时光容易消逝,
  我们在欢笑的岁月里,
  不知道什么叫别离!
  ……

思薇忽然站定了,在全身的震动下,瞪大了眼睛望着他。

这是一支什么歌?她从没有听人唱过。但,那歌词是她熟悉的,那是她随笔写在给霈信中的几句话。愕然地呆立在那儿,她有两秒钟连思想都停顿了。接着,她张大嘴,喑哑地问:"你,你是谁?"

他走近她,把一只手按在她的肩膀上,和煦的眼睛温柔地望着她,低低地说:"我渴望是你的霈!"

"但是,你到底是谁?"她追问。

"说出来,就什么都不稀奇了,"他说,"我刚刚从美国回来。你曾经听霈说过,他有一个在美国研究人类学的哥哥吗?"

"什么?你——"

"是的,那是我。霈来到纽约,和我住在一起,他拿出所有你的资料给我看,你的信,你的诗,你的照片,和你的一切!说实话,我几乎立刻就爱上了你,有很长的一段时间,我和霈分享你的信的快乐,一直到霈搅上了那个华侨的女孩子……"

"哦!"她瞪大了眼睛,一瞬也不瞬地盯着面前这个男人,喉咙里像哽了一个鸭蛋,一切的发展和现在急转直下的变化使她昏了头。喃喃地,她模糊不清地说:"原来你是他的哥哥,原来你什么都知道!"

"是的,思薇,我什么都知道。"他说,深深地盯着她,他有一对霈的眼睛!"当霈搅上了那个女孩子,我愤怒得要发疯,为了你,我和霈大打了一架,霈很懊丧,但他终于娶了那个女孩子。结婚的前夕,他对我说:思薇太好,是我没有福气,或者,你能代替我!就这一句话,使我放弃了还差一年就可以拿到的硕士学位,束装回来。"

她的手指紧紧地抓住岩石凸出的一角,木立在那儿仿佛也变成了一块岩石。

"很傻,是不是?"他笑笑,"我回国之后,立刻就到你家里去,我不敢直接拜访你,我知道需一定会把他的事告诉你,于是,我在门外等着,希望有个较自然的机会能遇到你。我等了三天,第四天晚上,你出来了,穿着风衣,在大街小巷中闲荡,我跟踪在你的后面,我足足跟踪了三天,而不知道怎样去结识你,然后,在青龙……"

"哦!"她吐了口气,什么都明白了,这下面的事,用不着他再叙述,青龙、海滨、小饭馆,这个似曾相识的男人!讷讷地,她说:"你——为什么一开始不说明白?"

"我也不知道为什么,"他困惑地摇摇头,"大概是种潜意识让我不要说。"他停顿了一下,又说:"我和需相差一岁,从小,我们长得像双胞胎的兄弟,感情也好得不得了。我们爱好相近,兴趣也同。亲戚朋友们常说需是我的影子,我们是二位一体。所以,当他说我能代替他时,我毫不考虑地就回了国。"他凝视她,"思薇,你比我想象中更好一百倍!"

"假如——假如——"她困难地说,"我对你一点也不假以辞色,你这个硕士学位岂不丢得太冤枉?"

"冤枉?"他微笑,"不,有什么冤枉呢?人类学能研究出什么来?事实上,没有人能了解人类,这是种最最复杂、最最不可解的动物!需为追求硕士学位而放弃你,我为追求你而放弃硕士学位,都是——不可解的事!"

她注视着他,是的,都是不可解的事!这个男人的脸模模糊糊的像出现在雾里，有一对霈的眼睛，这是霈？还是别人？或者，这是个能为她放弃一切的霈！是她梦里所塑造的那个霈！真的，她经常在梦里塑造着霈，拿一把小雕刻刀，慢慢地把霈有的缺点挖掉，又慢慢地把霈没有的灵性嵌进来……

不知道过了多久，她觉得那个男人的手臂圈住了自己，仰起头来，她看到的是一对深情款款的眼睛。她叹息了一声，合上眼帘，不再费力研究他是霈，还是霈是他的影子。她只清清楚楚地明白了一件事情，那就是：哭泣和悼念的昨天已经过去了，今天，是该属于恬静和欢欣的。

一九六四年十一月十四日完稿

石榴花瓶

他和她相遇那一年,她十九岁,他二十七。

她并不很美,也不是那种在公共场合里很会交际应酬的女郎,她只是个小小的,不受人注意的女孩子。可是,在他遇到她之后,他把日记本上所有追求别的女孩子的记录全抹去了,而写下了崭新的一页。他并不认为她是仙女下凡,但他认为她是这世界上绝无仅有的一个,她牵动他,吸引他,在短短的时间内,使他陷进最深的迷惘眩惑之中,于是,他娶了她。

新婚,她躺在他的臂弯里,细腻的脖子枕着他的手臂,用一种轻轻的、带着微颤的声音对他低声说:"哦,我爱你!"

这是梦似的神奇的一瞬,她的声音深深地敲进他的内心里,使他像被一层温柔的浪潮所冲击。他如醉如痴,庆幸着和她偶然的相遇,发誓他们将会成为有史以来最幸福的一对夫妻。争执、吵架,和任何的不愉快在他们梦境似的欢愉里是永不可能发生的事。他们依偎着，嘲笑邻居们夫妇间的争执，嘲笑那些不会享受生活的人们……

"哦，为什么他们要吵架？为什么他们不会享受他们共有的时光，像我们一样？"她问。懒洋洋地，醉醺醺地把头靠在他的肩膀上。

"他们都是些傻瓜。"他说，吻着她小小的耳垂。

"我们是最聪明的，是吗？"她说，"我们永不会吵架。"

"当然，那是不可能的。"

她小小的身子在室内操作，动作优美得像只小蛱蝶，她爱穿白色轻纱的衣服，行动之间，如一团轻烟飞絮。他喜欢看她操作，那夸张的旋转和假意的匆忙，似乎要故意显示她是个勤快的小妇人。明明十分钟可以扫完的地，她扫了半小时，但是，那款摆着的小腰身，那时时停顿而对他抛来的微笑，那扫把在地下画出的弧度……使她的工作变得那么美，那么艺术化，使他不得不为之微笑，而沉浸在像浓酒似的甜蜜和温馨之中。

"王尔德说，男女因误会而结合，因了解而离开。你觉得这话怎样？"她问，手拿着扫把，下巴放在扫把的竹竿顶端，嘴边带着个可爱的微笑。

"这话吗？"他摸着她柔软的头发说，"王尔德是个自作聪明的大笨蛋！男女因了解而结合，因更了解而更相爱！"

"像我们一样？"

"是的，像我们一样。"他推开了她手边碍事的扫帚，把她拥进怀里，那刚扫作一堆的灰尘又被踢开了，但是——管

179

它呢!

　　夏天的夜晚,他们躺在走廊的躺椅上,数着天上的星星。

　　"如果我是个作家,"她说,"我要把我们的生活记录下来,将来出一本书,像苏雪林女士的《绿天》一样。我多羡慕她和那位康。"

　　"我们比她和康更幸福,"他说,"你知道,她后来和康分手了。"

　　"是吗?"她问。接着是一声深长的叹息,夹带着无尽的惋惜。"为什么人生是这样的呢?"她低声说,有些忧愁。

　　"别烦恼,"他安慰地拍拍她,"我们不会这样,让我们合写一本书,书名叫作……"

　　"《呢喃集》。"她笑着说。

　　"《呢喃集》?"他也笑了。他们的头俯在一起,就像一对多话的、恩爱的小燕子。

　　可是,有一天,第一次的风暴发生了,就和夏日的暴风雨一样,发生得那么突然,后果又那么严重,而事先却毫无迹象可寻。

　　那天早上,她和平日一样擦拭着家具,擦到窗台上的时候,她说:"这儿应该有一个小花瓶,一个绿色的小花瓶,可以和窗外的芭蕉叶子相呼应。"

　　他望了她一眼,没说话。黄昏,他下班回来的时候,递给她一个小花瓶。这是件十分可爱的东西,颜色是淡青色,瓶子的形状是模仿一个石榴,圆鼓鼓的肚子,瓶嘴像石榴蒂似的呈花瓣形裂开。瓶子光滑细润,晶莹洁净。她惊喜交集地问:"哪儿来的?"

"买的!在一个古董店里找到的,漂亮吗?"

"漂亮极了——可是,多少钱?"

"五百块!"

"五百块!"她惊跳了起来,"你哪儿弄来的钱?"

"我在我们那个存折里取的!"

"啊呀!"她失声而叫,"那是我为了冬天买大衣而积蓄的!总共只有八百块,你倒用五百块来买花瓶!"

"你知道,这是古董,还是清朝遗物……"

"可是,我要清朝遗物做什么?又不能穿又不能吃!"她噘着嘴说。

"咦,"他诧异地问,"早上不是你自己说要一个花瓶吗?"

"我说花瓶,也没说一定要,而且还这么贵!为了这样一个花瓶,让我失去一件长大衣,实在不合算!我看,你还是把这个花瓶退回去算了!"

"退回去?"他锁紧了眉头,"我跑遍了台北市,才选中了这个花瓶,你要我退回去?"

"是的,退回去吧!这花瓶对我们而言,是太高贵了一些,我们用不起。"

"我是为了要你高兴,才买回来的!你怎么如此世故,用金钱去衡量它的价值,什么叫用得起用不起?钱是身外之物,你该明白我为了买这个花瓶费了多少心思,这花瓶上有我多少的爱情!你怎么只管它用了多少钱,就不管我费了多少心呢?"

"我知道你为它费了很多心,但是,我的大衣比花瓶更重要。"她板着脸说,"我积蓄了很久才积下这笔钱,不能把它用在一个花瓶上!"

"是你自己说要花瓶的!"他生气了,不自禁地抬高了声音。

"我没说要这么贵的花瓶!二十元也照样可以买一个花瓶!"

"那些花瓶奇丑无比!"

"我宁可要一个丑花瓶,或者根本没有花瓶,我也不愿意因为这个花瓶而损失一件大衣!"她的声音也抬高了。

"大衣!大衣!你只知道要大衣!就不知道这花瓶上有我多少的感情!"

"你真爱我就不会把我买大衣的钱拿去买花瓶!"

"我完全是为了你才买花瓶!"他大叫,"你这个充满了虚荣的女人!你不懂得珍惜爱情,你只懂得珍惜大衣!"

"我虚荣!我爱虚荣就不嫁给你!"被刺伤的她陷进了狂怒之中,"你有多少钱,来满足一个虚荣的女人!"

"你嫌我穷是不是?嫌我穷为什么要嫁给我?"另一个也被刺伤了。

由此急转直下,两人都越吵越大声,越说话越凶,说急了,都不由自主地去找一些最刺人的话来说,最后,他不假思索地冒出了一句:"我是鬼迷了心才选中你这个没头脑又俗不可耐的女人!你不懂得一点儿高雅的情操!"

她嘴唇发白,愤怒得发抖,急切中,找不出适当的话来骂对方，于是，她在狂怒里，顺手拿了一样东西，对着他砸过去，他一偏头躲开了，那样东西落在地下，立即破碎了。他们同时向地上的东西看去——那个石榴花瓶！一瞬间，两人的脸色都变得惨白，他们看到的，不是价值五百元的石榴花瓶，而是被砸碎了的爱情！她抬起头来，痉挛地张着嘴，想解释她并非有意砸碎这花瓶。但，他望也不望她一眼，就愤怒地冲出了大门，砰然一声把门关上，留给她一个充满恐惧、懊丧和悲切的夜。

这件事不久就过去了，第二天凌晨，他回到了家里，发现她正蜷缩在床上痛哭。他们拥抱住彼此，自责，说了许多懊悔的话，流了许多泪，发誓这将是他们之间第一次也是最后一次的吵架……可是，那个碎了的花瓶一直横亘在他们中间，他们原有的亲密和信心已被破坏了。尽管他们都装作毫不在意了，但，彼此说过的恶言恶语都早已深铭在对方心中，是再也收不回来了，就像那碎了的瓶子再也拼不完整一样。

"以后我们再也不许吵架，"她说，"假如我们一有争执发生，对方只要说出石榴花瓶四个字，大家就必须闭嘴不许再吵了！好吗？"

"一言为定！"他说。

任何事情，有了第一次，就避免不了第二次。没多久，为了她收养了一只无家可归的小病猫，弄得满屋子都是跳蚤，他主张把小猫丢掉，她坚持不肯，而引起了第二次的吵架，她叫着说："你没有同情心，你是个冷血动物。"

"你没头脑！标准的妇人之仁！"他叫，"弄得满房子跳蚤，像什么话？"

"你连容一只小猫的肚量都没有！"

"这不是肚量问题，这是卫生问题！"

"我可以想办法扑灭跳蚤，但绝不赶走小猫！"

"我告诉你，你如果坚持养这只小脏猫，我就离开这栋房子！你在小猫和丈夫中选一样！"

"你毫无道理！"她愤怒地喊，"你走好了！我要定了小猫！我才不稀罕你，没有情感、没有同情心……"

局势又严重起来，紧张中，他突然一惊，好像看到了他们之间的前途！和许多怨偶一样，由小争执变成大争执，由频发的不愉快而造成最后的破裂，他悚然而惊，顿时喊出："石榴花瓶！石榴花瓶！石榴花瓶！"

她猛然住了嘴，张口结舌地望望他。然后，她含着泪，扑进了他的怀里，战栗地说："我们真傻！这是最后一次，以后再也不吵架了。"

过了一会儿，他看到她把那只小猫放进一只篮子里，含着泪，无限凄然地走向门口。他赶过去，一把接住了那只篮子说："不，我们把它养下来！"

她望着他，有些诧异，然后她高兴地揽住了他，叫着说："哦，你真好！"

这只小猫终于还是被收养了下来，没多久，跳蚤也被DDT粉所扑灭了。但，每次他看到这只小猫，一种不舒服的感觉就会爬上他的心头。

第三次的争执忘了是怎么发生的了，但它不但来临了，而且还闹得很厉害，他们有三天彼此不说话，直到她轻轻问了一句："那家古董店能不能再卖给我们一次同样的石榴花瓶？"

他赧然地握住了她的手，又一次和解。

第四次，第五次，第六次……一次次的争执接二连三来了，逐渐地，连"石榴花瓶"四个字也不能获得效果了，因为，在倔强之中，他们谁也不肯轻易开口说出这四个字，好像只要谁先说这四个字，就代表谁先道歉似的。于是，当争吵越来越多的时候，"石榴花瓶"反而成了他们绝口不提的四个字。

一年年地过去，他们成了一对最平常的夫妻，争吵、打架、怄气、不说话……她摔东西，和邻居们打麻将，整日家里炊烟不举。他寻芳于酒楼舞厅，彻夜不归。他们见面的时间越来越少，见了面，就彼此板着脸恶言相向，他们早已忘了初婚时的梦想，忘了那些甜蜜，更忘了《呢喃集》和数星星的夏夜。他再也找不到她款摆腰肢，用扫帚在地上画弧度的娇柔之态，她也看不到他欣赏和赞许的眼光。一切往日的事迹，早像被风吹散了的烟，一去无痕了。

终于，在一次大争吵之后，他们同意了暂时分居。

这天，她收拾她的东西，预备到南部去，他坐在沙发里抽烟，望着她毅然地整理行装。五年夫妇生活，就这样结束了，心里不无感慨。她低着头，默默地把抽屉里的衣服放进小皮箱里去，空气沉闷而凝肃。

忽然，"哐啷"一声轻响，他吃了一惊，看到她从抽屉里抱出的一包衣服里落下了一包东西,用一条翠绿的纱巾包扎着。这声响显然也使她吓了一跳,她俯身拾起这包东西,略一迟疑,就打开了纱巾,里面却赫然是那只石榴花瓶的碎片!

他从不知道她保留着这些碎片!这使他在惊异之余,心里立即掠过一阵酸楚和迷惘的感觉。往事依依,如在目前,他的眼睛模糊了。

她也垂着头,对这堆碎片发怔,好半天,室内一点声音都没有,两人的目光都定定地停在那石榴花瓶的碎片上。好久之后,她颤巍巍地拿起一块碎片,注视着破口之处,大大的眼睛里蒙上了一层泪光。

他伸手碰碰她,她一惊,转过泪眼迷离的眼睛望着他。他说:"为什么留着这些碎片?"他的声音出奇地温柔。

"那时候——"她轻轻地说,"我以为或者可以补起来。"

他定定地望着她,忽然觉得像头一次见到她时那样紧张惶惑。他用舌头舔了舔干燥的嘴唇说:"我以为,现在还可以补好。"

"是吗?"她怀疑地问。

"一定的。"他说,"让我们来把它补好,一个好的修补匠可以完成这份工作。然后,我们应该写下《呢喃集》的第一章,我们可以叫这第一章作《石榴花瓶》。"

她喊了一声,纵身投进了他的怀里。恍惚中,他们好像又回到新婚的时候了。

终身大事

"哎,你知道,绮珍今年已经二十二啦,叫名就是二十三了,怎么能够不急呀!我从没有看过像她这样的女孩子,一天到晚埋在书堆子里。你看隔壁家的沉小姐,来来往往的男朋友那么多!绮珍呢,大学都快毕业了,模样儿长得也不错,就是连一个朋友都没有……"

绮珍刚刚走进大门,就听到母亲尖锐的声音,知道母亲又在向父亲唠叨她终身大事的问题,不禁紧紧地皱了一下眉头。走上榻榻米,看见母亲正站在父亲的书桌前面,手里拿着一块抹布,一连串地诉说着。父亲戴着眼镜俯着头在看书,眼睛盯在书本上,显然对母亲的话有点心不在焉。根据一向的经验,绮珍知道在这种情形下,最好赶快溜进自己的屋子里去,以免母亲转变说话方向。但,母亲已经看见她了,立即转过头来望着她说:"哦,回来啦!"

"嗯。"绮珍应了一声,低着头,手里紧握着刚从学校图书馆里借来的一部《大卫·科波菲尔》,急急地向自己房间里走去。可是,母亲却叫住了她:"你今天晚上没有事吗?"

"今天晚上?"绮珍站住了脚,不解地望着母亲,"没有呀,怎么,你有事要我办吗?"

"不是,我的意思是你今天晚上不出去吗?你知道今天是周末,我听隔壁沉小姐说国际学舍有舞会,我以为你也可能要去的。"母亲说,眼睛紧紧地注视着她。

"哦,你知道我是从来不参加舞会的。"绮珍垂着眼帘,不安地说,把书本抱在胸前。

"你是怎么的呀,一天到晚只知道看书,你想当女博士吗?也到了年龄了,怎么对自己的事一点也不留意呢!我从没有看过像你这种年龄的女孩子,会连舞会都没有参加过!"母亲比画着说,眉毛挑得高高的。

绮珍涨红了脸,轻轻地跺了一下脚说:"你不要嚷好不好?这也没有什么了不起,给人家听到了还以为……"

"人家听到了怎么样?你长得也不错,为什么……"

"我说,"一直沉默着的父亲突然开口了,"你算了吧,管她呢,让她自己安排吧,她年龄也不大,你操什么心呢?还是随她……"

"随她?"母亲又叫了起来,"二十三啦,你还说不大,要七老八十的才算大呀!哼!只有你这样的老书呆子才会养出这样的小书呆子女儿来!"

母亲愤愤地挥着抹布去擦桌子,一面嘴里还不住地唠叨着,绮珍抱着书本退到自己的房间里,拉上了纸门,在床上坐了下来，禁不住长长地叹了口气。床对面墙上的一张镜子里，反映出她清秀的脸庞来。她抬起头，在镜子中打量着自己：修长的眉毛，黑白分明的眼睛，小小的鼻子和小小的嘴。正像母亲说的，她长得不错，只是略嫌清瘦了一些。她用手从面颊上抚摸到下巴，深思地注视着镜子。她不了解，为什么母亲总要急于给她找男朋友？其实，在学校里并不是没有人追求她，但她总觉得和他们很隔膜，好像永远不能谈在一起似的。而且，她也从没有考虑过婚姻问题，如今，她大学快毕业了，母亲却一天比一天噜苏了起来，她不懂，为什么天下的母亲都要为女儿操上这份心？

一星期后的一天，她才从学校里回来，就看到母亲坐在客厅里，聚精会神地翻着一本衣服样本，看到了她，立即带着一种无法掩饰的兴奋喊了起来："绮珍，你猜今天谁来过了？……赵伯母！你还记得赵伯母吗？就是你爸爸的朋友赵一平的太太。"

"哦，她来有什么事吗？"绮珍不大发生兴趣地问。

"没什么事，她来看看我。绮珍，你知道她有一个儿子在美国留学的吗？今年春天她这个儿子回来了，名字叫赵振南，你知道不知道？"

绮珍摇摇头，竭力按捺住心里的不耐烦。

"哦，今天赵伯母看到了你房里那张放大的照片，喜欢得什么似的，说你越来越好看了，又听说你大学快毕业了，更高兴得要命，说好说歹一定要见见你，后来才约定下星期六晚上她请我们吃晚饭。你说，这不是很好吗？"

189

绮珍不安地望着母亲那张堆满了笑容的脸孔，心里已经了解到是怎么回事，不禁大大地反感起来。她生平最怕应酬，何况这次赵伯母请客的内容似乎不大简单，如果他们想给她硬拖活拉地凑合上一个男朋友，这该是多么别扭的事！其实，她也不过二十二三岁，何至于一定嫁不出去了，为什么要他们瞎操心呢？绮珍感到非常不愉快，皱着眉不说话。

母亲又自管自说了下去："我刚才看了一下你的衣柜，里面全是一些白的蓝的衣服，就没有一件颜色鲜一点的，这些衣服怎么能够穿到人家家里去呢？我想你还是做件新的吧，我箱子里还有一件大红的尼龙纱，就给你吧！来，我们来选一件衣服样子！"

"哦，妈，"绮珍不耐烦地说，"何必那么费事？我根本就不想去。"

"不想去？不去怎么行？人家好意请你吃饭，你怎么能不去呢？哦，你看这件衣服样子怎么样？用大红的尼龙纱做出来一定很漂亮！"

绮珍对那件衣服样子看了一眼，那是件大领口窄腰身的裙子，画报上的模特儿有一个曲线玲珑的身材，衣服裹在身上显得非常性感，绮珍恶心地回过头去说："算了吧，我怎么能穿这样的衣服！"

"我看就是这一件最好，这样吧，今天晚上我就陪你到裁缝店去做，就决定做这个样子好了。"母亲斩钉截铁地说，脸上流露出一股得意非凡的样子来。

"哦，妈。"绮珍无可奈何地坐倒在沙发椅子里，她无法想象自己那纤瘦的身子穿上那件奇形怪状的衣服会是一副什么样子。但是，母亲似乎并不再需要绮珍的意见，她轻快地收起了衣服样本，就走到卧房里去翻寻那块大红的尼龙衣料去了。

约会那一天很快地来临了，虽然赵家请的是晚饭，但，刚吃过中饭，绮珍的母亲就忙碌了起来，她亲自帮绮珍熨衣服，从衬裙到外面的红裙子，都熨得平平的，连一个褶都找不出来。绮珍在旁边看着母亲忙这忙那，抵不住地说："妈，你这是何必呢！"

于是，母亲长长地叹一口气说："唉！你们这些做儿女的怎么能了解母亲的心哪！"

下午四点不到，母亲就逼着绮珍换上了新衣服。那件尼龙纱是半透明的，颜色红得像一团火，上面还缀了许多银线，随便一动就是亮光闪闪的。绮珍愁眉苦脸地穿上了它——大大的领口，开得很低，露出绮珍瘦瘦的肩膀，腰和臀部裹得紧紧的，使绮珍本来不太丰满的身材更显得瘦削。绮珍觉得行动都不方便，手和脚都不知道该放在那里。

她别扭地望望母亲说："妈，你不认为这件衣服并不适合我穿吗？"

"怎么不适合？年纪轻轻的不穿红颜色，难道要老了再来穿红的吗？"

绮珍无奈地叹了口气，她简直不敢看镜子里的自己，母亲却又忙碌地在她脸上扑起粉和胭脂来，绮珍回避地转过头去，嘴里不住地喊："求求你，妈，我不要这些！"

但是,母亲却不由分说地帮她打扮着,不但给她搽了粉和胭脂,而且还画了眉毛,涂了口红,又强迫地在她的指甲上涂了猩红的蔻丹,脖子上还系上一条亮晶晶的项链。一面给她打扮,母亲一面不停地在她耳边说:"赵振南不但是留学生,长得也挺漂亮的,你别失去这个机会,假如他请你出去玩,你可别傻里傻气地拒绝他呀!再找这个机会可不容易了!"

绮珍紧皱着眉头一句话也不讲,镜子里反映出她那张搽得红红白白的脸儿来,活像京戏中的丑旦。

到了赵家门口,绮珍的母亲再度地帮绮珍整理了一下脑后的发髻,然后对绮珍左看看右看看地打量了一番,才满意地按了门铃。一个十八九岁的下女来开了门,对绮珍从头到脚地看了一遍,带着她们走进了客厅。绮珍看到许多男男女女的客人,坐满了一间屋子,在叽叽喳喳地谈笑着。绮珍母女一跨进来,大家都不约而同地停止了谈话,七八对眼光都像探照灯似的对绮珍射了过来。绮珍下意识地握紧手里的小提包,不安地看着室内陈设的东西。一个打扮得珠光宝气的四五十岁的女人突然从人堆里跑了出来,一把拉住了绮珍的手,就笑着对绮珍上上下下地看了看,一面用做作的尖锐的声调笑着说:"哟,这就是绮珍吗?你看,大起来我都不认得了。记得以前我看到她的时候,她才十五六岁呢,现在就出落得那么漂亮了,真是女大十八变。"

绮珍慌忙叫了声赵伯母,就闭着嘴不再说话。赵伯母和母亲打过了招呼,就拉着绮珍到每个客人面前去介绍了一番,然后又拉着她在一张沙发上坐了下来，亲亲热热地问她什么时候放假，毕业之后打算做些什么。然后又直着喉咙喊："振南！振南！这孩子跑到哪儿去了？"

绮珍看到个高高个儿的青年慢吞吞地走了进来，同时，门背后闪出一两个下女的脸孔，对自己看了一眼，神秘地笑着缩回头去，叽叽咕咕不知道在议论些什么。赵伯母又大声地嚷了起来："振南，振南，快过来见宋小姐！"

绮珍望着走过来的振南，他穿着一件米色的西装，熨得笔挺，领子上打着一条红领带，看起来非常刺目。他鼻子非常挺直，好像里面有根小棍子撑在那儿似的，眼睛很亮，但却总带着对什么都不大在乎的神情。他不经心地打量着绮珍，一面略微弯了弯腰，用生硬而不自然的语调说了一句："宋小姐，您好。"

绮珍慌忙也弯了弯腰，有点失措的不知道该怎么处置这个场面，赵伯母又在直着喉咙喊："振南，还不去给宋小姐倒茶来！"

其实下女早就倒过茶了，绮珍急忙说有茶，振南也站在那儿没有动，微微地昂着头，眼光漫无目的地望着窗外。绮珍觉得非常不安，头上的发髻使她感到头重重的，虽然是刚到，但已经觉得疲乏而厌倦了。忽然又听到赵伯母在对振南说："振南，你来陪宋小姐谈谈，我要到厨房去看一下。"

绮珍清楚地看到赵伯母在对振南递眼色，然后振南在自己的身边坐了下来，绮珍不由自主地坐正了身子，下意识地玩弄着洒着香水的小手绢。振南咳了一声，然后用过分客气

193

的语调问:"宋小姐抽烟?"

"不!我不抽。"绮珍说,于是空气中沉寂了一会儿。绮珍暗暗地看过去,只看到振南不住用手摸着裤脚管上的褶痕,眼睛在房间内东看看西看看,脸上充分地带着一股不耐烦的神情。半天之后,才又没话找话讲地问了一句:"宋小姐在哪儿读书?"

"台大,中文系。"绮珍轻轻地回答。

"哦,我以前也是台大毕业的。"

"是吗?"绮珍漫应了一句,才觉得这句话说得非常不妥当,什么叫"是吗",难道还不相信人家是台大毕业的?这样一想,就再也没有话说了。振南也默默地坐在一边,一直在无意义地抚摸着裤脚管。绮珍觉得振南显然是被迫地在这儿应付自己,而且非常勉强,就更感到别扭而不安起来。于是两人坐在那儿,谁也没有话说,两人都把眼光朝向别的地方,直到下女来通知吃饭,才算给他们解了围。

这一顿晚餐是绮珍有生以来吃得最不舒服的一餐,她的位子和振南的排在一起,振南只顾闷了头吃饭,而她也一直不开腔。客人们以母亲为首,谈话的中心都有意无意地集中在她和振南的身上。最使她难堪的,是赵伯母一直在对振南使眼色,而振南却一个劲地皱眉头。绮珍觉得自己虽然没有什么好处,但也不至于让他讨厌到这个地步,心里就暗暗有了几分气。而且,振南那种好像别人该了他债似的样子,和那种目中无人的傲慢的神情,也实在让人看不顺眼,心想凭你这副样子,又有什么资格对我皱眉头呢?

一直到深夜，绮珍和母亲方才从赵家告辞出来，绮珍早已呵欠连天，头痛欲裂，但母亲的精神却一直很好。一到了家，就急急地向父亲报告这次的成绩，得意得好像她征服了全世界似的，一口咬定振南已经对绮珍"一见钟情"了！她尖锐的声音一直打破了深夜的寂静，绮珍相信五里以外都可以听到她的声音，她一再重复地说："我和绮珍一到呀，赵家的客人眼睛全直了，振南那孩子更死盯着绮珍看，后来还和绮珍坐在一张沙发上面，低低地谈了三个多小时。看样子呀，他是完全被绮珍给迷住了。我告诉你，我包他不出三天，就会来请绮珍去玩。哎，这可了了我一件大心事了！"然后又摇摇头叹口气说："唉！儿女的终身大事也真让人伤脑筋……"

"哦，妈，"绮珍紧锁着眉头说，"求求你，求求你别说了吧！"

父亲点着头，不禁对绮珍投去一个同情的眼光。

一个多月过去了，振南并没有像母亲预料的那样不到三天就过来，相反，他一直没有出现，这期间，绮珍倒觉得宁静了不少，但母亲却经常地问："他到底为什么不来呢？"

"告诉您，我们彼此都没有好感。"绮珍说。于是，母亲立刻瞅着她，好久好久，像在责备着她。

这天，母亲出去了，绮珍在家里帮着父亲大扫除，她把裙子挽得高高的，用一块绸巾包着头，在客厅里扫着灰尘。房间里堆得乱七八糟，桌子上堆满了从墙上拆下来的镜框，书架上的书也搬了下来，放在沙发和椅子上，地下放着水桶和抹布。绮珍扫完了墙壁，又把凳子架在椅子上，自己爬了上去扫天花板，正扫了一半，绮珍听到大门响了一声，她以为是母亲回来了，并没有留意。接着，却听到有个声音在问："有人在家吗？"

绮珍俯身看下去，看到一个人影犹疑地站在房门口，她仔细一看，出乎意料的竟是振南，他迟疑地站在那儿，仰着头望着站得高高的绮珍，满脸尴尬的神情，似乎不知道是该进来好还是出去好；发现绮珍在注视着他，他就讷讷地说："大门没有锁，我敲了门，你们没听见，我就进来了！"

绮珍有点惊慌地"啊"了一声，匆忙地想跳下来，偏偏椅子高，她又拿着一把长扫帚，怎么都下不来，振南急忙跑上前去喊："不要忙，让我来帮你！"

他扶住了椅子，伸出一只手给绮珍，绮珍不假思索地按住他的手跳了下来，他再腾出了另外一只手去扶住了她。绮珍下了地，发现自己的手还按在振南的手上，不禁绯红了脸，马上缩回手，放下了挽得高高的裙子，一面抽掉了包住头发的绸巾，随便地拢了一下长长的头发，一面招呼着振南坐。这才发现全房间居然没有一个可以坐的地方，她红着脸微微地笑了一下说："真糟，我们正在大扫除。"

振南一瞬也不瞬地注视着她，好像从来没有看见过她似的，绮珍忙乱地从椅子上腾出一块地方来给他坐，又倒了一杯茶给他，有点腼腆地说："喝茶吧！"

振南接过了茶来，对她笑了笑，笑得很真挚，也很诚恳。

绮珍看着他那挺直的鼻子和发亮的眼睛，心想他倒是真的很漂亮，为什么那天晚上自己并不觉得呢？振南握着茶杯，仍然望着绮珍的脸,半天没有开口,绮珍也不知道说些什么好,也怔怔地望着振南。隔了好久,振南仿佛才发现自己的注视未免令人难堪,有点不好意思地笑了笑说:"我母亲叫我来送个信,请你们明晚到我们家去玩。"

"啊,好的,不过我恐怕不能去,后天要考试。"绮珍说,歉然地笑了笑。

"哦,你不能去吗?"振南说着,语调里带着几分失望的味道。不知道为了什么,绮珍觉得他今天和那天晚上有点不同,脸上的表情始终很真挚,眼睛里也没有了那种不耐烦的神情,谈话也很谦虚自然,不禁对他生出几分好感来,于是又笑了笑,不自觉地温柔地对他说:"不过,我看情形吧,假如功课不太忙,我就来。"

"假如你能来的话,我来接你。"振南立即说。

"那倒不必,我不会迷路的。"绮珍笑了,举手拂开额上垂下来的几根短发,用发夹把头发都夹到耳后去,振南微笑地看着她弄,一面顺手在身边抽了一本书,正好是绮珍还没有还图书馆的《大卫·科波菲尔》。

"你在看这本书吗?"振南问。

"嗯,好像翻译得不太好,许多地方不大对头。"

"你可以看原文本。"

"我的英文不行,你教我?"绮珍问,后来才觉得这句话问得天真,就又不好意思地红了脸。

"我不见得能教你,但我们可以一起研究。"振南诚恳地说,一面深深地注视着绮珍。

他们在客厅里谈了很久,直到母亲回来的时候,母亲一看见了振南,立即像发现了新大陆一样,把手中买的大包小包的东西往椅子上一丢,就跑了过来,好像恨不得给振南一个拥抱似的,嘴里乱七八糟地嚷着:"啊呀,原来是您啊,我早就知道您要来的,您怎么到现在才来呀?哎,绮珍,你看你怎么穿这样一件破衣服,头也没梳好,脸上也不抹点胭脂,这样子怎么见客人呀!"

"哦,妈妈,你这是怎么……"绮珍难堪地说,但,一转头,她发现振南以一种了解而同情的眼光看着她,不禁住了口,无可奈何地苦笑了一下,振南也回报地对她笑了笑。忽然,她觉得振南变得非常可爱了。

第二天晚上,当绮珍再度出现在赵家的客厅里时,她觉得那房间显得十分舒适。振南微笑地迎接着她,赵伯母依然亲热地拉着她问寒问暖,而且不断地给振南使眼色,下女们照样探头探脑……但,这一切都使她感到说不出来的亲切和愉快了。

当然,最得意的还是绮珍和振南的母亲,当夜风轻拂,年轻的一对依窗细语时,两位母亲已在热烈地计划婚礼和婴儿服装了。

深山里

一

我们在山上迷了路。

所谓我们，是两男两女，男的是绍圣和宗淇，女的是浣云和我。

说起这次迷路，无论如何，都应该浣云和绍圣负责。本来，我们一大群二十几个同学都走在一起的，海拔一千七百多公尺也没什么了不起，太阳很好，天气凉爽如秋，大家一路走走唱唱都很开心。路，早有前人走出来了，我们不过是踏着前人的足迹向前迈进。和上山前想象的要吊着绳子爬过岩石，拿着刀子砍树枝葛藤开路，在荒烟蔓草里摸索途径的情况大不相同。发起这次旅行的小朱，穿着特制的爬山鞋，一路上嘻嘻哈哈地拿我们这几个女同学取笑。事实上，山路一点儿也不难走，我们一共有六个女同学，没一个落在男同学的后面。浣云还时时刻刻冲得老远地站着,等那些男同学。或者,干脆在树底下一躺,把草帽拉下来盖在脸上,等别人走近了,她才推开草帽,故意打个哈欠,揉揉眼睛说:"怎么?你们才到呀?我已经睡了一大觉了。"

就因为浣云太淘气,我们才会和大队走散,而迷失在深山的丛林里。事情是这样,早上,大家从林场出发后(这已经是我们在山上的第二天,本来,山上有林场登山的蹦蹦车和缆车,但,我们存心爬山,所以并不乘山上的交通工具,而徒步上山。晚上,就在林场的招呼站投宿),我们走到中午,吃了野餐,继续前进。由于小朱问了一句:"小姐们吃得消吗?"

浣云不大服气,昂着头,她大大地发起议论来,批评这条山路简直太好走了,又"不过瘾",又"不够味儿",哪儿像爬山?和走柏油马路也差不了太远!她一个劲儿地穷发牢骚,信口开河地滥肆批评,图一时口舌之快,结果害我们吃了大苦头!当时,我们正走出一座小树林,眼前的路宽阔而整齐,是林场修的木柴运输道。在这条路的旁边,有一条窄窄的、陡陡的,坎坷不平的羊肠小径,深幽幽地通进一个树林里。也是小朱讨厌,不该指着那小径说:"这是条上山的快捷方式,不过难走极了,许多地方路是断的,又陡又危险。我爬过五次这座山,有一次就走了这条路。浣云,你有种哦,别嘴巴上叫得凶,你要是敢从这条路上去,就算你伟大!"

小朱和绍圣都参加过什么登山协会的,对这座山都早爬熟了。浣云被小朱一激,顿时跺跺脚,毫不考虑地说:"谁不敢？不敢的人是孙子！我就走这条路上去，到林场招呼站等你们！"

"别开玩笑！"小朱看出事态严重，他是领队，出了差错他得负责，立即换了口气，警告地说，"那条路不是你们小姐可以走的，摔死了没人收尸。"

小朱是个最不会措辞的人，一句话说得浣云火冒十八丈，大跳大叫地说："我就走这条路给你看！我今天走这条路走定了！包管不要你收尸！"说着，她转头看看我，命令似的说："润秋，你和我一起去，让他们这群自命不凡的窝囊废看看我们的本领！"

我望望那条路，可没这份勇气跟着浣云冒险。但，浣云的牛脾气一发就不可收拾，她愤愤地望着我说："怎么，你不去？好！你不去我就一个人去！别以为我一个人就不敢走！"

为了表示她的决心起见，她把大草帽的帽檐狠狠地向下拉了一下，把水壶的带子往肩膀上一甩，大踏步地就跨上那条小路。我正犹豫着要不要跟了过去，绍圣就挺身而出了。他嘻嘻哈哈地往浣云身边一站，满不在乎似的说："看情形，还是让我陪你走这一趟吧，我是识途老马，跟了我没错！"

"谁要你陪？"浣云的下巴朝天挺了挺，轻轻地又加了一句，"阴魂不散！"宗淇绕到我身后来，碰了碰我，对我使了一个眼色，我知道他是不放心绍圣和浣云。他们之间的微妙和矛盾只有我和宗淇了解得最清楚，如果真让他们两个一路走的话，谁都无法预料会发生些什么事，两个人都是火暴脾气，又都孩子气十足，假如在路上动起武来，打破了头都不算稀奇。宗淇望着我,低低地问:"怎样?和他们一路走吧?"

我虽然不愿和大队走散,但,为了浣云,也由于宗淇,他显然很希望我能走那条小路,或者,他也有什么话要和我谈。

于是,我点点头,向绍圣说:"你真认得路?"

"反正不会把你们带到印度去!"绍圣笑嘻嘻地说,"走吧!条条大路通罗马!别那么多顾忌!这座山,我闭着眼睛都摸得到哪儿是哪儿!你担什么心呢?"

真的,他们登山协会的人根本就不认为这座山有什么了不起,海拔两千二百多公尺,他们看来就像个小土坡一样。我是太信任绍圣的"经验"了。就这样,我们四个人离了群,走进了那原始的莽林和深山里。

一开始,我们穿过一座小森林,从林木的种类上看,这儿还没有进入针叶林带,树木多属于阔叶树。小路陡而峻峭,全是石块和大树凸出的树根,走来非常艰苦。比起林场修的路,真有天壤之别。但,树林内暗沉沉的,古木参天,而蝉声起伏,除了风声蝉声,和偶尔响起的一两声鸟鸣外,林内就充满了一种原始的,自然的寂静,有股震慑人心的大力量,使人觉得自身出奇地渺小。浣云在一块大岩石上站住,双手叉腰,上下左右地看了看,高兴地叫着说:"对呀!这才叫爬山嘛!真过瘾!"

林内的地上,积满了成年累月没有人清扫的落叶,在那儿自顾自地坠落和萎化。岩石上遍布青苔,证明了长久没有行人经过。宗淇在我耳边低声说:"这种滋味也很特别,好像和人的世界已经隔离了很远很远了。"

真的,耳边听到的是风声树声,眼前看到的是绿叶青藤,我已经把城市忘得干干净净了。浣云拾了一根树枝,用来作拐杖,一面爬着山,还一面拿树枝击打着身边的树叶,或者往草丛里乱捅一阵。

绍圣说:"你这是干吗?"

"赶蛇!"

"去你的!"绍圣说,"这山上根本没蛇,到了一千五百公尺以上,蛇都不来了,因为天气太冷。而且,林场修小铁道啦,伐木啦,早就把蛇祖宗、蛇姑奶奶都赶下山去了!"

"见你的鬼!"浣云不服气地喊,"你以为你懂得多是吧?山上没有蛇,什么地方有蛇?别在这儿混充内行,假如你给蛇咬了一口,我才开心呢!"

"你开心?"绍圣夸张地耸耸肩,"如果我给蛇咬死了,你嫁给谁去?"

浣云回过头来,迅速地用手中的木棍,横着扫向绍圣的腿,绍圣没有防备,被打了个正着,痛得大叫了一声。立即,他跳了过去,抓住浣云手里的木棍,像武侠小说里描写的一般,往怀里一拉一带。浣云站不稳,差点扑倒在地下,幸好一株大树拦住她。她扶着树,站稳了,顿时大骂起来:"混蛋!死不要脸!阴魂不散!我告诉你,你少招惹我!你这个三寸丁,小侏儒!也不拿镜子照照,自己是副什么德行!"

浣云骂起人来,向来是一大串连一大串的,一点也不留余地,而且专拣别人最忌讳的来骂。刻薄起来比谁都刻薄,不过骂过了也就不再放在心上，脾气发一阵就过去了。但，这几句话却把绍圣说得脸色发白。其实，绍圣并不丑，宽宽的额角，浓眉大眼，也颇有男儿气概。只可惜个子矮小了一点，和细高挑儿的浣云站在一块儿，还矮上一截。个子矮是他的心病，也是他最伤心的一点，别人骂他什么他都不在乎，只要说他是小矮子，他就马上翻脸。浣云的一句"三寸丁"，又一句"小侏儒"，把他所有的火气都勾起来了。他冲到浣云面前，眼睛一翻，气呼呼地说："你别神气，李浣云！你以为我在追求你是不是？你才该拿镜子照照呢，你有什么了不起？你以为你个子高，呸！瘦竹竿一条！屎壳郎戴花，臭美！天下没女人了，我也不会追求你！李浣云，劝你少自作多情吧！"

"混蛋！"浣云举起木棍来，就要打过去，绍圣也扬起手腕，准备招架。宗淇抢先一步，一把拉过绍圣来，嚷着说："这算干什么？绍圣？又不是三岁孩子，还打架！别丢人了！"

我也走上前去，挽住气愤不已的浣云，拍拍她的肩膀，笑着说："你老毛病又发了，何苦！幸好不是和那些同学们在一起，否则又要让他们开玩笑了！来！赶快走吧，顶好赶在小朱他们前面到达，免得给他们笑！"

浣云跺跺脚，嘴里还在"混蛋、不要脸、阴魂不散……"地乱骂一通。一面跟着我往山上走。后面，宗淇也在劝着绍圣，绍圣像个漏了气的风箱，一个劲地从鼻子里大声地呼着气，就这样，我们穿出了森林，眼前陡然一亮，耀目的太阳光明朗地照射在岩石和青草上，疏落的树木一棵棵伸长了枝丫,点缀在苍绿的山崖上。

"噢!"浣云高兴地喊,"真美!真美!"

她把几分钟前的争执和不快已经完全抛到脑后去了。挥着木棍,她向前面连跑带跳地冲去,我也紧跟在后面。绕过一块大岩石,眼前是一片较平坦的山坡,长满了绿油油的草。

我们从草丛中走过去,绍圣的气也逐渐平了。摘了一片树叶,他利用树叶来发声,嘬着嘴唇,做出各种不同的声音:鸟叫、鸡啼,甚至小喇叭的慕情主题曲都出来了,竟然惟妙惟肖。

浣云好奇地望着他说:"你是怎么弄的?"

"想学?"绍圣翻翻眼睛,"先缴学费,我教你做一个猫儿叫春!"

"狗嘴里吐不出象牙!"浣云骂着,却敌不过自己的好奇心,仍然走过去研究那片树叶。宗淇轻轻地拉了我一把,我放慢步子,和宗淇落在后面,让浣云和绍圣在前面两码远走着。宗淇望着我,笑笑,叹了口气。说:"看他们两个,使我想起中国一句俗话。"

"什么话?"我问。

"不是冤家不聚头!"他说,握住了我的手,深深地注视着我,轻声说,"润秋,我们也是!"

我心中一阵激荡,把眼睛望向山谷,和那一片浓郁的绿,我一声不响地抽出了自己的手。他又叹了口气,说:"润秋,你还是没有谅解我。"

"算了,"我说,"别谈那些,我们只管爬山吧,说起来好没意思。"

"你总是这样,"他蹙蹙眉,"避而不谈,让误会永远存在那儿算什么道理?我告诉你几百遍了,那是我的表妹!……"

"从香港到台湾来,香港保送她来进台大,她不愿住宿舍,要住在你们家里。"我打断他的话头,接着他说下去。

"不错,她刚来,对什么都好奇,我陪她逛逛街,看看电影,这是……"

"义不容辞的!"我代他说。

"唔,润秋,"他哼了一声,"你想,我有什么办法?妈派给我的好差事,我又不能不去……"

"好了!好了!"我不耐地说,"别谈了好不好?你是迫不得已,是不是?我不想谈这件事,一点都不想谈,你陪你表妹去玩,关我什么事呢?你根本犯不着向我解释,我对这件事毫无兴趣!我告诉你,真的毫无兴趣!"

"你别这样说行不行?"他的眉头锁得更紧了,"你的脾气我还不了解?你这样跟我生气真是一点道理都没有。你想,那是我表妹,仅仅是个表妹……"

"而且是从小有婚约的!"我冷冷地说。

他像受了针刺般直跳了起来,一把抓住我的手腕,他紧紧地盯着我说:"你听谁说的?"

"那么紧张干什么?"我挣开他,淡淡地说,"你和你表妹的事现在还有谁不知道,她在香港的中学里就是校花,对不对?你倒真是艳福不浅!"

"润秋!你存心怄我!"他涨红了脸,"别人不了解,你总该了解……"

"算了算了!"我叫,"我不想谈,没意思!"摆脱了他,我向前面跑去,追上了绍圣和浣云。浣云正拿着一片叶子,放在嘴边猛吹,吹来吹去只像皮球泄气,而绍圣在一边笑弯了腰,浣云跺着脚,愤愤地喊:"你笑什么嘛!不教人家,只是笑!"

"笑你呀!"绍圣说,仍然笑,"像你这样学,就算学到下个世纪,也学不会!"

耳边有着潺潺水声,一条小小的瀑布正从山崖上挂下来,我们走得又热又累,看到了瀑布,都忍不住欢呼。浣云头一个冲过去,用手掬了水,扑在脸上,我也效从。水,沁凉清爽,使人身心一振。绍圣和宗淇干脆伏在溪边,用嘴凑着水,咕嘟咕嘟地大喝特喝,我找出了毛巾,痛痛快快地洗了手脸,然后,坐在溪边的石头上休息,凉风拂面而来,山谷中云霭腾腾,树梢上缀满了云雾,一忽儿,天阴了,云移过来,把人全笼进了云里。再一忽儿,云又轻飘飘地移走了,太阳仍然灿烂地照着。我抬头看了看天,太阳已经偏西了,我下意识地问:"现在几点了?"

"下午四点十分。"绍圣说。

"唔,我们已经离开队伍三个多小时了,"我说,"小朱完全是耸人听闻,他说这条路多危险,又多难走的,我看也没有什么嘛!坡度也不陡,都是草地。"

"老实说,"浣云说,"我觉得我们一直在荒草和树丛里走来走去,根本就没路嘛!"

"喂，绍圣，还有多久可以到林场伐木站？"宗淇问。

绍圣跳起来，四面张望，我们的话提醒了他。皱着眉，他发了半天呆，然后慢吞吞地说："我想，我们一定走错了路。"

"什么？"宗淇叫，"走错了路？"

"真的，我们走错了，"绍圣思索地说，"我们该上去的，但是我们打横里走了。对了，完全错了，从树林里出来就走错了！"

"那么，你的意思是说，我们走了两个多小时的错路？"我问，"你这个向导是怎么当的？"

"都是浣云跟我吵架吵的！"绍圣说，"全怪浣云！"

"你还怪我？"浣云把头伸过去，一副吵架的姿态，"我没怪你算好的！你这个混充内行的糊涂蛋！"

"算了，别再吵了，"宗淇说，"现在赶快找一条对的路走吧，我们现在该怎么走呢？"

"从这边这个斜坡上去。"绍圣指着说，"我们不过多绕了一段路。"

"你有把握？"我怀疑地问。

"跟了我没有错！"绍圣领先走了过去，"反正，条条大路通罗马！"

条条大路通罗马！我们跟着绍圣七转八转，上坡下坡，走得浑身大汗，疲倦万分。一个半小时之后，暮色已经四合，树木苍茫，晚风萧瑟。绍圣正式宣布："我们迷路了！我什么方向都不知道了！"

"你不是说条条大路通罗马吗?"浣云气呼呼地问。

"是的,条条大路通罗马,"绍圣有气无力地在一块石头上坐了下来,慢吞吞地说,"可是,眼前别说大路,连小路都没有,当然通不到罗马啦!"

"你说跟了你走没错,怎么走成这样的呢?"我也一肚子气,而且急。

"唉!"绍圣叹口气,两手一摊,"我是瞎摸,谁叫你们盲从呢!"

"混蛋!死不要脸!活见了你的大头鬼!"浣云破口大骂。

但是,又何济于事呢?反正,我们已经迷了路。而暮色,正在那幢幢的树影中逐渐加浓。

二

天空还有一抹余霞,橙红中糅合了绛紫。大块大块的云朵,掺杂了几百种不同的颜色:苍灰、粉红、靛青、蓝紫、墨绿……使人诧异大自然的彩笔,能变幻出多少种神奇的彩色!

只一会儿,各种颜色都暗淡了。浓浓的、灰黑的云层移了过来,把那些发亮的五颜六色一股脑儿掩盖住。暮色骤然来临了,连那点缀在山崖上的大树的枝丫上,都坠着沉沉的暮色。

山坳里更盛满了暮霭,苍苍茫茫,混混沌沌,把山、树、岩石……都弄模糊了。我们拖着疲倦的脚步,一脚高一脚低地在山中走着。事实上,我们已经没有目标,只希望能走到有人居住的地方,能够想办法找点东西吃,也找个地方睡。

可是,山,黑黝黝暗沉沉的,深不可测。谁也没把握这山里能找到人家,除非能摸到林场的伐木站。而根据我们行走的坡度来看,我们已经越走越不对头了,看样子,我们并没有向山的高处走,反而深入了山的腹部。这样走下去,百分之八十,我们今晚将露宿在这荒郊野地的深山之中了。

我已经疲倦到极点,疲倦得没有力气说话。浣云起先还一直对绍圣咒骂不停,现在也闷不开腔了,看情形也筋疲力尽。宗淇走在我身边,不时伸手来搀扶我一把,因为我已走得东倒西歪。这样撑持了一段路,我终于靠在一棵大树上,叹了口气说:"唉!我实在走不动了!"

"休息一下吧!"宗淇说,在树底下的石头上坐了下来。

"早知如此,"绍圣说,"我们该带帐篷,在这深山里露营一夜,也蛮有味道!"

"还有味道呢!"浣云的火气又上来了,"都是碰到你这个糊涂向导,才倒了这么大的霉!"

"别说我哦,"绍圣顶了回去,"假若不是你这个鬼丫头要走这条路,我们何至于弄得这么惨,我碰到你才倒了霉呢!"

"你说你是识途老马,我看你简直是个糊涂老马!"浣云叽咕着。

"你也未见得精明!"绍圣跟一句。

"好了，"宗淇说，"你们两个也真有劲吵架，还不省点精神，不知道还要走多远才能碰到人家呢！"

"碰到人家！"我叹息地说，"我看根本就不可能碰到人家，你想，谁会跑到这深山里来居住呢？何况，林场的人也说过，这山上是没有山胞的！"

"那么，我们真要在这野地里过夜呀？"浣云叫，"又没毯子，又没帐篷，非冻死不可！"

"天为我庐兮，地为我毯兮！清风明月兮，伴我度此夕……"绍圣仍然保持他嬉皮笑脸的态度，仰头望着天，顺口胡诌地念着打油诗。

"你还很得意，是不是？"浣云没好气地问，瞪着眼睛。

"怎么不得意！"绍圣说，慢条斯理地接下去念，"况有美人兮，在我之旁。貌如桃李兮，冷若冰霜……"

"啪！"的一声，显然浣云手里的棍子又打中了绍圣的腿，绍圣夸张地大叫了一声，引起了山谷的回响。宗淇站起身来，嚷着说："我们还是继续走走看吧，再坐下去你们又要打起来了。看！天都黑了。"

天是真的黑了，几点冷幽幽的星光已经穿出了云层，倨傲地挂在辽阔的天空。一弯下弦月，像一条小船，弯弯地泊在天边。深山中并不像想象中那么黑暗，林木、岩石，都清晰地暴露在月光里。只有远处的山峦，一幢幢地耸立着，是些庞大而狰狞的黑影，带给人一份压迫性的恐怖感。我们又继续向前行进，绍圣和浣云走在前面，我和宗淇走在后面。草丛里，飞来了无数的萤火虫，闪闪烁烁，忽高忽低地穿梭不停。

宗淇握着我的手，我担忧着今夜如何度过，对于我，这真是从来没有过的经验，在这原始的山林里，迷途于月光之下！

"别那么忧愁，"宗淇轻声地说，"真找不着人家，也没什么了不起，这种露宿的经验，花钱都买不着的。洒脱一些，润秋。你不觉得这月光下的山林美得出奇吗？"

月光下的山林确实美得出奇，每一片树叶都染上了魔幻的色彩。光秃秃的岩石呈现出各种不同的姿态，嵯峨地迎向月光。深可没膝的草上缀着露珠，被萤火燃亮了，反射着莹洁的绿。整个山谷伸展着，极目望去，深邃辽阔，暗影凛然而立，看起来是无边无际的。

"和整个的宇宙系统比起来，人是多么渺小！"宗淇抬头向天，望着那点点繁星说，"看那些星星，几千千，几万万，在宇宙中，每一个星球只像一粒沙子，但这些星球可能都比地球还大，我们人类生存在这万万千千星球中的一个上，还彼此倾轧、战争、屠杀，想想看，这样渺小的生命，像一群争食的蚂蚁，而每一个生命，还有属于自己的苦恼和哀愁，这不是很滑稽吗？"

真的，把宇宙系统和渺小的"人"相提并论，"人"真是微不足道的！我默默地仰视着云空，一时之间，想得很多很深很远。宇宙、星球、人类，我忘了我们正置身在空旷的深山里，忘了我们已迷失了方向，可能要露宿一夜。忘了一切的一切。直到一块石头绊了我一下，我才惊觉过来，宗淇扶住我，问："想什么？"

"人类。"我说,"人是最小的,但人也是最大的。"

"怎么说?"

"一切宇宙啦、星球啦、观念啦,都是人眼睛里看出去的,是吗?没有人,这些宇宙什么的也不存在了!所有外界的事物,跟着人的生命而存在,等生命消失,这些也都跟着消失,不是吗?"

"好一篇自我观念谈!"宗淇笑着说,紧握了我的手一下。一瞬间,我忽然觉得和他的心灵接近了许许多多。大学三年,我们同窗。一年相恋,却从没有像这一刻这样接近过。

我们在一块儿玩过,跳过舞,看过电影,花前月下,也曾拥抱接吻,但总像隔着一层什么。或者,我从没有去探索过他的思想和心灵。他也从没有走进过我的思想领域。

"现在,还为那个表妹而生气吗?"他把头靠过来,低低地问。

"别谈!"我警告地喊,和他的"距离"一下子又拉远了,"我不要谈这个!"

"好吧!"他叹了口气,语调里突然增加了几分生疏和冷漠,"我不了解你是怎么回事!你们女孩子!芝麻绿豆的小事全看得比天还大,胸襟狭小得容纳不下一根针!"

"别再说!"我皱拢眉头,一股突发的怒气在胸腔里膨胀。"我不想吵架。"

"我也不想吵架!"他冷冷地说。

我沉默了,他也沉默了。只这么一刹那,我们之间的距离又变得那么遥远了。刚才那电光石火般的心灵融会已成过去,这一刻,他对我像个陌生而不可亲近的人。月光下,他的身形机械地移动着,是个我所看不透的"人体"。我咬住嘴唇,内心在隐隐作痛,我悼念那消失的心灵接近的一瞬,奇怪着我们之间是怎么回事?永远像两个相撞的星球,接触的一刹那,就必须分开。

"嗨!我听到了水声!"走在前面的绍圣回过头来叫。

"水声有什么用!"浣云没好气地接着说,"我还以为你听到了人声呢!"

"你知道什么?通常有水的地方就有人!"绍圣说。

"胡扯八道!那我们下午停留的瀑布旁边怎么没有人呢?"浣云说。

"怎么没有?最起码有我们呀!"绍圣强词夺理。

"呸!去你的!"浣云骂。

水声,随着我们颠踬的行进,水声是越来越明显了。一种潺潺的、轻柔的、低喘的声音,一定不是条大河,而是条山中泉水的小溪。月亮仍然明亮而美好,萤火也依旧在草丛里闪烁,但我们都再也没有赏月的情致,疲倦征服了我,双腿已经酸软无力。脚下的石块变得那么坚硬,踩上去使我的脚心疼痛,仿佛我没穿鞋子。浣云疲乏地打了个哈欠,喃喃地说:"噢!我饿得可以吃下一只牛!"

像是回答浣云的话,夜色中隐隐传来"哞"的一声动物鸣声,浣云高兴地嚷着说:"有人家了!我听到牛叫了!"

"别自作聪明了!"绍圣说,"那大概是狼叫,或者是猫头鹰。你大概想吃牛想疯了,恐怕你没吃到牛,倒饱了狼呢!"

"这山里有狼？"浣云不信任地说，"骗鬼！"

"你以为没有狼？我告诉你一个这山里闹狼的传说——"绍圣的话说了一半，被宗淇打断了，宗淇望着前面，用手指着，嚷着说："别吵了！你们看！"

我们顺着宗淇的手指看过去，一条如带的小溪流正从山谷中轻泻下去，银白色的水光闪闪熠熠，许多巨大的岩石在水边和水中矗立着。还有条木头支架起来的木板小桥，巍巍然地架在水面。月光下，小桥、流水、岩石，和桥对面的树林，都带着种蒙蒙然的，蓝紫色的夜雾，虚虚幻幻地陈列在我们的眼底，美得使人喘不过气来。

我们屏息了几秒钟，浣云首先跳了起来，欢呼了一声："桥！"

就领头向谷底跑去。是的，桥！有桥必有路，有路必有人家！看情形，我们或者不必露宿山野了。新的一线希望鼓起了我们剩余的勇气，疲倦似乎在无形中消除了大半。振起了精神，我们跟着浣云的身影往谷底走去，这是一段相当难走的下坡路，不过，我们毕竟走到了桥边。

那是条破破烂烂的小木桥，没有栏杆，也没有桥墩，是用木板铺成的，木板与木板之间，还有着几寸宽的空隙。溪水在桥下面奔流着，声音玲玲朗朗，像一首歌，我们走上了桥，战战兢兢地跨过一块块的木板，桥身似乎承受不住我们四个人的重量，摇摇欲坠地发出吱吱呀呀的轻响，宗淇警告地说："慢慢来，一个一个地走吧！"

越过了那座危桥，眼前果然是一条小路，路边是疏疏落落的一座小树林。穿出了树林,我们在路边发现了一片红薯田,宗淇吐了口长气,欢然地说:"终于有一点人味了。"

不错,"人味"是越来越重了,除了红薯田,我们又陆续发现了卷心菜、白菜,和甘蓝菜的绿叶,在月光下美丽地滋生着。再向前走了一段,静静的夜色中传来了"咩!"的一阵呼叫,这次已清楚地听出是羊群的声音。浣云回过头来,对绍圣狠狠地盯了一眼,说:"听到没有?吃人的狼在叫了!"

再向前走了没多久,浣云吸吸鼻子,大叫着说:"饭菜香!我打赌有人在炖鸡汤!"

"你是饿疯了!"绍圣说。

不过,真的,有一缕香味正绕鼻而来,引得我们每个人都不自禁地咽着口水。没有香味的时候倒也不觉得,现在一闻到肉味才感到真正的饥饿。同时,绍圣欢呼了起来:"房子!房子!好可爱的房子!"

可爱吗?那只是一排三间泥和石头堆起来的房子,后面还有个茅草棚,旁边有着羊栏和鸡笼,典型的农村建筑,不过,真是可爱的房子,可爱极了!尤其中间那间屋子,窗口正射出昏黄的灯光,那么温暖,那么静谧,那么"可爱"!我从没有看过比这个更可爱的灯光,它象征着人的世界。整个晚上,在荒野中行走,我们似乎被人类所遗弃了,重新看到灯光,这才感到人是地地道道的群居动物!

"希望我们不至于被拒绝!"我说。

"没有人能够拒绝我们这群迷途的流浪者!"绍圣说。

"而且,还是饥饿的一群!"宗淇说。

浣云已经冲到前面，直趋那间有灯光的屋子，在门口敲起门来，同时大声嚷着："喂！请开门！有客人来了！"

"好一群不速之客！一定会把主人吓坏了！"宗淇转过头来，笑着对我说。

我也微笑了，停在那间屋子门口，我们都不由自主地松了口气，彼此望望，微笑地等待着屋主的迎接。

三

浣云的叫门没有得到预期的回音，我们在门外等待了几秒钟，浣云再度敲着门，加大了声音喊："喂喂！请开门！有人在吗？"

门内一片岑寂，只有灯光幽幽地亮着，光线微弱而暗淡。

浣云对我们看看，皱皱眉头，又耸耸肩。绍圣赶上前去，推开了浣云说："让我来吧！"就"砰砰砰"地，重重地打着门，一面用他半吊子的闽南语喊："乌郎没？乌郎没？"

答复我们的，依旧是一片寂静。我们面面相觑，都有些感到意外和不解。浣云说："大概没人在家。"

"哼！"绍圣冷笑了一声，"住在这样的山里面，晚上不留在家里，难道还出去看电影了不成？一定是不欢迎我们！"

"不欢迎我们，也总该开开门呀！"浣云说，又猛打了两下门，提高喉咙喊："开门！开门！有人在家吗？"

仍然没有声音。浣云把眼睛凑到门缝上,向里面张望,我问:"有人没有?"

"有。"浣云说,"有个人坐在桌子旁边,桌上燃着蜡烛。"抬起头来,她蹙着眉说:"坐在那儿不理我们,这家人未免太不近人情了!"耸耸鼻子,她又说:"肉味越来越浓了,我们破门而入怎么样?"

"那怎么行?"我说,也凑到门缝去看了看,确实门里有一张桌子,桌上燃着一支蜡烛,桌子旁边,有个人坐在一张椅子里,看不清楚是怎样的一个人。室内的布置似乎很简陋,我向上看了看,墙上挂着一把猎枪,还有一条配带着子弹的皮带。我正看着,宗淇忽然摸索着门说:"看!好奇怪,这门是从外面扣起来的!"

我站正了身子,这才发现门外面有个铁绊扣着,并没有上锁。浣云伸手过去一把就打开了铁绊。我叫了一声,把浣云往后面拉,有个念头像闪电似的在我脑中一闪,我喊着说:"小心!别进去!那个人可能是疯子!要不然不会被反扣在门里面!"

我的喊声迟了一步,门扣已经被浣云松开了,门立即就大大地开开。同时,有个声音低吼了一声,一个黑影从门里直扑而出,浣云恐惧地尖叫,身子向后退。绍圣出于本能,冲上前去抵挡那个黑影,他抢过了浣云手里的木棍,预备向黑影迎战,还没来得及打下去,那影子一口就咬在绍圣的手腕上。我们惊惶之余,也看清那是一只凶悍的猎犬。浣云又冲过去,抢回那根木棍,没头没脸地对那只狗痛击,狗负痛松了口，宗淇也顺手拿起一块大石头，砸中了那只狗的腿，狗狂叫着放开了我们，连奔带蹿地向山上的树林里跑去了。

我们惊魂甫定，浣云抱着绍圣的手臂，紧张地喊："你怎样，绍圣？你流血了！"

"没关系，"绍圣咬咬牙说，"真是最热情的欢迎法！这家人准是野蛮民族！"

浣云拿出手帕来，把绍圣的伤口马马虎虎地系住。我向那房子的门里看去，当然，我最关心的是门里那个人。真的，那人坐在一张靠椅里，静静地望着我们。那绝非一个"野蛮民族"——有一张苍白而秀气的脸，一头美好的头发，一对乌黑而略显呆滞的眼睛，那是个女人！十几年前，这一定是个美丽的女郎，现在，她已度过了她最好的时间，她大约有四十岁。但是，那张脸仍然沉静而姣好。

"好神秘的小屋！"宗淇在我耳边低低说。

"是的，有点怪里怪气！"我也低声说。

浣云不顾一切，一脚就跨进了屋里，我们也跟着走了进去。屋内只有那个女人，就没有其他的人了！桌上的烛光在门口吹进去的风中摇曳。浣云把草帽摘下，向那女人歪着头看了看，愤愤地说："好吧！太太，这就是你的待客之道？"

那女人闷声不响，仍然呆滞地望着我们。绍圣说："她一定听不懂普通话，你还是用闽南语试试吧，问问她，她的丈夫在哪里？"

也是，浣云改用闽南语，问她的"头家"在何处，她依旧没有回答，宗淇把他的第二外国语——日文也搬了出来，

219

还是毫无结果。绍圣说:"八成是个山地人,谁会山地话?"

"我看——"我沉吟地说,"她可能是个聋子,根本听不到我们的话。"

"那——也不应该是这副姿态呀!"宗淇说,"最起码总该打打手势。"

绍圣走过去,胡乱地对那女人比着手势,用的是他自己发明的手语。那女人还是无动于衷。浣云吸着鼻子,不住嗅着,阵阵肉香正充满了整间屋子,随着香味,她走向另一间屋子,推开门看了看,嚷着说:"这儿是厨房,正炖着肉呢!"

我对炖的肉兴趣不大,只纳闷地望着眼前这个女人。绍圣的手语既不收效,就诅咒着放弃了再和她"谈话",跑去和浣云一块儿"探险"了,我走近了那女人,弯腰望着她,她穿着件整洁的碎花的布袍子,套了件毛衣,这服装似乎并不"寒碜",反正,不像生活在这山中,住在这石头房子里的人所该有的装束。她那一贯的沉默使我怀疑。拿起了桌上的蜡烛,我把烛光凑近了她的脸,在她眼睛前面移动,她还是木然地瞪视着前面,我放好了蜡烛,抬起头来,愕然地看了看站在一边的宗淇,低声说:"她是个瞎子,她根本看不见。"

宗淇点了点头,说:"不只是个瞎子,也是个聋子。想想看,她既听不到我们,也看不到我们……"

"可是——"我说,"她应该感觉得到我们!"

"说不定,她连感觉都没有!"宗淇说着,就伸出手去,轻轻地按在那女人的肩膀上,试着去摇了摇她。谁知,不摇则已,一摇之下,这女人就跟着宗淇的摇撼而瘫软了下去,宗淇赶快住了手,喃喃地说:"她是个瘫子,一个失去一切能力和感觉的人,一具——活尸!"

我激灵灵地打了个冷战,望着那女人木然的面孔,觉得寒气从心底往外冒。一具活尸!在这深山的小屋内!拉住了宗淇的手臂,我不由自主地向后退了两步,忽然间,我听到一声大叫,浣云从厨房里逃了进来,战栗地喊:"你们猜炖的是什么东西?太可怕了!"

"人头?"宗淇冲口而出。

"是猫!"浣云喊,"想想看,他们把一只猫剥了皮煮了吃!这里一定住着个野人,或者是山魈鬼魅之流,我们还是赶快走吧!逃命要紧,等下把我们也煮了吃了!"

"别乱叫!"绍圣也从厨房里走了出来,说,"就是你们女孩子欢喜大惊小怪!我看清楚了,不是猫,可能是山里的一种野兽。"

"是猫!"浣云坚持地说,"明明是只猫!"一转头,她看到那个椅子里的女人,诧异地说:"怎么她矮了一截?"

"宗淇一碰她,她就溜下去了。"我说。

"我们走吧!"浣云拉住我的手,神经质地说,"这儿可怕兮兮的,我们赶快走吧!我宁可露宿在山里面。"

门口有声音,我们同时转过身子,面向着房门口。于是,我们看到一个身材高大的男人,正拦门而立,那只一度向我们攻击的狗,跛行着跟在他的身后。那是个四十几岁的男人,有一对锐利的眼睛,皮肤黑褐,颧骨和额角都很高,看起来是个桀骜不驯的人物。他手中拿着一根钓鱼竿,另一只手里

221

提着好几条银白色的大鱼。站在那儿,他用冷冰冰的眼光扫视着屋内的我们,看起来颇不友善。

"先生,对不住——"绍圣用他的半吊子闽南语开了口,准备办办外交。

"谁打伤了我的狗?"那男人冷冷地问,出乎我们意料之外,竟是一口东北口音的普通话。

"是我,"绍圣立即说,"但是,你的狗先伤了我。"他举起手腕,指着那绑着小手帕的伤口给那男人看。

"谁让你们闯进来的?威利从不无故地攻击别人。"那男人跨进门来,那只狗也跟了进来,用和他的主人同样不友善的眼光望着我们。那男人反手关上了房门,问:"你们从哪儿来的?怎么会走到这儿来?"

"我们在山里迷了路。"宗淇说,"我们都是×大学的学生,组织了一个登山旅行团,接受林场的招待。我们几个想走快捷方式,结果迷路了,看到这儿有灯光,就找了来,希望能容纳我们投宿一夜。"

"投宿一夜?"他蹙紧眉头,四面打量了一下,似乎在考虑有没有地方收容我们,然后,他放开眉毛,问,"你们还没有吃过饭吧?"

"是的,"浣云忘了对"野人"的恐惧,迫不及待地接了口,"我们饿得吃得下一条牛!"

我们的主人挑起了眉梢,对浣云看了几秒钟,又轮流打量了我们一会儿,就把鱼竿靠在屋角,把手里的鱼顺手交给了站在一边的浣云,用一种像是欢迎,又像是满不在乎的语气说:"要吃?可以。别等着吃,把鱼剖了肚子,洗干净,厨房里有水有锅,小姐们应该会做。你们的运气还不坏,锅里还炖着肉,米不够,有红薯,用红薯和米一起煮,来吧!要吃就动手,别净站在那儿发呆。"

浣云伸长了脖子,研究着手里的鱼,对我翻翻眼睛,悄悄地说:"你会不会煎鱼?我可从来没做过,就这样放在水里去煮一锅鱼汤好了,免麻烦!"

"连鱼鳞和鱼肚肠煮在一起?"我说,"还要去鳞,除鳃,破肚子!"

"你会做,交给你吧!"浣云急忙把鱼往我手里一塞,如释重负地透了口气。我们的主人已经又燃起了一支蜡烛,领先向厨房里走去,我们都鱼贯地跟随在后。那个坐在椅子里的女人,依旧一动也不动,静静地望着门口。

走进了"厨房",这实在是间很大的屋子,一边是泥糊的灶,有好几个灶孔,其中一个燃着熊熊的柴火,上面,一只铝质的锅正冒着气,扑鼻的肉香直冲出来,诱惑地在我们的鼻端缭绕着。房子的另一边,堆满了木柴,还有些红薯、米缸、洋山芋等,看样子,这些食物都足够吃一个月。

"水在缸里,油盐酱醋在炉台上,砧板和刀在这儿,来!动手吧!"

我们的主人领头动了手,找出锅子淘米,我们也只得七手八脚地跟着乱忙,绍圣泼了一地的水。宗淇削红薯皮削伤了手指。浣云拼命向灶孔里塞木柴,弄了一屋子的烟,火却变小了。我和那几条鱼"奋斗",它们滑溜溜毫不着手,不住从我手上溜到地下去。最后，我们的主人在炉子边站住说："好了，你们在大学里都是高才生吧？"

我红了脸，浣云嘟着嘴说："大学里不教做饭这一行。"

"教你们许多做人的大道理，许多艰深的科学，许多地理历史和哲学，却不教你们如何去填饱肚子！"我们的主人说，嘴边带着个嘲讽的微笑。炉火映红了他的脸，是张棱角很多、线条突出的脸，那个嘲讽的微笑没有使他的面部柔和，却更增加了一些个性，使人看不透他的智慧和深度。"好了，够了，让我一个人来吧，你们到外间去陪陪我的太太，如何？"

"那是你的太太吗？"我小心翼翼地问，"她是不是在生病？"

"生病？当然。她这副姿态已经两年了，两年前，医生说她活不过一年，而现在，她还是颇有生气……"他把话咽住了，那嘲讽的微笑已经消失，眼睛里浮起了一层朦胧的、柔和的色彩。低低地又说了句："去吧！去陪陪她去，她曾经是最好客的，虽然她现在已一无所知。"

我望着我们的主人，有一种怜悯和同情的感觉从我心底油然而生，比怜悯和同情更多的，是一种感动的情绪。想想看，在这样的深山里，一个男人和他的病妻相依为命地生活着。"颇有生气"，他还认为他的妻子是"颇有生气"的呢！我站在那儿，怔怔地望着他，有些不愿意离开。他不再看我，开始忙碌而熟练地准备着食物，好半天，我忍不住地说："你们没有孩子吗？先生？"

他看了我一眼。

"别叫我先生,林场的人都叫我老王,你们也这样叫吧。"

顿了顿,他又说:"你问什么?孩子?不错,我们曾经有过,他和你们一样,念书,读大学,然后出国了。"

他不像是有个读大学的儿子的那种人,我的好奇心更加重了。

"为什么你们要住在山里?我的意思是说,为什么你不把你太太送医院?"

"医院?"那嘲讽的笑又回到他的嘴边,"医生说医药对她已经没有帮助。而她一生最渴望的事就是住在山里……"笑容顿然消失,他瞪瞪我,带着股不知从何而来的,突发的怒气,不耐烦地说:"好了,好了,小姐!你问得太多了!出去吧!别站在这儿碍手碍脚!"

我再看了他一眼,他的眉头锁着,眼睛深沉地注视着菜板,专心一致地刮去鱼鳞。这是那种我所不能了解的人物。悄悄地,我退出了那间厨房。浣云他们正坐在外间屋里,低声地讨论着这个家庭。我走过去,站在我们的女主人的面前,凝视着那张毫无表情却秀气姣好的脸庞和那对乌黑而无神的眸子,心中溢满了一种难言的、特殊的、迷惑的情绪。

四

晚餐端出来了,是丰盛的一桌,我们这些无用的大学生,只能帮着端端盘子，摆摆碗筷。主人显然没有准备有客光临，盘子饭碗一概不够分配，连茶杯锅盖都拿出来应用。但是，那桌菜确实漂亮，台北最豪华的统一饭店也未见得有这样美味的食品。那只被浣云称作"猫"的东西放在正中间，香味四溢，主人说："吃吧！可惜没有牛招待你们，但这只狸是你们在城市里不会吃到的。"

"这是什么？"浣云没听清楚，追着问。

"狸。一种山里的动物，台湾人说这是大补之物，我无意间打到的。"

我们确实饿慌了，也顾不得客气，就都狼吞虎咽了起来。

那只狸真鲜美无比，连洋山芋似乎都是别种味道，吃起来津津有味。我们的主人盛了一碗汤，把鱼肉弄碎了，细心地剔去了刺，拿到他妻子的身边。用一块毛巾，围在他妻子的胸前，开始慢慢地喂她吃东西。我好奇得忘记了吃，望着他那只粗大的手，颤巍巍地盛了一匙汤，送到她的唇边，一点点，一滴滴地把汤"灌"进去。那个女人显然已失去了"吃"的能力，大部分的汤都从嘴角流了出来，他立刻笨手笨脚地用毛巾去擦。我忍不住推开了饭碗，站起身来，走到他们身边，热心地说："让我试试喂她，好吗？"

他抬起眼睛来，冷冷地看了我一眼，鲁莽而恼怒地说："不！你去吃你的！"一腔好意，碰了一个钉子，我怏怏然地回到桌边。宗淇安慰地拍拍我的手，在我耳边低声地说："别去打扰他们，润秋。他只有靠喂她吃东西，才能证明她还是活着的。"

我看看宗淇，宗淇正深深地望着我。一刹那间，我明白了宗淇的意思，而调回眼光去看我们的男女主人，我心中充满了悲凉的情绪，怎样的一种无可奈何的凄凉！他爱她，那个一无反应、一无知觉的女人！怎样的一种绝望的爱！低下头，我扒着碗里的饭粒，忽然都变得像石子一样难以下咽了。

晚饭结束之后，我们把一扫而空的碗碟送到厨房去洗干净了。夜色已深，窗外的月光不复可见，浓厚的云层移了过来，星星纷纷隐没。我们的主人倚着窗子，看了看天，就把窗子的木板上上，回头对我们说："天变了，夜里会下雨。"

我侧耳倾听，风声十分低柔和谐，溪水潺潺地轻泻，有猫头鹰在林梢低鸣，还有若断若续的几阵蛙鼓。如此静谧而安详的夜，听不出丝毫的雨意。但是，气温似乎陡然地降低了，阵阵的寒意袭了过来，我们都找出了行囊中的毛衣，穿上后仍然抵御不了那股寒意。我们的主人穿着件薄薄的夹克，敞开着胸前的拉链，里面是件整洁的白衬衫，他仿佛对于这突然降低的气温并不在意，只走进一排三间的另一间屋子里，取出了一条毛毯，细心地为他的妻子盖上。又提住他妻子的手臂，把她溜下去的身子抬高了些，设法使她坐得舒服。然后，他抬头望着我们，低低地说："她有个很美丽的名字，叫作雅泉，雅致的雅，泉水的泉。假如你们认得二十年前的她，你们会觉得她和她的名字一样美，是一条雅丽清幽的小泉。"

"她现在也不辜负她的名字，"我由衷地说，"她看起来仍然优雅可爱。"

"是吗？"他灼灼地望着我，带着点研判的味道，好像要研究出我的话中有没有虚伪的成分,"或者你说的也是实情。"他再望望那个"雅泉","但,无论如何,她曾有过比现在更好的时光,更美的时光……"他陷进一种沉思之中,深锁着眉头,似乎在回忆那段更好更美的时光。室内有片刻的沉寂,我们如同被催眠般都无法言语,连爱笑爱闹的浣云也成了没嘴的葫芦。半晌,我们的主人蓦地清醒了过来,他振作地仰了一下头,突然说:"好了,告诉我,你们是怎么迷途的?在什么地点迷途的?"

绍圣开始述说我们迷途的地点和经过,怎样从山中的快捷方式走,怎样穿过树林,到达瀑布,和黄昏时的一段摸索。他仔细地倾听着,然后,他从里间房子里取出了纸笔,画了一个地形简图,指示我们现在的地点,和那条小溪,说:"你们兜了一个大圈子,所谓的瀑布,就是这条小溪下游几里路的一个陡坡,如果你们沿着瀑布的岸边向上游走,大概不要一小时,就可以走到我这儿。我这里是一个山谷,小木桥是向外边的唯一通道,如果越过我这座小屋,再向山里深入,就要翻越整个山头才能穿出去,步行的话起码三四天。林场的蹦蹦车路线是这样的——"他在图上画了出来,又把有招呼站的地方也画出来,下结论地说:"明天,你们只有走过小桥,沿下游折回瀑布,再穿出去。好吧,今晚早些睡,明天我送你们回去!"

他站直身子,走到里间屋里,我们以为他在安排睡处,但他走出来时,却拿着纱布药棉和消毒药膏,对绍圣命令似的说:"过来,假如你不想让手臂上的伤口发炎溃烂的话,还是包扎起来吧!"

"让我来好了!"浣云本能地说了句。我们的主人看了浣云一眼,没多说什么,就把纱布药棉递给了浣云。他自己却唤来了他那只闷声不响,而惯于突击的狗,仔细地审视着它脚上的伤,喃喃地说:"我们的客人真和善呀!来自城市里的大学生?还是野蛮民族?"

我和宗淇交换了一瞥,想起刚刚进来之前,绍圣还说这是个野蛮民族的居处,现在竟被认为是野蛮民族,不禁暗中有种失笑的感觉。他给他的狗也涂上了药膏,拍拍它的头,它就乖乖地伏到桌子底下去了。他站起身,再燃上一支蜡烛,举着烛火说:"来吧,两位小姐睡在里间,我把我们的床让给你们睡,两位先生委屈点儿,用稻草铺在厨房地上将就一夜吧!"

"噢,先生,"我说,"我们也可以睡在稻草上,不必占据你们的床,尤其你太太正病着。"

"别多说,"他用决断的、不容人反驳的语气说,"我和雅泉可以睡在躺椅上,她是经常睡在躺椅上的。"说着,他把我和浣云引向了那间卧室,那是间简单而整洁的小房子,有一张小桌子和几把木椅,还有一张简陋的木床。把蜡烛放在桌上,他把窗子都关好了,从床上取走了两条毛毯,对我们深深地看了一眼说:"好了,再见,两位小姐,希望你们睡得舒服。"

他走出房间,关上了房门。

我对浣云看看,整晚上,她都反常地沉默。我在床沿上坐了下来，被单下垫的是稻草，簌簌作声。一层懒洋洋的倦意向我卷了过来，和衣躺在床上，我说："来吧，浣云，早些睡吧，我累极了。"

浣云走过来坐在床沿上，用手抱住膝，呆呆地不知道在沉思些什么。

我问："想什么，还不睡？"

"想我们这个主人——"她愣愣地说，"和他的妻子。他怎能和这样一个已无任何感情思想和意识的人生活在一起？"

"别想了，"我说，"他似乎生活得很满足，他保护并照顾她，就是他的快乐。"

"我想——"浣云慢吞吞地说，"他是个伟大的人！而且，他不是个普通的人——他有学问、思想和深度。我不明白他为什么会住在深山里。"

"为了他的妻子，"我说，"山上的空气对她相宜。"

吹灭了烛光，我们躺在床上。瞪视着黑暗的屋顶，听着夜色里的松涛和泉声，我有很久没有睡着，虽然倦意遍布四肢，睡意却了然无存。我听到外间屋里有一阵折腾，接着，烛光也灭了，显然，我们的男女主人和两位男伴都已入睡。过了许久，浣云幽幽地说："润秋，什么是真正的爱情？"

原来她也没有睡着！我沉思，摇了摇头，有些迷惑。

"我不知道。"我说。

"像你和宗淇吗？"她说，"你们在相爱，是不是？我羡慕你们！而我，说真的，我很喜欢绍圣，但我无法漠视他的缺点。"

"人都是有缺点的，"我说，不安地翻了个身，"别羡慕别人，每个人都有你看不到的苦恼，我和宗淇也有我们的矛盾。"叹了口气，我说："别谈了，睡吧！明天还有的是山路要走呢！"

我们不再出声。窗外起风了，小屋在风中震撼，窗棂咯咯有声。夜凉如水，裹紧了毛毯，我听到外间屋里，我们男主人的鼾声如雷。一会儿，鼾声停了，一阵椅子的响动，他在翻身。接着，是阵模糊不清的呓语，喃喃地夹杂着几声能辨识的低唤："雅泉……雅泉……雅泉……"

呓语停止，鼾声又起了。我合上眼睛，睡意慢慢爬上了我的眼角，我不再去管那风声、泉声和呓语声，我睡着了。

一夜雨声喧嚣，如万马奔腾，山谷在风雨中呼号震动，小屋如同漂荡在大海中的一叶扁舟，挣扎摇撼。我数度为风雨所惊醒，又数度昏昏沉沉地再入睡乡。外间屋中寂无所动，大概这种山中风雨对我们的主人而言，已司空见惯。小屋看来简陋不堪，在雨中却表现了坚韧的个性，没有漏雨，也没有破损，我迷迷糊糊地醒来，立即就放放心心地睡去。

雨，是何时停止的？我不知道。只知道当我醒来时，已经满屋明亮，浣云的一条腿压在我的身上，怀中抱着个枕头睡得正香。我轻轻地移开了她的腿，翻身下床，走到窗子旁边，推开了那两扇木窗。立即，明亮的阳光闪了我的眼睛，一山苍翠，在阳光下炫耀出各式各样的绿。经过一夜雨的洗涤，山谷中绿得分外清亮，所有的树叶小草都反射着绿光。我闭上眼睛，深呼吸了一下，吸进了满胸腔的阳光，满胸腔的绿。

浣云在床上翻身、转动、打哈欠。接着,像弹簧般跳了起来。

"怎么?润秋?天亮了?"

"岂止亮了?"我说,"太阳都好高好高了!"

她跑到窗口来,大大地喘了口气。

"好美好美!"她叫。又转头望着我,问:"昨天夜里怎么了?一夜吵吵闹闹的全是声音。"

"雨。"我说,"你睡得真死,那么大的雨都不知道。"

"雨?"她挑挑眉,"山谷里找不出雨的痕迹嘛!"整整衣服,她说:"我们该出去了吧?别让主人笑话我们的迟起。今天还要赶去和小朱他们会合呢,他们一定以为我们失踪了。"

拉开房门,我们走到外间屋里,一室静悄悄的阳光,窗子大开着。我们的女主人清清爽爽地坐在椅子里,头发梳过了,整齐地垂在脑后。肩上披着件毛衣,下半身盖着床毛毯,那只名叫威利的狗,像个守护神般躺在她的脚前,疑惑地望着我们。桌上,放着好几杯乳汁,还有一锅食物。杯子下压着一张纸条。整个屋子内,没有男主人的踪迹。

我走到桌子前面,拿起那张纸条,上面写着几行龙飞凤舞的字:

你们今天走不成了,木桥已被激流冲毁,只有等水退后涉水过去。杯中是羊乳,锅里是红薯,山中早餐,只得草草如此。餐后请任意在山中走走,或陪伴我妻。我去打猎,中午即返。

老王于清晨

我抬起头来,看着浣云。

"什么事?"她问。

"我们陷在这山谷里了,"我说,把纸条递给她,"桥被水冲毁了。"我走到厨房门口,奇怪着我们那两位男伴在何处。

推开厨房的门,我看到屋子的一隅,堆满了稻草,而我们那两位英雄,正七零八落地深陷在稻草堆里,兀自酣睡未醒。

"嗨!这两条懒虫!"浣云也跑到厨房门口来,用手叉着腰喊,"居然还在睡哩!叫醒他们,大家商量商量怎么办。"

"还能有什么办法?"我说,"现在只有等待——这真是一次奇异的旅行!"

五

早餐之后,我们四个人到溪边去凭吊了一下冲毁的小木桥。一夜豪雨,使一条窄窄的小溪突然变成了浊流奔泻的大河,那条脆弱的小桥,支柱已经折断,木板只有小部分还挂在桥上,大部分已随波而去。看到这样的水势,绝不敢相信这就是昨夜那条浅浅的小清流。我们几个面面相觑,都知道今天想离开这儿,是绝不可能了。浣云瞪了绍圣一眼,说:"好吧,都是你带路,带成了这种局面!"

"别怪我!"绍圣说,"假若不是你逞能要走快捷方式,又何至于如此?"

"总算还好,"我笑着说,"昨夜没有露宿野外,否则,不被淋成落汤鸡才怪呢!"

"如果露宿哦,"宗淇说,"恐怕我们的命运也不会比这个小桥好到哪儿去。"

从桥边折回小屋,面对着那个不言不语不动的女主人,大家都有些百无聊赖。宗淇和绍圣看到了屋角的钓鱼竿,立即动了钓鱼的念头,拿着鱼竿,他们到水边去了。我巡视了一下小屋四周,羊群已经放到山里去了,只有几只母鸡在屋前屋后徘徊。看情形,我们的主人一定完全过着农牧的生活。隐居在这深山里,我奇怪,他会不会也有寂寞的时候?

在那个瘫痪的病人身边,我试着去触摸她,试着和她说话,但她一无所知,她只是一个还呼吸着的"人体"。我想起宗淇说的"活尸"两个字,心中无限悲凉,这样的生命,还有什么意义呢?连自己"活着",都无法体会,那不是等于已经死亡了吗?走到我们昨夜的卧房里,浣云正无聊地躺在床上,瞪视着屋顶。我在桌前的椅子里坐下。顺手拉开了桌子的抽屉,完全出于无聊,我随便地翻了翻。

抽屉中有许多本书,纪德的《窄门》、屠格涅夫的《猎人日记》、拉马丁的《葛莱齐拉》……我深思地用手托住下巴,我们的主人,应该有很丰富的精神生活呀!忽然,我的视线被一个装订得很精致的小册子吸引住了，拿起了那本册子，我看到封面上有几个娟秀的字迹：

雅泉杂记
——一九五六年

推算下来，是七年前的东西了。我带着几分好奇，翻开了第一页，跃入眼帘的，是一阕荡气回肠的词：

彤云久绝飞琼宇，
人在谁边？人在谁边？
今夜玉清眠不眠！

香销被冷残灯灭，
静数秋天，静数秋天，
又误心期到下弦。

翻过了这一页，我不由自主地一页页地看了下去。这是一本类似日记的东西，但，并没有记载日期，只是零零碎碎地记了一些杂感。使我惊奇而吸引我看下去的，是其中那份丰富的感情和浓重的哀怨。一时间，我忘记了记这本东西的人就是外间屋里那具"活尸"，也忘了我们正被困在一个深山的山谷中，而贪婪地捕捉着那些句子和片段：

人，如果仅仅为活着而活着，岂不是一项悲哀？最近，我一日比一日发现，我活着的目的已经没有了。步入了中年之后的我，竟还有少女追求爱情的那种梦和憧憬，可羞！但，把这份憧憬放弃，我就什么都没有了。那么，我还为什么而活着呢？

他一个星期没有回家了，不知道正流连何方？我发誓不再对他的行踪关怀，男人，有他自己的世界，不像我必须生活在幻想里。让他去我行我素吧，我不能再过等待、期盼、渴望，而失望、绝望的日子！多么长久的等待！从十八岁到今天！世界上还会有比我更耐心的女人吗？等待她的爱人十几年之久！

拉马丁的诗里说："我渴望爱情如饥如渴！"在我这样的年龄，还有这种渴望，真太滑稽了！但是，天啊，我有生命到现在，还没有得到过一天爱情！假如有一天，我能真正地得到爱情了，我死亦瞑目！他回来了，酒气、嬉笑，满不在乎。捏捏我的下巴，他调侃地问我又作了几首新诗。我为我自己不争气的眼泪生气，他笑着喊：眼泪啊，诗啊，词啊……简直要命！皱紧眉头，叹口气，他把身子重重地掷在床上，立即呼呼大睡，把一个寂寞的，充满泪的夜抛给我。

他说:"你知不知道你已进入中年?别再眼泪汪汪作少女姿态,好不好?"真的,我不再哭了!不再为他浪费一滴眼泪!不再期望等待!哪怕他十年八年不回来,我决不再想他!决不!

我恨我自己不能不想他,我恨我自己不能不爱他!又是多少天了?我独拥寒衾,在无眠的夜里编织我可悲的梦——或者有一天,他会真正地来关怀我了,会有那么一天吗?

"梦魂只在枕头边,几度思量不起!"人啊,你在何处?任何一个女人都比我好吗?还是厌倦我的诗和眼泪?

昏昏沉沉的白天,昏昏沉沉的黑夜,我这样昏昏沉沉地度过十几年了!梦魂颠倒,颠倒梦魂,神思恍惚,恍惚神思……何年何月,我能从这可怕的感情中解脱?

他回来了。我收起了眼泪,满腹凄苦的欢欣,强整笑容,他喜欢带笑的脸!捧上一碗他爱吃的莲子羹,刚尝了一口,他说:"太甜了,难以下咽,像你的人!"把莲子羹整碗倒掉,我坐在厨房里,笑容消失,眼泪复来。——噢,我恨他!

我是那样恨他,那样恨他!但是,为什么不回来呢?我将等待到何年何月?何年何月?难道我必须要永远陷在这种煎熬之中吗?

……

整本册子,记载的都是类似的东西,我读到了一个闺中怨妇的凄凉史。从头看到底,我说不出来心中是何滋味。我能体会那份无可奈何的感情,而更恨那个薄幸的丈夫。坐在桌子旁边,我捧着册子,默默沉思。直到浣云走来惊动了我,"你在看什么?"她问。

"一本杂记,关于我们的女主人。"我说,把手中的册子递给浣云。然后,我轻轻地走出来,搬了一张凳子,放在我们的女主人身边,我就坐在那儿望着她。她依旧静静地坐着,静静地瞪视着前方。

"雅泉。"我喃喃地念她的名字,注视着那张苍白而安详的脸。"雅——泉。"我再重复了一句,用手轻轻地触摸着她的手背。她一无所知,一无所感。我叹息,低声地说:"无论如何,你总算解脱了。而世界上,还有很多解脱不了的人呢!"

一刹那间,我不再觉得这条生命的可悲了,可悲的,或者是那个有知有觉的丈夫。

浣云走到我身边来,也呆呆地望着面前的女人,然后,她低声地说："你认为她笔下的那个他是我们的男主人吗？"

"当然。"我说。

"他不像个薄情的人，他看来那么温存而有耐心。说实话，我欣赏那个人，有个性，有涵养，又充满了人情味。"

"我也欣赏他。"我说，站起身来，"他在赎罪，为以前的疏忽而赎罪。可怜，她竟完全不能体会了。"

"可怜的不是她，"浣云说，"是她的丈夫。"

"不错，"我点点头，凝视着浣云。在这一瞬，我忽然觉得浣云变得成熟了。我蹙蹙眉，暗中奇怪她那飞扬浮躁的一团孩子气，是什么时候悄悄地脱离了她？拉住她的手，我说："我们出去走走吧！阳光那么好！"

沿着小屋门口的山路，我们向后面耸立着的山野中走去，路边的山坡上，开着无数朵白色的小花，还偶尔点缀着一串粉红色的钟形花朵。我无意识地边走边摘，握了一大束叫不出名字来的野花，红的、白的、蓝的、紫的——还有些卷曲成钩状的羊齿植物。浣云走在我身边，不时帮我采下一枝红叶，或一片奇形怪状的小草，加进我的花束中来。我们都十分沉默，除了采摘花草和浏览四周景致之外，谁也不开口说话。

阳光和煦而闪亮，天空蓝得耀眼，山中树木参差，树梢上垂着云雾。我们走着走着，不知不觉地深入了山中，上了一段山坡，又穿过一片树林，山上由于隔夜的雨，仍然泥泞。

我们在一块山石上坐了下来。我玩弄着手里的花草，浣云却没来由地叹了口气。

"怎么了？你？"我问。

"我也不知道怎么，"她闷闷地说，"好像心胸里被什么乱糟糟的东西涨满了，说不出来的一股酸酸涩涩的味道。"

"因为我们的男女主人吗？"

"不只他们，还有——"她停住了。

"绍圣？"我问。

"是的，可能是绍圣，"她拔了一把小草，张开手指，让小草从指缝中滑下去，"我们常常会对喜欢的人特别挑剔，是吗？"

"可能，"我想起宗淇，"不只挑剔，而且苛求，不只苛求，还会彼此折磨。我们都是这样。"沉思了一会儿，我用牙齿咬住一根细草，又把它吐掉："或者，我们折磨对方，是因为知道对方爱自己，人常常是这样幼稚的。"

浣云默然了，靠在身后的大树上，她深思地仰视着山头的云霭，和阳光透过云层的那几道霞光。我也默默不语，把手中的花束送到鼻端去轻嗅着，一股淡淡的幽香，熏人欲醉。

模模糊糊地，我想着我们的男女主人，想着绍圣和浣云，宗淇和我……以及人类亘古以来的，复杂不清的感情问题。四周静悄悄的，大地在阳光下沉睡，风在林间轻诉，奔湍的溪流声已不可闻，或者水已经退了很多了。不过，奇怪，我并不十分渴望离开这个山谷了。

"嗖！"的一声轻响，有个竹片从树丛中飞来，一下子击中了浣云的额角。突来的变故使浣云大吃了一惊，我也吓了一跳。从石头上跳起来，浣云摸着额头说："是什么？蛇吗？"她仰头望着上面浓密的树叶，找寻蛇的踪迹。

"哈哈哈哈！"树丛中传来一阵大笑，接着，绍圣和宗淇拿着钓竿，从树林里走了出来，绍圣笑弯了腰，一面说："看你们那副专心一致、参禅悟道的样子！弹根竹片吓唬你们一下！到底是女孩子，胆子那么小！"

"又是你！阴魂不散！"浣云气呼呼地破口大骂，"你以为别人喜欢和你开玩笑是不是？看到你这副猴儿崽子的样子就有气！"

"有气你就别看！"绍圣说，"不要自以为长得漂亮！我又不要娶你！"

"怎么了？"宗淇说，"你们两个见了面就要吵架？"

"这叫作不是冤家不聚头嘛！"绍圣咧咧嘴，又恢复他嬉笑的态度。

"谁和你是冤家！"浣云旧气未平，新的气又来了，"你说话小心点儿，别以为人家欣赏你的嬉皮笑脸，恶心！"

"你也别太盛气凌人了！"绍圣也勾出了几分真火，"你不欣赏你就滚开！我又不是嬉皮笑脸给你看的，自作多情！"

"好了好了，"宗淇说，"绍圣，看在别人昨天给你裹伤的分上，也不该说这些伤感情的话！"

"我给他裹伤！"浣云不知道哪儿跑出来的委屈，眼圈陡然红了，眼泪就盈然欲坠，哑着嗓子说，"我瞎了眼睛才会给他裹伤！"

宗淇推了绍圣一把，低低地说："傻瓜！还不去道歉！"

说完，就拉了我一把，退到另一棵大树底下，说："这一对真要命!"

我笑笑,没说话。宗淇默默地望着我,也微笑着,我们就这样对视了一段时间。然后,他伸过手来,用手指绕着我的一绺头发,轻声地说:"希望有一天,能和你远离人类,也卜居在这样的山中。"

我想起小屋里的女主人,陡地打了个冷战。宗淇奇怪地望着我:"怎么了?"

"没什么,"我说,"你们不是去钓鱼的吗?怎么又跑到这边山里来了?"

"没有鱼,水太急了,我们就到山里来散步。"他抓住我的手,审视我,"还为我表妹生气?"

我摇摇头,轻声地说:"没有。可能我从没有为她生过气。"望着另一棵树底下的绍圣和浣云,我说:"浣云哭了,他们还在吵架吗?"

"其实,绍圣爱浣云爱得发疯,"宗淇说,"浣云有的时候太不给绍圣面子了!"

"浣云也爱绍圣,"我说,"是绍圣太粗心,太疏忽,太不了解女孩子!"拉着宗淇的手,我们向绍圣那边走去:"去劝劝他们吧,这次旅行已经够不顺利了,还要一路吵吵闹闹。"

我们走了过去,浣云在哭,绍圣皱着眉站在一边,不动也不说话。我们正要开口劝解,山里面突然飘来了一阵歌声,声调粗犷而浑厚,咬字十分清晰。浣云忘了哭泣,抬起头来,愣愣地望着那浓密的树丛,绍圣也出了神,宗淇喃喃地说:"听那歌词!是朱敦儒的句子!"

于是，我听明白了，那句子是：

堪笑一场颠倒梦，
元来恰似浮云。
尘劳何事最相亲？
今朝忙到夜，过腊又逢春。

流水滔滔无住处，
飞光忽忽西沉。
世间谁是百年人？
个中须著眼，认取自家身！

随着歌声，我们的主人出现了，他肩上扛着猎枪，手里提着三只又肥又大的山鸡。看到了我们，他愉快地举举手里的猎获物，笑着说："一个早上玩得好吗，我的客人们？你们的运气实在不坏，这山里的山鸡并不多，却给我一下子打到了三只。今天的晚餐又该丰富了！"

我望着这衣着随便而面貌深沉的男人，他脸上有着慧黠的表情，嘴角又带着他那惯有的嘲讽味道。于是，我明白了，他一定早就在这树丛的某个地方，听到了我们全部的谈话和争吵，至于那支歌，他是有意唱给我们听的。

"好，来吧！我们应该去准备午餐了，你们来帮忙怎样？希望你们的烹饪技术能够比昨天进步一点！"我们的主人愉快地说着，领头走向了山谷的小屋。

六

午后，我们的主人把他的妻子搬到小屋外面来，让她晒晒太阳。绍圣和宗淇到溪边去勘察了一下水势，回来报告水已经退了很多。我和浣云搬了凳子，坐在女主人的身边，静静地享受着山里的阳光和下午。厨房中，山鸡已经去了毛，剖了肚子，炖在炉火上，香味四溢。

"她曾经是个很好的厨子。"我们的主人说，双手抱在胸前，两眼深深地凝视着他的妻子。

"尤其会做莲子羹，是吗？"浣云冲口而出地问了句，她立即发现了失言，却张着嘴无法把这句话收回去。

我们的主人锐利地盯着我和浣云，我横了横心，还是招认的好。

"抱歉，"我说，"我们无意间看到一本雅泉杂记。"

他的身子动了动，浓眉微蹙，然后，他低低地说："是吗？你们看了？写得不坏，是不是？她在文学和艺术方面都有些天才，她最大的错误是嫁给了我。"

"她怎么会嫁给你的？"浣云问。

"因为我追求她，她那年只有十八岁。"

"你追求她，为什么婚后又对她不好呢？"我问。

"我追求她的时候并不爱她，娶了她之后也没有爱她。"

"那么你为什么要追她？"

"因为追求她的人太多了，她是沈阳城中著名的闺秀，我好强，认为追不到她不配做英雄。"他苦笑地抬起头来，望着我和浣云，"怎么？你们想探索些什么？"

"不，没有什么，"我说，"仅仅是好奇。"望着雅泉，我可以想象十八岁的她是副什么样子。她嫁了一个她爱的男人，而那男人却从没有爱过她，多么凄苦的一生！

我们的男主人把他的妻子的衣服整了整，又细心地拢了拢她的头发，怜惜地望着那张苍白而憔悴的脸庞。他注视得十分长久，接着，却颓然地叹了口气。

"她一直希望搬到山上来住，没别人，只有我和她，她一生盲目地追求爱情，天真地认为爱情的领域里应该什么都没有，只有彼此！她不知道人生是复杂的，除了爱情，还有许许多多东西。一直到她瘫痪，丧失神志和一切的时候，她都天真得像个孩子——像个要摘星星的小孩。"

"你否决了爱情，"我抗议地说，"你的意思是说，人生没有爱情，所有的爱情，都像天上的星星？"

"我没有否决爱情，"他淡淡地说，"只是，很少有人能了解爱情，爱情不是空空洞洞嘴上喊喊的东西，是一种心灵深处的契合和需求。雅泉，"他摇头，眼光蒙眬如雾，蹲伏在他妻子的脚前，他握住了她的手，柔声地说："感谢天，她已经不再自苦！"

我望着他，不十分能理解他的话中的意思，他到底是赞美爱情还是否决爱情？他到底是爱他的妻子，还是不爱他的妻子？沉思片刻，我说："如果你以前多爱她一些，她不是能快乐幸福很多吗？"

"你怎么知道?"他站直身子,深深地注视我,"凡是陷在爱情中的人,都会自寻烦恼。你还是个少女,如果我观察得不错,你不是正在自寻烦恼吗?"

我的脸发热。

"你仍旧在否决爱情,"我说,"真正的爱情是快乐、恬静而幸福的。"

他嘲讽地笑笑。

"真正的爱情?不错!人,很少能把握住自己手中的东西,在我们得到的时候,我们会轻易地失去它。你看过没有争执、没有烦恼、没有嫉妒和苛求的爱情吗?看过吗?告诉我。"

我困惑地摇摇头。

"对了,就是这样。许多人都有爱情,却苛求、争执、不满、嫉妒……最后,用爱情来折损了爱情!何等可悲!雅泉是个好女孩,但她也惯于用爱情来折损爱情,凡是有情人,都有这个毛病。"

我不语,望着远方的云和天,我觉得有些被他的话转昏了头。浣云用牙齿咬着手指甲,脸上显出完全困惑的神情。而我们的两位男伴,是更加迷糊和不解了。宗淇走过来,微笑地看着我们说:"怎么?你们在上课?讲解爱情?"

我们的男主人笑了,他走过我们的身边,拍了拍宗淇的肩胛,语重心长地说:"把握你手里的东西,年轻人!珍惜它,别磨损它;保护它,别挑剔它!那是最脆弱的东西,而且,它十分容易飞走。"

说完，他迈步走入了屋里。宗淇咬着嘴唇，注视着他隐进屋内的背影，着魔似的不动也不说话。好半天，他才突然清醒过来，望着我纳闷地说："他是谁？"

"我不知道，"我摇摇头，"但是，我们知道他说了一些很重要的东西。"

黄昏来临了，晚风中开始带着凉意。我们的主人把他的妻子抱回了屋里，用毛毯盖住她的膝，又细心地喂她喝了杯开水。看他如此温柔地待他的病妻，使人无法相信他曾是个薄幸的丈夫。

站在窗前，他眺望着窗外的景致，低沉地说："黄昏的天空，千变万化，云的颜色，瞬息间可以幻出无数种。假如你不是生活在山里，你可能一辈子都不了解什么叫黄昏，什么叫清晨；甚至于，什么叫白天，什么叫夜晚。想想看，每个人的一生，会经过多少个黄昏和清晨，但都被我们疏忽过去了，以为它太平凡，就不会明白它有多美。"他回过头来，似有意又似无意地看了我一眼，惘然地一笑说，"我们刚刚讨论过爱情，是不是？这也是一样的道理。人，常常是在幸福中而不知幸福，失去了再加以惋惜。你珍惜过你每一个黄昏和清晨吗？相信你没有。只要你明天还可以再得到，你今天就不会去重视它。如果有一天，你突然间再也得不到了，你就会明白失去的有多美好！"他走到他妻子的身边，凝视她，咬咬牙加了一句："人是贱的！"

转过身子，他走到厨房里去了。

羊群回来了，我们帮主人关好了它们，又喂饱了鸡。晚餐的时候,我们的主人取出一瓶高粱酒,在山中,这该算是十分名贵的了。举起杯子,他对我们点点头,一饮而尽,豪放地说:"干了你们的杯子!朋友们,明天下山后,你们不会再来了。意外的迷途,一夜的豪雨,造成了短暂的相聚,值得珍惜,也值得庆祝,说实在的,我欢迎你们的拜访。在山里,虽然有山木草石的陪伴,但却非常非常地寂寞,你们使我又回进了人群里。"

"如果你觉得寂寞,"浣云说,"为什么不下山?"

"雅泉一直希望在山上,"他凄凉地笑着,望着他的妻子,"她常说,如果能生活在山谷中,只有我们两个人,她要叫它作梦之谷。我选择了这个山谷,卜居下来,这是我们的梦之谷。我不能离开这里,我要陪着她。"

"请原谅我问一句,"宗淇说,"如果有一天,你的太太去……去世了,你预备作何打算呢?"

"我?"他有些迷惘,"我没有想过。或者,我还会住在这里。"

"这是不对的!"我忍不住地说,酒使我有些激动,"你实在犯不着如此,你根本是在折磨你自己。陪伴着这样一个毫无知觉的人,生活在这荒凉的深山里。你以为这样做就为自己以往的疏忽赎了罪?事实上,你的太太根本就不了解你为她做了些什么,你这样不是完全没有意义吗?"

"你错了!"我们的主人微笑着说,看来平静而安详,只微微带着几分无可奈何的凄凉,"我没有意思要赎罪,我根本不认为自己有罪,我悲哀的是,当她变成这样之后,我才发现我在爱她,根深蒂固地爱。于是,忽然间,她以前说过的,我认为是傻话的,全成了真理。住到山里来,现在已不是她的愿望,而是我的!"他再度举起杯子,"来吧!别谈得那么沉闷,为我们的梦之谷干杯!"

"为世界上最难解释的爱情干杯!"宗淇说。

"为天下有情人干杯!"绍圣说。

我们喝空了杯子,吃尽了盘子,酒,染红了每个人的脸,大家都有些激动和忘形。我们的主人沉坐在他妻子的脚前,把头埋在她的裙褶里久久不动。浣云流了泪,紧紧地靠在绍圣的肩头。我和宗淇相对而视——再没有一个时候,我们的心灵这样地融会交流。我知道,我和他直到此刻,才真正地彼此相爱。

夜深了,我们的主人仍然埋头在雅泉的裙褶里。我凝视着他们,雅泉,她渴望的爱情终于来了,只是,何其太迟!没有惊动他们,我们悄悄地撤去了残羹和碗盏。熄了蜡烛,分别回到厨房和卧房里去睡觉。这一夜,我们都睡着得很迟,心中涨满了酸涩而凄苦的感情。

清晨起来,依旧是那么好的阳光。桌上,我们的主人留了一张地形简图和纸条,上面是潦潦草草的几句话:

再见了,年轻的朋友们!水已退,请涉水过去,按地形图去寻路,相信你们不会再迷途了。珍惜你们已有的,则世界上任何地方都是梦之谷。是吗?

祝福你们,恕我不送。

我们默默地站了几分钟,然后一一地向我们的女主人告别,虽然她听不见,我们仍然致意殷切。我把昨日的那一束花,放在她的胸前,她看来像个年轻的新娘。

很快地,我们上了路,涉过了浅浅的小溪,沿着溪边的小路,我们沉默地走着,一小时后,我们来到前日的小瀑布前面。回头凝望,梦之谷早已不复可寻,烟霭腾腾中,绿树青山,重重叠叠。极目望去,云山苍苍茫茫,深不可测。

"我像做了一个梦。"我说。

"我也是。"宗淇说。

我们手挽着手,慢慢地向前走去。前面几码处,浣云和绍圣正相倚而行,像重叠的两个人影。

木偶

　　星期天，我们全家举行了一次大规模的扫除。许多尘封了十几年的书籍、物品、破铜烂铁、瓶瓶罐罐，都被翻了出来。其中包括了我童年时代的一只"百宝箱"。这箱子被从许多破家具中拿出来，由小妹为它启封。出现在我们面前的，是一些稀奇古怪、零零碎碎的各种物品，什么纽扣啦、铜指环啦、牛角啦、雕刻的石质小动物啦、折扇的扇骨啦、小喇叭啦……还有好多叫不出名堂来的玩意儿。我用新奇的眼光去打量这些东西，依稀看到我的童年。每一样东西，似乎都代表着一个年龄和一段回忆。面对着这只百宝箱，我不由自主地沉思了起来。忽然，小妹从箱子里拾起一样东西，叫着说："看，大姐，多可爱的木头娃娃！"

　　我一看，这是个木质的小玩偶，雕刻得十分精致，眉目是用黑漆画上去的，栩栩如生。我从小妹手里夺过那东西，一瞬间，我感到一阵晕眩，握紧了它，我似乎被拉回到了十五年前。

在故乡湖南的乡间，我们沉家是数一数二的富有。数代以来，沉家的子弟都是守着祖业，读读书，也做做官。祖父曾一度做过县长，但，四十几岁，就弃官回乡，以花鸟自娱。

沉家的田地非常多，拥有上百家的佃农，而且，由于地势好，灌溉足，几乎年年丰收。和沉家财富正相反，是人口稀少。祖父是三房单传一子，父亲又是祖父的独生子。到我这一代，偏偏母亲连着小产了两个孩子，才生了我，我又是个女孩，而我之后，母亲就一直没有生育（弟弟和小妹是直到台湾才生的）。所以，那时我是沉家三代的唯一的孩子，尽管是个女孩，也成了祖父母和父母心中的宝贝。

我在极度的娇养下成长，祖父母的宠爱更是达于极点，我哼一声，可以使全宅天翻地覆，我哭一下，整个家里就人心惶惶。我自己也深深了解我所具有的力量，而且很会利用它。

因此，我是专横跋扈而任性的。有时，母亲想约束一下我的坏脾气，我就会尖声大叫，把祖父母全体引来，祖父会立即沉下脸对母亲说："家里有长辈，你管孩子也应该问问我们，这样私自管教是不行的，要管她，也得由我来管，她是我的孙女呢！"

母亲只能俯首无言。于是，我的脾气更骄狂、更暴躁，也更专横了。

那年我八岁。

距离我们宅子约一里地之遥，是高家的房子，那是两间由泥和竹片砌成的房子。狭小阴暗。老高是我们家的佃农，很能吃苦耐劳，祖父对他十分优厚，但他却拥有十一个孩子，六个男孩，五个女孩，由于人口众多，他们生活十分清苦。

我，虽然拥有许多东西，但我羡慕高家的孩子，他们追逐嬉戏，笑语喧哗，是那么热闹，那么快乐。而我却一个玩伴都没有，尽管有许多玩具，却没有一个同玩的人。于是，我常常跑到高家附近去，和高家的孩子们玩，他们教我在田里摸泥鳅，到山上摘草莓，到池塘边钓青蛙，爬到树上掏鸟窝……这些实在比任何一样玩具都好玩，更胜过祖父天天强迫我念些"天地玄黄，宇宙洪荒，日月盈昃，辰宿列张……"的生活。可是，祖父最初不愿我和高家的孩子们玩，既怕我爬树摔断了腿，又怕给水蛇咬到，更怕跟着他们吃草莓吃坏了肚子，跌到水塘里淹死，还有，怕高家的孩子们欺侮了我……但，我坚持要跟高家的孩子一起玩。在一次大哭大闹之后，祖父只得依从我。不过，他派了家里的长工老汪保护我。老汪是个大个子，脸上有一道刀疤，有一股凶相，但他是忠心耿耿的。从此，我走到哪里，老汪也走到哪里，像我的一个影子。只要我和高家的孩子略有争执，老汪就会站了出来，那孩子准被老汪吓得乖乖的，我的势力更大了。

小翠是高家的第八个孩子，那一年刚满六岁，有一对灵活的大眼睛和尖尖的小下巴。小小的个子，比我矮了半个头。高家的孩子都不大喜欢跟我玩，一来我脾气坏，动辄就依势欺人，二来他们都怕透了老汪。只有小翠，脾气好，心眼好，只要我一叫她，她就跑来跟我玩。小模小样，怪惹人爱的。

但是,我待她的态度是恶劣的,我欺侮她,害她上当。

有一次,我和她在池塘边上玩,我教她拍巴掌,一面拍,一面念一个童谣:

> 巴巴掌,油馅饼,
> 你卖胭脂我卖粉,
> 卖到泸州蚀了本,
> 买个猪头大家啃,
> 啃不动,
> 丢在河里乓乓砰!

才念完,我就对着她后背心死命一推,她站不住,"扑通"一声掉进了池塘里,水花四溅。我高兴得绕着池塘跑,一面拍手一面喊:"啃不动,丢在河里乓乓砰!"

小翠在池塘里拼命挣扎,黑发的小脑袋在水面冒呀冒的,我更高兴了。可是,一会儿,就看不到小翠的黑脑袋了,只是弄混了的池塘水,一个劲儿地在冒泡泡,我吓得呆在池塘边不敢出气。幸好老汪及时出现,跳进水里,把小翠拉上岸来,吐出了许多水,小翠才回过气来,白着一张小脸,"哇"的一声哭了。看到闯了祸,我一溜烟就跑回家去。当天晚上,祖父把我叫到他房里,告诉了我许多做人的大道理,并且罚我背《三字经》,我哼着背:"人之初,性本善,性相近,习相远,苟不教,性乃迁……"底下就变成了蚊子哼哼了。祖父点着头,沉吟着:"你记得住这几句,也算不错了,记住,人之初，性本善……苟不教，性乃迁……"他用手摸着下巴，像是突然悟出了个大道理似的，一连重复了好几次，"苟不教，性乃迁，苟不教，性乃迁……"然后，突然沉着脸对我说："小苹，把这两句话解释给我听听！"

我把身子扭了半天，吞吞吐吐地说："这个嘛，苟不教，性乃迁，苟不教，性乃迁……就是，如果狗没有叫，就是，就是……送信的没有来！"

祖父的眉毛抬得好高，瞪着眼睛说："你在讲些什么东西？"

坐在一边的祖母，突然"扑哧"一声笑了出来，为了掩饰她的笑，她慌忙站起身来，跑到后面屋里去了。祖父也会过意来，拼命眨着眼睛，忍住笑，故作严肃地说："你看，你这么大了，连个《三字经》都讲不出来，假如我要你讲《千字文》，一定笑话更多了！唔！"他沉吟了一会儿，喃喃地念："养不教，父之过，教不严，师之惰，子不学，非所宜，幼不学，老何为，玉不琢，不成器，人不学，不知义……"他猛然拍了一下桌子说："好！从今天起，每天晚上，给我念两小时书，每天早上，给我背两小时书，先从《三字经》《千字文》着手，然后念一点《千家诗》和《唐诗三百首》，一天都不许缺！"

从此，我被书本限制了许多时间，这大概才算是我受教育的开始。我讨厌读书，每当祖父摇头晃脑地念着什么"云腾致雨，露结为霜，金生丽水，玉出昆冈……"我就昏昏沉沉地想睡觉。可是，祖父这次是下定决心要教我念书了。因此，不管我怎么不高兴，依然每天要被迫在祖父身边坐上四小时。我为这四小时一肚子不高兴，追踪原因，都因推小翠而起，于是，我把这一笔账，全记在小翠身上了。从此，也就是小翠倒霉的开始。

小翠成了我的出气筒，只要我心里不高兴，我就去找小翠的麻烦。小翠以她一向的柔顺来对待我，她有好玩的东西，我要，她马上给我；她有好吃的，我要，她也马上给我。有时我高兴起来，也会送她许多破旧的玩具，她都视为珍宝，把它收藏得好好的。虽然我待她不好，但她却认为我是天下最好的人。

那年夏天，附近另一家大户张家的儿子从长沙回来，我叫他张哥哥，是个二十岁的青年，他在长沙读大学，十分和蔼，又晓得许多城里的东西，因此，整个夏天我就绕在他身边，缠着他讲故事，什么《罗通扫北》《薛刚反唐》《薛丁山征西》……听得津津有味。有一天，我和他在后山上玩，小翠来了。他突然拉过小翠，十分仔细地看她，说她长得非常漂亮。小翠高兴得脸发红，我却很生气，因为张哥哥从没说过我漂亮。第二天，张哥哥就在后山上架了一个画架子、让小翠坐在一块石头上，帮小翠画一张像，小翠乖乖地让他画，这张画，画了一星期才完成。事后，张哥哥很高兴地对小翠说："你这么乖，我要送一样东西给你！"

于是，他找了一块木头，用一把小刀雕刻起来，没有几天，他做成了一个小木偶，头、手和脚都用细铁丝连着，可以动来动去。他又用黑漆给木偶加上了头发和五官。这小玩意儿可爱极了。大眼睛画得像活的一样。小翠爱得要命。我也爱得要命。起先，我要张哥哥也给我做一个，但他马上要回长沙去念书了，没有时间做。于是，我强迫小翠把她的玩偶送给我，小翠对我向来是言听计从的。但是，这一次，她却说什么都不肯放弃这木偶。我威胁利诱全都失效之后，就开始打她，欺侮她，我扭她的手臂，扯她的头发，趁她不注意推她摔跤。她容忍我一切的虐待，不哭也不叫。可是，那木偶却始终不肯给我。

一天，我正在山前的小土坡上欺侮小翠，我把她按在地上，撕扯她的头发，突然间，我的身子被人提了起来，我抬头一看，是张哥哥！他盛怒地把我丢在草地上，指着我大声责骂："你这孩子太可恶了，我从没看过比你更自私、更乖张的孩子，你的父母怎么管教你的！"

我从没有受过这些，我又哭又骂。老汪突然出现了，我对老汪大叫："老汪，打死他！他打我！打死他！"

张哥哥挺然而立，用轻蔑的眼光望着我。老汪一语不发地走过来，把我从地下提起来，扛在肩膀上，然后转头对张哥哥说："这小姑娘早就该受教训了！"

我在老汪肩膀上又踢又蹦，大骂老汪是奸细，是混蛋，是强盗，土匪！我咬老汪的肩膀，用指甲掐他的肉，但他毫不在意，把我扛进了家里。我的哭叫把祖父母和父母都引了来，老汪把号哭着的我放在地下，向祖父说了事情的经过。当父亲听完张哥哥说的那几句话后，脸色转成了苍白，他对祖父说："爹，没有孩子，比有一个给父母丢人的孩子总好些!"他满屋子转,找了一根鸡毛帚来。我猜到爸爸要打我了,就杀猪似的尖叫了起来,祖父对父亲厉声说:"我活一天,就不许你打她!"

然后,祖父叫老汪把我扛进他的房间,父亲气得走出家门去了。到了祖父房里,祖父让我坐在书桌前面。拿了一张白纸,在纸上写下"己所不欲,勿施于人"八个字,命令我把这八个字写一百遍。我想撒赖,但我觉得祖父的脸色很可怕。于是,咬着牙,我一面呜咽着,一面歪歪倒倒地写着,足足写了三小时,还没有写到一百遍,祖父说:"好了,我问你,你懂得这几个字的意思吗?"

我摇头。于是,祖父对我细心地解释这几个字,解释完了之后,他抚摩着我的头,叹了口长气,低沉地、语重心长地说:"做一个好孩子,你希望别人怎么样待你,你就要怎么样待别人。"

可是,这次的教训并没有把我改好,我把这次写字和险些挨父亲的鞭子的仇恨,也都记在小翠的身上,而刻意计划如何去报复,如何强夺小翠的木偶。

张哥哥回长沙去了,小翠失去了她的保护神,我又变本加厉地虐待起小翠来,强迫她把木偶送我。但她固执地摇着她的小脑袋,一迭连声地说:"不!不!不!不!不!"

这使我发火,我对她诅咒、打她、推她,但她仍然摇着她的小脑袋说:"不!不!不!不!不!"

没多久,我们家里油漆房子,我突发奇想,装了一罐子红油漆,拿了一把小刷子,去找小翠。我把她带到没有人的地方，威胁她交出小木偶来，否则我把她漆成一个红人。她十分害怕，但她仍然摇着她的小脑袋说："不！不！不！不！不！"

我按住她，真的在她手腕上、脸上，漆起油漆来，她尖叫哭喊，我已经漆了她满脸的红，她连眼睛都睁不开，号叫着跑走。我的恶作剧立刻被老汪发现了，他对我大摇其头，我却嗤之以鼻。可是，第二天，小翠就害起病来，她浑身长满了因油漆而引起的漆疮，脸上也是。乡下没有医生，她只好贴了满身满脸的膏药，看到她那美丽的小脸变成那副怪相使我恐怖。当祖父知道事情的真相后，他把我叫进他屋里，我第一次看到他那样悲哀，那样沉痛，他对我点点头说："小苹，我们是太爱你了！"

然后，他对我怒喝："跪下。"

我害怕地跪了下去。祖父拿起了一把鸡毛帚，也就是父亲上次要用来打我的那一把。走到我身边，对我没头没脑地狠抽了十鞭。我生平第一次挨打，恐惧、懊恼、疼痛，使我哭叫不已，当祖父停了鞭打，我仍然大哭，在我心目里，以为祖父永远不会爱我了。祖父打完了，对我说："这是我第一次打你，希望也是最后一次！你要学习做人，更要学习爱人！知道吗？"

然后，祖父叫老汪来，说："明天你护送小翠到衡阳城里去治病，乡下的膏药治不好这种病的。"

第二天早上，我正坐在院子里的台阶上发呆，小翠来了。

老汪给她雇了一顶小轿子，看到她满脸膏药，浑身溃烂的样子,我不由自主地打了个寒噤,生怕她永远会是这副样子。生平头一次,我在内心做了个小小的祷告,祷告她快些好,快些恢复原来的美丽。

小翠上轿子的前一刻,突然跑到我身边,塞了一样东西在我手里,然后上轿子走了。我低下头来,赫然发现手里是那个小木偶!我捧着小木偶,哭了!自己都不知道为什么会流泪,只模糊地想起祖父说的:"你要学习做人,更要学习爱人!"

"大姐,这木偶给我好吗?"小妹打断了我的沉思。

我怜惜地抚摩这小木偶,只有我自己知道这木偶对我的价值,它曾使我从暴戾乖张变成温柔沉静,曾使我认识了"爱"和"被爱"。如今,小翠和祖父母都陷在故乡,生死未卜,这木偶却陪着我远涉重洋,来到台湾。

"让我们把它放在书桌上,永远看着它!"我严肃地说着,把木偶供奉在桌上。

谜

在一条长长的巷子里,高磊终于找到了竹龄所写的门牌号码,那是一栋标准的日式房子,有着小小的院落和矮矮的围墙。从围墙外面一探头就可以窥见房子里的一切。高磊停在门外,犹豫地想伸手按电铃,但,就在这一刹那,他感到一阵莫名的紧张。缩回了手,他向围墙内张望了一下,一个七八岁的小女孩正抱着一只小白猫坐在假山石上晒太阳,他轻轻地叩了两下门,小女孩立即从石头上跳下来,抱着猫走过来拉开了门。

"你找谁?"小女孩仰着脸,一对灵活的大眼睛中带着怀疑的神情。

"请问,程竹龄小姐是不是住在这里?"他问。

"程竹龄?"小女孩重复着这个名字,眼睛里闪耀着惊奇和诧异。一瞬间高磊以为自己找错了门,但小女孩紧接着点了两下头,同时转身向屋里跑去,一面跑,一面扬声喊:

"妈！有人找二姐！"

二姐！高磊有点惊也有点喜，这女孩不过七八岁，她喊竹龄作二姐，那么这个二姐顶多只有二十岁左右。竹龄的信里从不肯写自己的年龄，每当他问起，她就写：

你可以当我七八十，也可以当我十七八，这对你我都没有重要性，是吗？

没有重要性？何尝没有重要性！高磊诚心希望她不是七八十。一年半的通信，虽然未谋一面，"程竹龄"却已经占据了他的思想和他的梦了。

走进了玄关，一个四十几岁的女人迎了出来，高磊和她迅速地彼此打量了一下。她穿着一件灰色的旗袍，外面罩着件紫红毛衣，头发松松地在脑后挽着一个髻，皮肤很白皙，眼睛很秀气，看起来很高贵儒雅。

"请问——"她疑惑地望着他说。

"我姓高，高磊。我来拜访程竹龄小姐。"他自我介绍地说，料定这人是竹龄的母亲。

"哦——"她仿佛有点犹豫，接着却点点头，"是的，您请进来坐！"

脱了鞋，走上"榻榻米"，高磊被让进一间小巧而精致的客厅里，在沙发上坐了下来，那四十几岁的女人对他温和地笑了笑说："我是竹龄的母亲。"

"是的，伯母！"高磊恭敬地喊了一声。

"你请坐一下,我去喊她。"竹龄的母亲递给他一杯茶,转身走出了客厅,同时拉上了纸门。

高磊坐在客厅里,目送竹龄的母亲走出去,立即,一份难言的兴奋和紧张控制了他,终于,他要和她见面了,这一年半以来,他曾不止一百次幻想和她见面,幻想她将是怎样的长相,怎样的声音,怎样的神情,而现在,谜底要揭开了,他马上可以看到她,他不知道,他会不会使她失望?或者,她使他失望?

那还是一年以前,他偶然在一本杂志上看到一篇小说,题目是《昨夜》,作者署名是"蓝天"。他不知道蓝天是谁,在文坛上,这仿佛是一个很陌生的名字。但,这篇小说却撼动了他。小说的情节很简单,描写一个不被人注意的少女,默默地爱上了一个风头很健的青年,却始终只能偷偷地爱,不敢表达自己的爱意。最后青年和另一个女孩结婚了,少女去参加了婚礼,等到宾客和新郎新娘都离开了,她仍然站在空荡荡的礼堂里,呆呆地凝望着窗外的月亮。故事并没有什么出奇之处,但描写却极其细腻,写少女的痴情尤其入微,整篇文字都布满了一种淡淡的哀愁,使人看后余味无穷。看完这篇小说,他做了一件生平没有做过的事,写了封信给杂志社,要求和这位作者通信,不久他收到了一封回信,信上只有寥寥数字:

高先生:

你的信是我接到的第一封读者的信,假如你不认为我肤浅，我诚恳地希望获得你这位笔友！

蓝天（程竹龄）上

这是一个开始，从这封信起，他们通了无数次信。由于高磊在台南工作，而竹龄却卜居台北，所以高磊始终没有来拜访过竹龄。可是，他们的信，却由淡淡的应酬变成了深厚的友情，又由友情进入了一种扑朔迷离而玄妙的阶段。所谓扑朔迷离，是因为高磊除了知道竹龄是个女性之外，对于她其他的一切完全不了解。每当他有所询问，她总是回避正面答复，一次他问急了，她回信说：

别问得太多，保持一些猜测，比揭露谜底来得更有味！如果你把一切看得清清楚楚，你将对我们的通信感到索然无味了！

一年半以来，竹龄到底是怎样一个人，高磊始终无法知道。但，他却惊讶于她的才华，她的信中常有一份哲人的气息，她的思想深刻而透彻。由此，他曾估计她的年龄在三十岁以上。可是，有时她的信又显得很天真，仿佛出诸一个少女之手。她看过许许多多的书，包括新旧文艺小说、历史、地理和哲学书籍。他们曾热心地讨论过这些书，有些他看过，有些他没有看过。这使他震撼，因为她的阅读能力如此之高，而了解力又如此之强。"除非她在三十岁以上！"高磊想。

他并不希望她在三十岁以上，因为他才只有二十九岁，早在通信的半年之后,这个谜样的女人就已经攻进了他的心坎,为他带来了一连串的幻想和美梦。那些或长或短的信,那些时而深刻时而天真的文句捉住了他,他不能制止自己不对她产生另一种友谊之外的感情。也因为有了这份分外的感情,他的信就不再冷静,对她身世和年龄的试探也越来越多,他曾问她要一张照片,她回了一封冷淡而疏远的信:

朋友!别使我们的友情变得庸俗,我相信你不在意我的长相!

他也曾表示想去探望她,她回了一封类似警告的信:

假如你想维持我们的友情,最好不要来探望我!

他知道这种正面的询问不会获得答复,于是,他换了一种方式,他热心地问她的兴趣,除了看书之外她还爱什么?电影?旅行?根据他的经验,年轻人多半爱看电影,爱旅行,而中年人则比较刻板和实际,她的回信来了,出乎他意料之外地写道:

我不看电影,也不旅行,除了看书之外,我最大的娱乐是幻想。我幻想各种不同的故事,然后把它写下来。我有我生活的王国,可能不同于你的,也不同于任何一个人的,我享受我的幻想,享受我的王国!

这使高磊糊涂,据他的估计,只有青年才爱幻想,才喜欢在幻想中去寻求快乐。但她的"不"看电影、"不"旅行似乎过分武断和肯定,他不相信有年轻人能不看电影和不旅行的,除非是个老太太!这令他不安而烦躁,他去了一封信,试探地问:

谁和你共用你的幻想和你的王国?

回信是:

和我共用我的幻想和王国的,白天有窗外的云和天,晚上有星星和月亮,下雨的时候有无边的雨丝和窗前的落叶。

他再问:

谁和你共用你的"生活"?

回信只有一句话:

你问得太多了!

就这样，他们在通信里捉迷藏，他越追得紧，她就越躲得快。可是，她越躲得快，他对她越产生出一种更强烈的感情和好奇心。鉴于她近乎顽皮和捉弄的回信，他开始武断地认定她只是个少女，并且，逐渐在脑子里为她塑了一个像。这像是他所喜欢的那种典型：大而清秀的眼睛，小巧的鼻子和小巧的嘴，圆圆的脸，带着一种超俗的美。他一天比一天更崇拜于自己所塑造的这个竹龄的像，每当他收到了她的信，在潜意识里，他总把这个像和信混糅在一起看。他开始在信中透露他的感情，最初是含蓄的、试探的，但她技巧地回避了他。于是，一天，他冲动地写了几句话给她：

你对我一直是个谜，我不能责备你过分隐瞒的不公平，在情感上我不敢苛求什么，假如有一天我发现你是一个老丑的女人，请相信我仍然将贡奉我这份片面的感情！

这封信终于引出了一封稍带感情色彩的信：

你把感情投错了地方，但你令我感动。我自己都不知道你的感情是不是真正"片面"的，看了你的信使我想流泪，如果想维持我们的友谊，请别再对我要求比友谊更深的感情，我早已丧失可以谈恋爱的资格了！

"她结过婚?"这是高磊最大的恐惧和疑问。可是,由她的信看来,她却不像一个结过婚的女人。所谓"丧失谈恋爱的资格"是何所指?看样子谜是越来越猜不透了。他决定要找一个机会去打破这个疑团,他回了一封简短的信:

我将不再要求任何分外的感情,但请让那"片面"的感情继续"片面"下去!

同时,他上了一个签呈给他工作的公司,请求调到北部来工作,他的签呈被批准了,这也是他今天能够置身在这客厅里的原因。事先他没有给竹龄任何通知,存心要给她一个措手不及,免得她避开。而现在,当他坐在这小客厅里,他更加肯定了他的揣测,她只是一个顽皮的少女,一切的"谜",不过是故意地捉弄他而已。纸门被拉开了一条小缝,他紧张地转过身子,以为是竹龄出来了。但,只是给他开门的小女孩,睁着一对好奇的大眼睛望着他。他招了招手,女孩走了进来,他对她友善地笑笑,温和地问:"你几岁?"

小女孩用手比了一个七,高磊又问:"你有几个姐姐?"

"三个。"

"你二姐在读书吗?"

"不!二姐不读书,三姐读。"小女孩说。

"你二姐已经毕业了吗?"他不能控制自己地打听着。

"嗨!这样打听别人的事未免过分吧!"一个清脆的声音突然响起来,高磊吃惊地转过头去,立即觉得眼前一亮,果然是个少女,名副其实的少女,比他预计的更年轻,大概只有十八九岁。但却完全不同于他为她塑的像,这是个活泼的、明朗的少女,浓浓的眉毛,高而挺的鼻子,薄薄的嘴唇,比他想象中的更美,但没有他想象中那份秀气和脱俗。不知为了什么,这样乍一见面,他竟感到有点失望,这完全不是他心目中的她,他感到似乎被谁欺骗了一般,很迷茫,也很惆怅。站起身来,他近于勉强地笑了一下:"你是程——小姐?"他明知故问。

"是的,你大概就是高磊吧?"她却直呼他的名字,一面毫不掩饰地打量着他。这使他浑身不舒服,他忽然觉得没有什么话好说,那个和他在信中畅谈文艺、诗词和哲学的女孩已经消失了,这个在他身边的大胆而美丽的女孩是那么世故,那么普通,在任何社交场合里他都可以找得到,而他想象中的竹龄却是世间少有的!

"你不该预先不通知就来!"她直率地说。

"很抱歉,因为一个偶然的机会出差到台北,所以顺便来看看!"他撒谎,因为他不愿说出是为她而千方百计调到台北来的。

"你这样突然地跑来,恐怕很难达到你的目的,我姐姐的脾气很别扭,我想她不会愿意见你的!"

"什么?你不是——程竹龄?"他诧异地问道。

她笑了,笑得很特别。

"不!当然不是!她是我们家的哲学家。你认为我会有耐心和一个未见过面的人通信达一年半之久?不过,我们全家都知道你，我是受姐姐之托来告诉你，她希望你保持你的梦想，她也愿意保持她的梦想，所以，她不愿意和你见面！"

高磊沉默地坐在那儿，这样的口气倒像是竹龄的。不过，这未免太过分了，他既然来了，她为什么还要吝啬这一面？他望着竹龄的妹妹，觉得有点难堪，也有点不满，可是心中那座塑像却又竖起来了，渴望一见的欲望反而更加强烈。他恳切地说："你能转告她吗？人不能永远生活在幻想里的，希望她不要让我这样失望地回去，我并无所求，只是友谊的拜访，见一面，对她对我都没有损失！"

"没有用的！"竹龄的妹妹摇了摇头，"如果她不愿意见你，任何人都没有办法说服她。我姐姐——"她咬了咬嘴唇，犹豫了一会儿，接着转变了语气说："高先生，我劝你，算了吧！不要勉强她，她——"她欲言又止，望着他发了一阵愣，才勉强地接下去说，"她的脾气很固执。"

高磊的不满扩大了，他站起身子，有点负气地说："好吧，请转告令姐，我专诚从台南到台北，没有料到是这样的局面，她不该把我编织在她的幻想里，派给我一个滑稽的角色！请她继续保持她的幻想，我呢，恐怕再也不敢拥有任何幻想了！"

他向门口走去，可是竹龄的妹妹叫住了他："高先生，你不了解我姐姐。高先生，你——"他停住了，回头凝视着她。她接着说："我不了解你，你从没有见过我姐姐，你们——似乎都很罗曼蒂克。你怎么会爱上一个没有见过面的女孩子？你爱上的恐怕并不是我姐姐，而是你自己的幻想，如果你真见到了我姐姐，你大概就不会爱她了！我想，这也是我姐姐不愿见你的原因,你是唯一打动了她的男人!但,我很想冒一个险,你愿意跟我来吗?我要带你到竹龄那儿去!"

他困惑地跟在竹龄妹妹的身后,来到一扇纸门前,门拉开了,高磊的视线立即被一个熟悉的脸孔所吸引,他眩惑了,血管里的血液加速了运行。这就是他梦想中的那张脸,水汪汪的大眼睛,小巧的鼻子和小巧的嘴。眼睛里闪烁着一丝梦样的光芒,比他的塑像更飘逸、更清新。只是,她坐在一张特制的轮椅里,腰以下,他看到了两条畸形而瘦小的腿,这和她那张美丽的脸安放在同一个人的身上,看起来是可怜而动人的。被拉门声惊动,她抬起了她的眼睛,一抹惊惶掠过了她的脸,她责备地喊了一声:"三妹!"

"二姐,你总有一天要面对现实的!"那个妹妹轻声地说,退出了屋子,纸门在他们身后拉拢了,高磊发现他单独地面对着竹龄,经过了一段尴尬的沉默,竹龄嘴边掠过了一丝凄凉而无奈的微笑,勉强地说:"高磊,这就是你追求了许久的谜底,为什么你不保留那份美丽的幻想,而一定要揭穿这丑恶的现实?"

高磊走近她,注视着她的脸,半晌才说:"你很苍白,我想是不常晒太阳的缘故,以后,我要天天推你到郊外走走,晒晒太阳,也呼吸一点新鲜空气!"

竹龄定定地望着他,然后轻声问:"如果天下雨呢?"

"我们共同听窗外的雨声,共同编织我们的幻想!"

她不再说话,他也不再说话,他们互相凝视着。言语,在这一刻是不再需要了。

潮声

一

冬天，我和靖来到海边那幢白色的别墅里。

别墅的主人是靖的好友子野，他写信给靖说：

在冬天，听潮楼无人愿住，因为盛满了萧瑟和寂寥，假若你不嫌海风的凌厉和午夜涛声的困扰，又忍受得了那份寂寞，就不妨迁去小住，整幢房子可以由你全权处理。

那时，我正卧病，整日慵慵懒懒，医生又查不出病源，一口咬定是"忧郁病"。但我日渐枯羸憔悴，精神和心情都十分坏。靖拿着子野的信来找我，坐在我的床边，把信递给我看，说："去海边住住如何？"

"谁陪我？"我说。

"我。"

"你？"

我望着他，不大相信他是在说真的。但他平静而恳挚地看着我，那神情不像是在随便说说。我坐在床上，背靠着床栏，咬着嘴唇深思。他握住我的手，恳切地说："你不是一直希望到一个安静的，没有人打扰的，而且环境幽美的地方去住住吗？现在有这么好的一个机会，听潮楼我去过，那真是个匪夷所思的地方，在那儿休养一下你的身体，让我陪着你，过一段世外的生活，好吗？"

"可是，你怎么能去？"我迟疑地说，"你的工作呢？你的公司不是一天都离不开你吗？"

他笑了笑，不知怎么，我觉得他的笑容中满含凄苦。

"公司！"他说，带着几分轻蔑和无奈，"让它去吧，人不能永远被工作捆着！我已经四十岁，从二十几岁起就埋头在事业中，把一生最好的光阴都给了工作！现在，我也该放自己几天假了。"

"可是——"我怔怔地注视着他，听他用这种口气来谈他的工作和事业，使我感到诧异和陌生，他向来是个事业心胜过一切的人，"可是——还有其他的问题呢？"

"你指秀怡吗？"他直截了当地说，"我可以告诉她，我因为事务的关系，要去一趟日本。反正，她有她的麻将牌，根本就不会在意。"

"可是——"我仍然想不通，和他一起去海滨小住？这太像一个梦想,绝不可能成为真的。

"你怎么有那么多的可是?"他捧住我的脸,深深地凝视着我的眼睛,"从小,你就喜欢说可是,十几年了,习惯仍然不变!"

十几年了?我望着他,认识他已经十几年了吗?可不是,那年我才十岁,爸爸推着我说:"叫徐叔叔!"

徐叔叔!怎样的一个叔叔!我叹了口气。

"你在想什么?"他摇摇我的手臂,"我们就决定了吧,马上收拾行装,明天就动身,怎样?"

"明天?"我有些吃惊,"你真能去吗?"

"当然真的!小瑷,你怎么如此没信心?我什么时候对你说话不算数过?"

"可是——"

"又是可是!"他打断我,站起身来,"我叫阿珠帮你整理一口箱子,明天早上九点钟开车来接你!"

"可是,"我有些急促地说,"你的工作不需要做一番安排吗?而且,你连汽车一起失踪,她不会疑心吗?"

"小瑷,"他俯视我,轻轻托起我的下巴,他的神色看来有些奇怪,"别再去管那些属于现实的事,好不好?让我们快快乐乐地生活几天,好不好?这一段日子里,就当现实是不存在的,好不好?在听潮楼,我们可以使多年的梦想实现,那个天地里只有我和你,想想看,小瑷,那会是怎样的一份生活!"

不用想,我体内的血液已经加速运行,兴奋使我呼吸急促。听潮楼,海滨,和他!这会是真的吗?只有我和他!没有他的工作,没有他的事业,没有他的她!这会是真的吗?记得有一天,我曾对他说过:"我希望我能够拥有你三天,完完全全地拥有!这三天,你只属于我,不管工作和事业,不管一切。每一分每一秒都给我。我只要三天,然后死亦瞑目!"

他曾说我傻,现在他竟要给我这三天了吗?

"你又在想什么?"他问。

"你——"我顿了顿,"陪我住几天?"

"整个冬天!"

我屏住气,不能呼吸。

"怎么了,你?"

"你哄我?"我愣愣地问。

"小——瑷!"他拉长声音喊,把我的头贴在他的胸口,像我小时他常做的一样。他的心跳得多么急促!"我怎么会哄你?我怎么忍心哄你?"

"哦!"我长长地吐出一口气,开始相信这是个事实了。

"你的公司呢?"

"交给子野代管。"

"你都已经安排好了?"

"只等你!"

"噢!"我翻身下床,从壁橱里拉出箱子。

"你别动,等阿珠来吧,你的病还没好!"

"病?"我望着他,扬着眉毛笑,"现在已经好了!"

二

汽车驶到距海边还有相当距离的时候,我就可以嗅出海水和沙和岩石的味道了,我不住地深呼吸,不住地东张西望。

靖扶着方向盘,转头看我:"你在干什么?"

"闻海的味道。"

"闻到了没有?"他忍住笑问。

"闻到了。"

"是香的?臭的?"

"是咸咸的。唔,我连海藻的味道都闻到了。"

"恐怕连鲸鱼的味道都闻到了吧!"他笑着说,"咸咸的,你是用鼻子闻的,还是舌头尝的?"

"真的闻到了。"我一本正经。

"我们距海还有五公里,你的鼻子真灵呀!"

他望着我,我扑哧一声笑了。他也笑,可是,一刹那间,他的笑容突然消失,车子差点撞到路边的大树上,他扭正方向盘,眼睛直视着前面,不再看我了。

听潮楼坐落在海边的峭壁上,车子开到山脚下,就不能继续前进了。下了车,我才发现山脚下居然有一间建造得极坚固的车房,子野实在是个会享受的人。把车子锁进车房。

靖拉着我的手,后退了几步,指着那耸立在岩石顶上的白色建筑说:"看!那就是听潮楼!"

海,辽阔无垠,海浪正拍击着岩石,汹涌澎湃。海风卷着我的围巾,扑面吹来。我顺着靖指示的方向看去,那白色建筑精致玲珑地坐落在岩石上,像极了孩子们用积木搭出的宫廷城堡。海水蒸腾,烟雾蒙蒙,那轻烟托着的楼台如虚如幻,我深吸一口气,说:"这真像《长恨歌》中所描写的几句:忽闻海上有仙山,山在虚无缥缈间。楼阁玲珑五云起,其中绰约多仙子……噢,只是没有仙子罢了!"

"《长恨歌》?"他似乎怔了怔,立刻,他笑着说,"怎么没有仙子?马上要住进去一个了。"

"哼!"我瞪他一眼,但他有些心不在焉。他一只手拉着我的手,另一只手提着我们的箱子,说:"我们上去吧!"

我们沿着一条小径,向山上走去,山路并不崎岖,只因多日下雨,小道上又久无人迹,处处都长满青苔,而有些滑不留足。走了一段,靖搀住我说:"走得动吗?"

"没那么娇嫩!"我逞能地说,但确已喘息不止。

"我们休息一下吧!"他站住,怜惜地看着我,把我飘在胸前的长发拂到后面去,但立即又被海风吹到前面来了。"记得你小时候吗?"他凝视着我,不停地把我被风吹乱的头发拂到后面去,"有一次,你病了,哭着吵着不肯让医生看,你父亲只好打电话叫我去,我去了,把你揽在胸前,你就不哭了,顺从地让医生给你看病,给你打针,然后我把你抱到床上去,给你盖好棉被,坐在床边望着你入睡。"他停住,眼光在我脸上巡视,"哦,小瑷!"

小时候的事!我神往地看着他,我们有多少共同的回忆,每一桩,每一件!十岁认识他,孽缘已定!

"走吧!"他说。

我们又向前走,没一会儿,听潮楼就在我们眼前了。楼是依山面水而造,是清清爽爽的白色,所有的窗槛也都是白色,大门前有宽宽的石级,石级上是好几条石柱,撑住了上面的一个回廊。一共只是两层的楼房,但从外表看来,就知道建筑得十分精致。

"这儿有一个看门的老太婆,可以侍候我们,帮我们煮饭。每隔两天,有一个特约的送货员送来食物和蔬菜。"

靖说着,揿了门铃。

过了许久,那个看门的老太婆才走来打开大门,看到了我们,她似乎一怔,接着,就笑着对靖说:"是徐先生呀,我以为你们明天才来!"

靖和我走了进去,里面是一间宽敞的大厅,陈设着一套紫红的沙发,窗子也是同色的窗帘,给人一份古朴雅致的感觉。可是,大概由于是冬天,房子空了太久,大厅内出奇地冷,好像比外面更冷。刚刚上山时是背风,而且行动时总不会觉得太冷,现在就有些冷得受不住。老太婆嘀咕着,不胜歉然地说:"不知道今天来,厅里没生火。冬天,这房子是不能住人的!"

靖提着箱子,挽着我上楼。到了楼上,他熟悉地推开一间卧房的门,我顿感眼前一亮。这卧室并不大,却小巧精致,有一面是玻璃长窗,垂着紫红窗帘。床倚墙而放,被褥整齐地折着。另外,还有两张小沙发,和一个梳妆台。床头边,却放着一架小小的唱机,我走过去,把唱机边的唱片随便地翻了翻，只有寥寥的几张：一张《悲怆交响乐》，一张《天鹅湖》，一张《新世界交响乐》，一张《火鸟组曲》，和一张维也纳少年合唱团所唱的圣歌。我愕然地抬起头来，似乎不应该这么巧！靖望着我微笑，走过来，用手臂环住我的肩，面颊贴住我的额，低声说："你诧异了，是吗？"

"真的，为什么——"

"单单是你爱的那几张唱片吗？"

"噢，靖！"我恍然地喊，"你早有准备！你来布置过的，是吗？"

"不错，"他吻我的额，"整整策划了一星期，本来预定明天搬来，但我迫不及待，又提前了一天。"

"哦，"我推开他，退后一步去看他的脸，"可是，为什么？现在不是你最忙的一段时间吗？上次你还告诉我，公司的业务是进步还是后退，就看最近推广业务的情形而定，你这样走开……"

"别再谈公司，如何？收起你那些可是，如何？"他说，拉着我走到长窗前面，把窗帘一下子拉开，低低地说，"看！这才是世界！"

我从玻璃窗里向外看，浩瀚的大海正在我的面前，滔滔滚滚的波浪一层层地翻卷着，白色的浪花此起彼伏，呼啸着打击在岩石上，又汹涌着退回去，卷起数不清的泡沫和涟漪。

远处，渺渺轻云糅合了茫茫水雾，成了一片灰蒙蒙混沌沌的雾网。几只不知名的白色海鸟，正轻点水面，扑波而去。我凝视着，倾听着。听潮楼！名字不雅致，却很实际，涛声正如万马奔腾,澎湃怒吼,四周似乎无处不回应着潮声。我倚着窗,喉头哽结,而珠泪盈眶了。靖站在我的身后,他低沉的声音在我耳边轻轻响着:"你一直梦想着的生活,是不是?这个冬天,我们谁也不许提现实里的东西,也不许去想!让我们尽情享受,尽情欢笑,这世界是我和你的。"

这会是真的吗?我转过头来,目光定定地凝注在他脸上,他的眼珠微微地动着,搜索地望进我的眼底,一抹惨切之色突然飞上他的眉梢,他拥住我,把我的头紧压在他的胸口,急促而迫切地喊:"小瑷!小瑷!小瑷!高兴起来,欢乐起来,你还那么年轻!你要什么?我全给你!"

我要什么?不,我什么都不要了,只要这个冬天!

三

晚上,意外地竟有月亮。

卧室内生了一盆火,暖意盎然。唱机上放着一张《天鹅湖》,乐声轻泻。我们喝了一点点酒,带着些薄醉。海涛在楼下低幽地轻吼,夜风狂而猛地敲击着窗棂。自然的乐声和唱片的乐曲交奏着。他揽着我,倚窗凝视着月光下的海面,黑黝黝的海上荡漾着金光,闪闪烁烁,像有一万条银鱼在水面穿梭。

月亮悬在黑得像锦缎似的寒空里,远处,数点寒星在寂寥地闪亮。

"想什么?"他问我。

"月亮!"我说,"记得张若虚的诗吗?"于是我念:

> 江畔何人初见月?
> 江月何年初照人?
> 人生代代无穷已,
> 江月年年只相似!
> 不知江月待何人?
> 但见长江送流水……

"唔,"他轻轻地哼了一声,似愁非愁,似笑非笑地望着我,"这里不是长江,是海!比江的魄力大多了!"

"味道则一!"我说,继续念,"谁家今夜扁舟子?何处相思明月楼?哦!"我满足地叹息,"我们多幸福!靖!你不是那个漂泊在外的孤舟之子,我也不是独倚重楼,望尽归帆的女人。我们在一块儿,能共赏海上明月!你看!春江潮水连海平,海上明月共潮生。滟滟随波千万里,何处春江无月明?"我微笑着仰视他,用手攀住他的肩头,"多美的人生!"

"多苦的人生!"他说,微蹙着眉望着我。

"怎么了,你?你是从不多愁善感的!"

"我吗?"他有些嗒然,"幸福之杯装得太满了,我怕它会泼洒出去!"说完,他突然地离开我,去把那张不知何时已播完了的唱片翻了一面。

夜，充满了那么多奇异的声音！我们灭掉了灯，也拉拢了那紫红的窗帘，静静地躺在床上。我的头枕着他的胳膊，宁静地望着黑暗的室内，桌椅的轮廓在夜色中依然隐约可见，窗外的月光从帘幕的隙缝中漏入，闪熠着如同一条银色的光带。

夜，并不安静，远处的风鸣，近处的涛声，山谷的回应，和窗棂的震动，汇成了一组奇妙的音乐。在这近乎喧嚣的音乐里，我还能清晰地听出靖的心跳，怦！怦！怦！那样平稳，规律，而沉着。虽然他许久都没有说话，也没有移动，但我知道他并没有睡着，他在想什么？还是在体会什么？我转过头去看他，他正睁着大大的眼睛，瞪视着黑暗的天花板。感觉到我在看他，他幽幽地说："记得你小时候最不能忍受寂寞，每次你父亲有远行的时候，都要我来陪伴你。有一次，你父亲说：'这样离不开徐叔叔怎么办呢？'你说：'徐叔叔会要我，他不会离开我，永远不会！'"

"结果你并没有要我，"我接下去说，"你结婚那天，我关在房里，哭得天翻地覆，爸爸来找我，给我拭干眼泪，叫张嫂给我换上衣服，但我死也不肯去参加你的婚礼，爸爸说：'徐叔叔结婚是好事，你怎么这样傻，以后不只叔叔，还多了一个婶婶，不更好吗？'但我哭得伤心透顶，说什么也不去，爸爸皱着眉说：'我绝不相信这么点大的女孩子会懂得爱情！'那年，我还不满十三岁。"

"我记得很清楚，"他说，"婚礼中我找不到你，喜宴时你也不在，你父亲说：'小瑷不大舒服，不能来！'我感到心如刀剜，我知道，我的小瑷在伤心，在生气。面对着我的新娘，我竟立即心神不定,我眼前浮起的全是你独自伤心的样子。"

"于是,那天晚上你就来找我,你把我拥在怀里说:'小瑷,别哭,我将永远照顾你。'可是,第二天,你就带着你的新娘去度蜜月了。"

他嘴边浮起一个凄苦的笑。

"我度完蜜月回来,足足有半个月,你不肯理我,也不肯和我说话,我特地给你买的洋娃娃,你把它丢在地下,看也不看。"

我笑了。风势在加大,海涛狂啸着扑打岩石,整个楼仿佛都震动了起来。窗棂咯咯作响,床畔的炉火也噼啪有声,我伏在床边,给炉火添了一块炭,又枕回到他的手腕上。

"可是,等你走了之后,我把洋娃娃拾起来,拂去它身上的灰尘,抱到我的屋内,放在我的枕边,每晚上床后,都要对它诉说许多内心的秘密。"

"后来,我们怎么讲和的?"他转过头来望着我的眼睛。

"那次台风。"我提醒他。

"对了,那次台风,你父亲正好远行。张嫂打电话给我,叫着说:'小姐吓得要死!'我在大风雨中赶去,浑身淋得湿透,你苍白着脸向我跑来,投进我的怀里,躲在我的雨衣中颤抖啜泣。你边哭边嚷:'徐叔叔,你别走!徐叔叔,你别走!'我陪着你,一直到天亮!"

我们有一段时间的沉默,海潮在岩石下低吼,夜风掠过海面,呼号着冲进岩石后的山谷。海在夜色中翻腾着、喧嚣着、推攘着。我瞪视着天花板,倾听着潮声,潮水似在诉说,似在叫喊，似在狂歌……我闭上眼睛，那天，他们把爸爸抬回来，一次车祸，结束一切！血，撕碎的衣服，扭曲的肢体……

"想什么？"他问。

"爸爸！"我说，仍不能抑制战栗。

"都过去了，是吗？"他回过身子抱住我，轻抚我的面颊。

血！爸爸！我如石像般站着。张嫂在狂叫狂哭，我却无法吐出一个字的声音。有人包围了我，摇我，劝我，喊我……我呆呆地站着，一动也不动。然后，他来了，排开人群，他向我直奔而来，一声："小瑷！"我扑向他，"哇"地大哭失声。他把我抱入卧室，仿佛我还是个小女孩，给我盖上棉被轻吻我的耳垂："安静点，小瑷，有我在这里！"

那年，我十七岁。

"记得我为你开的第一次生日舞会？"他问。

怎么不记得！十八岁！黄金的时代！豪华的布置，音乐、人影、灯光，纷纷乱乱，乱乱纷纷。白纱的晚礼服，缀在胸前的一朵玫瑰——他帮我别上去的。成群的青年，跳舞、寻乐、快节拍的旋律，施特劳斯的圆舞曲——《蓝色多瑙河》，充塞着整间大厅的衣香和笑语……一个又一个的年轻人，李××，成大刚毕业的准工程师；张××，台大外文系高材生；赵××，学森林，即将派往非洲……

"跳舞呀，小瑷，去和他们玩呀！"他催促着。

跳舞，玩，旋转！直到夜深人散，空空的大厅里留下的是成打的脏杯子、纸屑，散乱的东西和彩条，还有我迷惘落寞的心情。回到卧室，舞会里没有东西值得记忆——除了那朵玫瑰！把玫瑰压在枕下，做了一个荒谬的美梦！第二天，他来了，皱着眉问："那么多出众的青年，你一个都看不上？"

翻开枕头，我捧上一把压皱的玫瑰花瓣。

"小瑷！你怎么那么傻？"

他抚摸着我的头发问，我笑了。潮声仍然在岩石下喧嚣，穿过窗隙的月影移向枕边。傻！有一点，是吗？能得到的不屑一顾，得不到的却成了系梦之所在！那个月夜，他曾初次吻我："我们怎么办，小瑷？"

怎么办？我仰视他。

"我不苛求，我所有的，已足以让我快乐！"

是吗？当他的事业爬至了巅峰，当他的工作和许多其他东西锁住了他。我却躲在我的小屋内，郁郁地害着不知名的病，用高脚的小酒杯一次又一次地去称量我的寂寞、孤独和郁闷。

"听那潮声！"他说。

我在听着，潮水正如万马齐鸣。

月光爬上我的枕头，他的眼睛里凝着泪。

"但愿人长久！"他低低地说，拥紧了我，紧得使我无法呼吸。

四

清晨，我醒了，炉火已熄灭，但我不觉得寒冷。

枕边没有靖的影子,我在室内搜寻,一声门响,他推开卧室门走了进来,手里端着一个托盘。把托盘放在床上,里面是我们的早餐。我坐起来,他把一个小小的高脚玻璃杯放在我面前,一小杯葡萄酒!他对我举起杯子:"干了这杯!祝你永远快乐!"

"也祝你!"我笑着啜着酒。他却一饮而尽,笑容里带着几分令人不解的无奈。

"希望老天不嫉妒我们!"他说。

"你别发愁,老天管不了那么多的闲事!"我说,"何况我又如此渺小,不劳老天来注意!"

他凝视我,猝然地放下酒杯,转过身子,在唱机上放上一张《火鸟组曲》。

早餐之后,我们携着手来到海边。

有沙滩,有岩石,有海浪和海风,我在沙滩上印下我的足迹,又拉着他爬上一块岩石,迎风而立,我觉得飘然如仙。

我的头发被风吹乱了,他细心地为我整理。清晨的海面一平如镜,夜来的喧嚣已无痕迹,面对着大海,我觉得心胸辽阔而凡念皆消!

他问:"快乐吗?"

"唔。"我闭闭眼睛,再睁开,海一望无垠。我舍不得跳下岩石,站在那儿,我看海,他看我。

"嗨,快看!一只海鸥!"我叫着说,指给他看。在距离我们不远的沙滩上,正伫立着一只失群的海鸥。浑身白色的羽毛浴在朝暾之中,长颈向空伸延,似乎在伫盼着什么。我说："它在等待它的伴侣吗？海鸥不是群栖的飞禽吗？为什么这只海鸥孤单单地站在这儿？"

他望着海鸥，默然不语，我推推他："想什么？你看到那只海鸥了吗？"

他点点头，轻声地念了一首诗："黄鹄参天飞，半道郁徘徊。腹中车轮转，君知思忆谁？"顿了顿，他又念："黄鹄参天飞，半道还后渚。欲飞复不飞，悲鸣觅群侣！"他的感伤传染了我，我的情绪低落了下去。但，接着，他就像突然梦醒了一般，拉住我的手说："走！我们过去看看！"

跳下了岩石，我们向那只孤独的海鸥走去。走到距它不远的地方，它警觉地回头来望着我们，扑扑翅膀，似乎准备振翅飞去。怕吓走了它，我停住步子，站在那儿凝视它。它也圆睁着一对小眼睛望着我，白色的毛映着日光闪烁，我爱极地说："如果我们能收服它，带回去养起来多好。"

"不行，它不能独自生存的，它需要伴侣！"靖说。

"我真想摸摸它。"

我们就依偎着，站在那儿望着海鸥，好一会儿，海鸥和我们都寂然不动。终于，那只海鸥引颈高鸣了一声，拍了拍翅膀，"噗喇"一声向天空飞去。我抬头仰望着它，有些嗒然若失。

"看，小瑷！"靖说，"它还给我们留下一点纪念品呢！"

真的，半空中飘飘荡荡地落下了一片羽毛，我欢呼了一声，跑过去抓住那正落到眼前的羽毛，白色的毛细而柔软。我高兴地拿到靖的面前："多么美！多么美！多么美！"我叫

287

着,把羽毛插在靖的上衣口袋里,"帮我保存起来,以后这会是一份最美的记忆!"

靖微笑地望着我,带着股恻然的柔情。笑什么?笑我的孩子气吗?就让我孩子气一些吧,我是那样地高兴!

午后,我和靖在听潮楼的贮藏室里找到了两根钓鱼竿,我雀跃着拉住他去钓鱼。在海边,我们绕着海湾走,寻到一个有着大岩石的所在,坐在平坦的岩石上,靖帮我把鱼丝理好,上了饵,把鱼丝投入海中。

"你相信会有鱼吗?"我问。

"或者有,或者没有。"他调皮地回答。

"我想一定有!"我弓起膝,用手托着下巴,肯定地说。

"为什么?"

"海里没有鱼,什么地方才有鱼?"我也调侃地望着他。

"哦!"他笑了。

"你笑了。"我说,"这是你到海边来第一次开心的笑!"我凝视他,"靖,你很反常,你遭遇了什么困难吗?是不是公司里有什么问题?还是……"

"别胡思乱想!"他打断我,"什么问题都没有!我非常非常地开心,能和你在一起,我别无所求。"

"你对我没有秘密吗?"

"怎么会!"他说,突然叫了起来,"你的鱼竿有鱼上钩了,快拉!"

真的,浮标正向水底沉去。我急急地拉起鱼竿,一尾三寸长的小鱼应竿而起,蹦跳着,挣扎着。我高兴得欢呼大叫,却不敢用手去捉住它。靖帮我取下了鱼,问:"放在哪儿?"

噢!我们真糊涂!竟忘了准备装鱼的东西!我皱皱眉头,想出一个办法,跑到沙滩上,我掘了一个坑,把海水引进坑中,再把缺口用沙堵好。靖把鱼放进了我所做的养鱼池里,那尾活泼的小东西在这临时的小天地中活跃地游着,我和靖蹲在旁边看。那小鱼身上有着五彩的花纹,映着日光,闪出各种颜色。

我抬起头来,和靖的眼光接了个正着。

"真美!"我说,"噢,真美!什么都美!"

回到岩石边,我们继续垂钓,一会儿工夫,我们又毫不费力地钓起了十几条同种的小鱼。鱼池里充满了那五彩斑斓的小东西,穿梭着,匆忙地游来游去。

太阳向海面沉落,海水被晚霞染成了微红,傍晚的海风又充满了凉意,暮色悄悄地由四处聚拢过来。

"该回去了吧!"靖说。

我们收起了鱼竿,走到小鱼池边。

"如何处置它们?"靖问。

我凝思地望着那些小生命,然后,一把拨开了那堵起的堤防,海水连着小鱼一起涌回了大海中。我抬起头来,和靖相视而笑。

靖挽着我,慢慢地向听潮楼走去,我的心在欢呼着,我是那样高兴!那样快乐!

五

冬天，在潮声中流逝。

我们忘了海滨之外的世界，忘了我们之外的人类。欢乐是无止境的。但是随着日子的消逝，我的情绪又沉落下去，海滨的漫步使我疲倦，一日又一日迅速溜去的光阴让我苍白。靖也愈来愈沉默，常常愣愣地望着我发呆。他在思念那个她吗？他在惦记他离开已久的工作和事业吗？偷来的快乐还能延续几天？每当我看到他郁郁凝思，我就知道那结束的日子快到了。这使我变得暴躁易怒而情绪不安。

一天，我正对镜梳妆，他倚着梳妆台，默默地注视着我。我把长发编起，又松开，松开，又编起。

我说："你赞成我梳怎样的发式？"

他的目光定定地凝注在我脸上，不知在思索着什么，那对眼睛看来落寞而萧索。我拿开梳子，正视着他，他在想什么？那个她吗？我突然地愤怒了起来。

"嗨，你听到了没有？"我抬高声音叫。

"哦，你说什么？"他如大梦初醒般望着我。

"你根本没有听我！"我叫，"你在想什么？我知道，你对海边的生活厌倦了，是吗？你在想你的公司，你的事业和你的……"

我没有说完，他走过来揽住我，紧紧地拥着我，说："小瑷，不要乱猜，我什么都没想。"

"你骗我！"我暴怒地叫，"你在想回去！你想离开这里！你想结束这段生活！那么，就结束吧，我们回去吧！有什么关系呢？你总不能陪我在海边过一辈子，迟早还是要结束，那么早结束和晚结束还不是一样……"

"小瑗，我没有想回去！"他深深地凝视我，"我要陪着你，只要你快乐！我们就在海边生活一辈子也可以，只要你快乐！小瑗，别胡思乱想，好好地生活吧，我陪着你，一直到你对海边厌倦为止，怎样？"

"我对海边厌倦？"我怔怔地说，泪水涌进了眼眶，"我永不会厌倦！"

"那么，我们就一直住下去！"他允诺似的说，恳切得不容人怀疑，"真的，小瑗，只要你快乐！"

"可是，你的公司呢？"

"公司，"他烦躁地说，"管它呢！"

我凝视他，管它呢！这多不像他的口气！为什么他如此烦躁不安？他躲开了我的视线，握住我的手说："听那潮声！"

潮声！那奔腾澎湃的声音，那吆喝呼唤的声音，那挣扎喘息的声音！我寒战地把身子靠在靖的身上，他的胳膊紧箍住了我，潮声！那似乎来自我的体内，或他的体内，挣扎、喘息、呼号……我的头紧倚着他，可以感到他也在战栗，他的手哆嗦而痉挛地抚摸着我的面颊，他的声音渴切地，狂热地，而痛楚地在我耳边低唤："小瑗！小瑗！小瑗！"

于是，一场不快在吻和泪中化解。但，随着日子越来越快地飞逝，这种小争吵变得每天发生，甚至一日数起。一次争吵过后，他拉住我的头发，让我的脸向后仰，狂喊着说："我们的时间已经不多，为什么还要这样自我折磨？"

我们的时间已经不多！这是一个响雷，我一直不愿正面去面对这问题，但他喊出来了，我们的时间已经不多！是的，该结束了，冬天已快过去，春天再来的时候，已不属于我们了。我含泪整理行装，准备到人的世界里去。可是，他赶过来，把我收入行囊里的衣服又都拉了出来，"你发什么傻？"他瞪着我问，"去玩去！去快乐去！别离开这儿，这儿是我们的天下！"他的眼睛潮湿，继续喊，"去玩去！去快乐去！你懂吗？你难道不会找快乐？"

我懂吗？我不懂！如何能拿一个口袋，把快乐收集起来，等你不快乐时再打开口袋，拿出一些快乐来享受？快乐，它时而存在，时而无踪，谁有本领能永远抓住它？靖挽着我，重临海边，我们垂下钓竿，却已钓不起欢笑。快乐，不知在何时已悄悄地离开了我们。

冬季快过去的时候，子野成了我们的不速之客。

子野的到来引起了我的诧异，却引起了靖明显的不安，他望着子野，强作欢容地喊："嗨，我希望你不是来收回房子的！"

子野劈头就是一句："你还没有住够吗？假若你再不回……"

子野下面的话被靖的眼光制止了，他们同时都看了我一眼。我知道子野在想什么，或者他没料到靖会借他的地方金屋藏娇，乐而不返。靖似乎也有一肚子的话，他一定渴于知道外界的情况，却又不愿当我的面谈起。一时间，空气有些尴尬，然后靖说："子野，你既然来了，而我们正借你的房子住着，那么，你就应该算是我们的客人了，今晚，让我们好好地招待你一下。你是我们的第一个客人。"

大概也是最后一个客人，把现实带来的客人，我知道这段梦似的生活终于要结束了。不过，那晚，我们确实很开心，最起码，是"仿佛"很开心。靖开了一瓶葡萄酒，老太婆十分卖力，居然弄上了一桌子菜，虽然变来变去的都是腊肉香肠，香肠腊肉，但总算以不同的姿态出现。饭桌上，杯箸交错，大家都喝了一些酒，靖谈锋很健，滔滔不绝地述说着我们在海滨的趣事。钓来了又放走的彩色小鱼；孤独的海鸥留下的纪念品；一次我脱掉鞋子去踩水，被一只小海蟹钳了脚趾；收集了大批的寄居蟹放在口袋里，忘记取出而弄得晚上爬了一床一地……远处天边海际偶尔飘过的船影，我叫它"梦之舟"，傻气地问："是载了我们的梦来了，还是载了我们的梦走了？"午夜喧嚣的海潮，涌来了无数个诗般的日子，也带走了无数个诗般的日子，清晨的朝暾、黄昏的落日，以及经常一连几天的烟雨迷离……靖述说得非常细致，子野听得也相当动容。我沉默地坐在一边，在靖的述说里，温暖而酸楚地去体会他待我的那片深情。于是，在澎湃的潮声里，在震撼山林的风声中，我们都喝下了过量的酒。

酒使我疲倦，晚餐之后，我们和子野说了晚安，他被安排在另一间卧室里，我和靖回到房中。躺在床上，枕着靖的手腕,我浑身流动着懒洋洋、醉醺醺的情意。海潮低幽的吼声梦般地向我卷来。我们还有几天?我懒得去想,我要睡了。

午夜起了风,窗棂在狂风中挣扎,海潮怒卷狂吼着拍击岩石,整个楼在大自然的力量下喘息。我醒了。四周暗沉沉的没有一丝光影,我的呼吸在窗棂震撼中显得那样脆弱。下意识地伸手去找寻靖,身边的床上已无人影,冰冷的棉被指出他离去的久暂。我翻身下床,披上一件晨褛,低低地喊:"靖,你在哪里?"

我的声音埋在海涛风声里。轻轻地走向门口,推开房门,我向走廊中看去,子野的屋子里透着灯光,那么,靖一定在那儿。他们会谈些什么?在这样的深夜里?当然,谈的一定是不愿我知道的事情。我蹑手蹑脚地走了过去,像一只轻巧的猫。我想我有权知道一切关于靖的事。但是门内寂寂无声,我从隙缝中向里看去,果然,靖和子野相对而坐,子野正沉思地抽着烟,烟雾迷漫中我看不清靖的表情。

"那么,你决定不管公司了?"是子野在问。

"在这种情况下,我没有办法管!"靖说,声调十分平稳,"而等一切结束之后,公司对我也等于零。所以,让她去独揽大权吧,我对公司已经一点兴趣也没有了。"

"她已经在出卖股权了,你知道吗?"

"让她出卖吧!"靖安详地说。

"靖!"子野叫,"这是你一手创出来的事业!"

"是的,是我一手创出来的事业!"靖也叫,他的声调不再平静了,"当我埋头在工作中,在事业的狂热里,你知道我为这事业花了多少时间？整日奔波忙碌！小瑷说：你多留五分钟，好吗？我说：不行！不行，我有事业，就必须忽略小瑷渴切的眼光。小瑷说：只要我能拥有你三天，完完全全的三天，我死亦瞑目了！子野，你了解我和小瑷这份感情的不寻常，她只要我三天，死亦瞑目，我能不让她瞑目吗？三天！我要不止给她三天，我已经浪费了太多的时光了，现在我要她带着最愉快的满足，安安静静地离去，你了解吗？子野？"

室内有一阵沉寂，我的腿微微发颤，头中昏昏沉沉，他们在谈些什么？

"医生到底怎么说？"好半天后，子野在问。

"血癌，你懂吗？医生断定她活不过这个冬天，而现在，冬天已经快过去了。"

"她的情形怎样？"

"你看到的——我想，那日子快到了。"顿了顿，靖继续说，声音喑哑低沉，"她苍白、疲倦、不安而易怒。日子一天天过去，我知道，那最后的一日也一天天地近了。我无能为力，只能眼睁睁地看着生命从她体内消逝……唯一能做的，是完完全全地给她——不只几天几月，而是永恒！"

我不必要再听下去了，我的四肢在寒战，手脚冰冷。摸索着，我回到我的房里，躺回我的床上，把棉被拉到下巴上，瑟缩地颤抖着。这就是答案，我的"忧郁病"！原来生命的灯竟如此短暂，一刹那间的明灭而已。我什么时候会离去？今天？明天？这一分钟？或下一分钟？

295

我又听到了潮声,那样怒吼着,翻滚着。推推攘攘,争先抢后。闭上眼睛,我倾听着,忽然间,我觉得脑中像有金光一闪,然后四肢都放松了,发冷停止,寒战亦消。我似乎看到了靖的脸,耳边荡着靖的声音:"唯一能做的,是完完全全地给她——不只几天几月,而是永恒。"

我还有何求呢?当生命的最后一瞬,竟如此地充实丰满!

一个男人,为你放弃了事业、家庭和一切!独自吞咽着苦楚,而强扮欢容地给你快乐,我还有何求呢?谁能在生命的尽头,获得比我更多的东西,更多的幸福?我睁开眼睛,泪水在眼眶中旋转,一种深深的快乐,无尽止的快乐,在我每个毛孔中迸放。我觉得自己像一朵盛开的花,绽开了每一片花瓣,欣然地迎接着春天和雨露。

门在轻响,有人走进了房里,来到了床边。我转过头去看他,他的手温暖地触摸到了我。

"你醒了?"他问。

"是的。"我轻轻地说。

"醒了多久?"

"好一会儿。"

"在做什么?"

"听那潮声!"

是的,潮声正在岩石下喧嚣。似在诉说,似在叫喊,似在狂歌……大自然最美的音乐!我揽紧了靖,喃喃地喊:"我快乐!我真快乐!从来没有过的快乐!"

海潮在岩石下翻滚,我似乎可以看到那浪花,卷上来又退下去，一朵继一朵，生生息息，无穷无已……"江畔何人初见月？江月何年初照人？人生代代无穷已，江月年年只相似……"今夜，有月光吗？但，我不想去看了，闭上眼睛，我倦了，我要睡了。

（京权）图字：01-2024-1763

图书在版编目（CIP）数据

潮声 / 琼瑶著. -- 北京：作家出版社，2024.10
（琼瑶作品大合集）
ISBN 978-7-5212-2878-6

Ⅰ.①潮… Ⅱ.①琼… Ⅲ.①短篇小说-小说集-中国-当代 Ⅳ.①I247.7

中国国家版本馆 CIP 数据核字（2024）第 098318 号

版权所有 © 琼瑶
本书版权经由可人娱乐国际有限公司授权作家出版社出版简体中文版
非经书面同意，不得以任何形式任意重制、转载。

潮 声

作　　者：琼　瑶
责任编辑：李　娜
装帧设计：棱角视觉　纸方程·于文妍
出版发行：作家出版社有限公司
社　　址：北京农展馆南里10号　　邮　　编：100125
电话传真：86-10-65067186（发行中心）
　　　　　86-10-65004079（总编室）
E-mail: zuojia@zuojia.net.cn
http://www.zuojiachubanshe.com
印　　刷：中煤（北京）印务有限公司
成品尺寸：142×210
字　　数：186千
印　　张：9.375
版　　次：2024年10月第1版
印　　次：2024年10月第1次印刷
ISBN 978-7-5212-2878-6
定　　价：42.00元

作家版图书，版权所有，侵权必究。
作家版图书，印装错误可随时退换。

品琼瑶经典
忆匆匆那年

琼瑶作品大合集

1963	《窗外》	1981	《燃烧吧！火鸟》
1964	《幸运草》	1982	《昨夜之灯》
1964	《六个梦》	1982	《匆匆，太匆匆》
1964	《烟雨蒙蒙》	1984	《失火的天堂》
1964	《菟丝花》	1985	《冰儿》
1964	《几度夕阳红》	1989	《我的故事》
1965	《潮声》	1990	《雪珂》
1965	《船》	1991	《望夫崖》
1966	《紫贝壳》	1992	《青青河边草》
1966	《寒烟翠》	1993	《梅花烙》
1967	《月满西楼》	1993	《鬼丈夫》
1967	《剪剪风》	1993	《水云间》
1969	《彩云飞》	1994	《新月格格》
1969	《庭院深深》	1994	《烟锁重楼》
1970	《星河》	1997	《还珠格格第一部1阴错阳差》
1971	《水灵》	1997	《还珠格格第一部2水深火热》
1971	《白狐》	1997	《还珠格格第一部3真相大白》
1972	《海鸥飞处》	1997	《苍天有泪1无语问苍天》
1973	《心有千千结》	1997	《苍天有泪2爱恨千千万》
1974	《一帘幽梦》	1997	《苍天有泪3人间有天堂》
1974	《浪花》	1999	《还珠格格第二部1风云再起》
1974	《碧云天》	1999	《还珠格格第二部2生死相许》
1975	《女朋友》	1999	《还珠格格第二部3悲喜重重》
1975	《在水一方》	1999	《还珠格格第二部4浪迹天涯》
1976	《秋歌》	1999	《还珠格格第二部5红尘作伴》
1976	《人在天涯》	2003	《还珠格格第三部天上人间1》
1976	《我是一片云》	2003	《还珠格格第三部天上人间2》
1977	《月朦胧鸟朦胧》	2003	《还珠格格第三部天上人间3》
1977	《雁儿在林梢》	2017	《雪花飘落之前——我生命中最后的一课》
1978	《一颗红豆》	2019	《握三下，我爱你——翩然起舞的岁月》
1979	《彩霞满天》	2020	《梅花英雄梦之乱世痴情》
1979	《金盏花》	2020	《梅花英雄梦之英雄有泪》
1980	《梦的衣裳》	2020	《梅花英雄梦之可歌可泣》
1980	《聚散两依依》	2020	《梅花英雄梦之飞雪之盟》
1981	《却上心头》	2020	《梅花英雄梦之生死传奇》
1981	《问斜阳》		